空を見る子供たち

——小さな学習塾の中で——

山崎しだれ
YAMAZAKI Shidare

文芸社

（一）

窓を開け放っていると、あまい若い草花の香りが教室中を漂い始める。

初夏の到来だ。

「すみませーん」

掃除をしていると玄関から女性の声がする。

小さな塾では授業ばかりではなく、掃除・経理、なんでもしなければならない。

夏に入ると庭の草抜きもしなければならない。

「はーい！」

返事をすると、半開きの玄関ドアから小さな三角の顔が二つ、中を覗き込んでいた。

五歳くらいの男の子ともう一つは確かに母親らしい。

二つの三角の顔には、さらに小さな三角の目が二つずつ泳いでいる。

「あのー、塾のこと聞きたいのですけれど」

「あ、どうぞお入りになってください」

教室に招き入れてから、男の子には鉛筆と紙を渡した。小さな三角の目がうれしそうに躍っている。男の子は、勢いよく描きだした。普段からよく絵を描いているのか、形不明な線が次々に広がっていく。本人だけがわかっている夢の世界がどんどん広がっていく。

気の弱そうな母親は塾の面接表を書き終えると、困り果てたように小声で話しはじめた。

「一番上の子、雄太《ゆうた》は今年五年生になったんです」

母親は外を指さした。なんと、塾の中庭を二人の少年が歩き回っている。

「……？」

「あの小さいほうが雄太です」

「……はい。雄太君がどうされましたか」

チェックのシャツを着た少年が庭で笑っている。

「この前、参観日だったんです。で、行ったら、担任の先生に呼ばれて、……それで、二年生からの算数をやり直しなさいって言われました」

「担任の先生に、ですか」

「そうなんです。五年生になって、今年よその学校から来たばかりの先生らしいですけど」

「その先生が、二年生からやり直しなさいっておっしゃるのですね」

「はい。それで友達に、雄太のことを相談していたら、じゃあって、こちらの先生のところを教えてくれたんです。行って相談してみたらって言うもんで、場所を聞いて来たんです」

「まあ、そうでしたか」

「算数がまったくできなくて、三年生の妹に負けてしまうくらいなんです。国語も漢字の読み書きができないし」

「担任の先生が、そのように二年生の算数からやり直しなさいとおっしゃるのでしたら、どうでしょう、担任の先生に放課後でも教えてくださいとお頼みしてみては」

「ええ、すぐに頼んでみたんですよ、教えてくださいって、でも担任の先生、忙しいからできませんって、家庭で教えてくださいって言われました」

「家庭でって……そうですか。では、ご主人と一緒に行かれてお頼みなさってはいかがでしょう。それで、担任がだめなら、校長先生にご相談なさってはいかがでしょう」

私は、経験上、父親が出て行くとそれなりに対応してくれることが多いことを知っていた。なによりも私の塾は、小学五年生からの学年別一斉授業形式の塾である。個別指導を並行して導入するには、無理がある。

「先生、学校には主人と一緒に行ってきました。……実は行ってみたんです」

「ご主人も……」

「そうなんです。主人も雄太が心配なもんですから。でもあっさり、できません、家庭で教えてくださいって、断られました。なんて言うんですか、もうケンモホロロっていうんですか」

彼女は顔をゆがめるようにして軽く笑った。すっかり肩を落としている。三角の顔のお母さんの表情には、まだ少女のようなさわやかさが残っている。しっかりと結んでいるポニーテールの髪が似合っていて可愛い。

「雄太は長男なんで、三年生の時から家庭教師をつけていたんです。でも家庭教師の時間になるとどこかに隠れたり、学校で遊んでいて帰ってこなかったりで、だから家庭教師の先生には来てもらうのをやめてしまいました」

今度はきっかり顔を上げて続けた。

「センセ、雄太は……、ほとんどのテストが一ケタしか点が取れてないんです」

三角の目を刺すようにこちらに向けて、さらに体全体で訴えてきた。

「ひどい時は、……点がないんです」

手のひらに0を書いている。

　この三角の顔のお母さんには、小学五年の男の子を筆頭に、三年生の女の子、今、絵を描いているこの男の子の三人の子供があるという。目の前の男の子は、来年小学校に上がるという。

「それで、家庭教師をやめて四年の時からは、今行っている塾に入れました。お友達となら行くと思って。仲のいい友達、〝ガイチャ〟って言うんですけれど」

「ガイチャ？」

　お母さんは笑った。

「ソトヤマ、外に山です。子供たちは〝ガイチャ〟って言ってるんです。あの子です」

　窓の外の白い歯を見せている健康的な少年は、雄太君と何かに夢中だ。

「なるほど、彼がガイチャ君ね」

「ガイチャと一緒に塾に行かせました。でも三カ月くらいして、塾の先生から電話がありまして、宿題はまったくやってこないし、塾をよく休むけれど、今後どうしますかって。仲のいい友達とつるんでどこかで遊んでいて、塾には時々しか行っていなかったようなんです。その時は、主人もかなりきつく叱りました」

　彼女は、絵を描く男の子の頭をなでた。

「でも、その後も塾の先生に言わせると、やっぱり宿題はやってこないし、ほとんど塾には来てないですよって言うんです」

その塾からは、五年生用の宿題が三〜四ページ出ているという。わからないところを宿題に出されても、やらないというよりは、きっとできないのかもしれない。

「センセ、雄太は掛け算も下の子に負けちゃうくらいなんです。……センセ、うちの子は、雄太はバカなんでしょうか」

お母さんの必死度が伝わる。

「まあ、そんな言い方をなさらずとも。学校の宿題はどうされていますか」

「学校の宿題をしなさいって言うと、やったって言うんですが、どうだかわかりません」

「お話を伺っていると、学校や塾の宿題を雄太君がしないというのではなく、するにもやり方がわからないのかもしれませんね」

「でも、塾の先生は雄太はやってこないって言うんですよ」

「ええ、塾の先生はそうおっしゃるかもしれません。ですが、雄太君は、伺っていると学校のテストの点もほとんど取れていないのですね」

「……バカなんです」

「そんな言い方はやめましょう。雄太君は理解していないから、宿題をするにもできないのではないでしょうか」

「はい、……ホントに、もうバカなんです」

「お母さん、そんなふうに言わないことにしませんか」

再三口にする〝バカ〟という言葉が気になった。急にお母さんは身を乗り出した。

「センセ、センセのところで小学校二年生からの勉強をやってもらえないでしょうか」

「……」

「雄太を見てくれませんか。お願いします」

私は、腕を組んでしまった。この塾では、個別授業を取り入れていない。塾講師は三人いるが、それぞれ授業がある。雄太君のようなとりわけ勉強の苦手な生徒、つまり手のかかる生徒を、一斉授業で対応していくには難しい。

五年生は、私の担当だ。

「……そうですねえ。このままその塾に在籍していても……どうでしょうかねえ」

同情で入塾させてはならないことは百も承知なのに、口から出てきたのは別の言葉だった。

「とりあえず、雄太君を少しの間、見させていただけませんか」

「……センセ」

「五年生の今勉強しているところを、他の子と一緒にさせてみましょう」

私は、ゆっくりはっきり言った。

「センセ、雄太が他の五年生と一緒に、五年生の勉強をするのですか？　センセ……二年生からの勉強はしないで、大丈夫なのでしょうか」

「まあ、はっきりはわかりませんが、そのようにしてみるというのはどうでしょうか」

人間には敷衍《ふえん》して考える能力というものがある。わからない一点にこだわらず次へと進めていくと、いつの間にかわからなかったところをクリアしていることがある。つっかかったら、その都度丁寧に理解できるように説明していくしかない。

「本当に……大丈夫でしょうか」

お母さんは疑問がいっぱいのようだ。

「でも一つ、お願いがあります」

私流のお願いをしてみた。

「これから試験的に一カ月お預かりしてみますので、お母さんの方から、雄太君に宿題をしなさいとか、塾の時間だよとかは、いっさいおっしゃらないでいただけないでしょうか」

「えっ……。何にも言わないんですか」

お母さんの疑問は、あふれんばかりに広がった。

「一カ月ほど、様子を見させていただきたいのです。入塾については、それからもう一度考えましょう」

私は、二人の少年を中に呼び入れた。手を洗わせてから並べて座らせた。

「お名前をおしえてください」

二人は顔を見合ってから、白い歯を見せた。

「ソトヤマオトヤです。五年生です」

そう言うとニヤッとして彼は雄太を見た。

「タカギユウタ、四年生です」

ワッと二人は笑った。

「あの、五年生です」

雄太が笑いながら訂正した。

「雄太、まじめにやんなさい」

お母さんがたしなめた。面接票には先ほどお母さんが書いた「高木雄太」と小さい字で名前があった。私は、目の前の二人の子供をまじまじ見つめてから言った。

「君たちは、今通っている塾をよく休むって、どうしてですか」

「……べつに」

ガイチャが言うと二人は顔を見合わせて、ケラケラ笑いだした。

「何か、楽しいことありましたか」

たずねると、雄太は上目遣いに庭を指さした。

「ウンとね、ここの庭にね、バッタがいっぱいいいるよ」

「え、バッタいた？」

「うん、いたいた。でもなかなか捕まえられない。結構、すばしっこいよ、な」

「うん、すぐ草の間に隠れちゃうし」

ガイチャも楽しそうに言う。

「そっか、バッタがいっぱいいいたの」

二人は自慢げに頬を輝かせていた。

「あのね、この塾に勉強をしに来てみますか」

「うん。来る」

「はい。来ます」

二人は即答した。一体彼らは「塾に来る」の意味は、わかって言っているのか。

「本当に来ますか」

「はい、来ます」

何が根拠かわからないが、彼らはいとも簡単に、来ますと言うのだった。

「では、二つの約束事があります」

二人は驚いたような表情で、まっすぐ私を見つめてきた。

「一つ目、塾の時間に遅刻するな。遅刻禁止です」

二人は無言のままコクリとうなずいた。

「二つ目、宿題はその日かその次の日に終えてしまうこと」

同じことを二度、丁寧にゆっくり説明した。

「はい」

二人は声をそろえて返事した。

「じゃあ、できますか？　二つの約束」

「できます」

二人は言った。

それから私は、二人をもう一度マジマジと見つめて言った。

「大丈夫だよね、五年生になったんだものね。ところで、この二つの約束なんですけれどね、お母さんやお家の人に言われないでもできますか。塾に来る時は自分で時計を見て、塾に遅刻しないように家を出る。宿題は、お家に帰ったらすぐやってしまう。もし、できなかったら次の日にはやってしまう。できますか」

「はい」

「お母さんに言われてやるのではなく、自分でしてください。大丈夫ですか」

「はい。大丈夫です」

元気な返事が返ってくる。それを見てハラハラしているお母さんに言った。

「体験入塾という形で、二、三回通っていただきます。まだ、入塾ではありません。いかがでしょうか」

これが、雄太とガイチャとの出会いだった。二人は約束事を言われた時、ジッとこちらの目を見て、体全体で応えていた。


二人は、まず体験として来てみることになった。この時、雄太について私の頭をよぎったのは〝学習障害〟という言葉だったが、母親には言わなかった。

ガイチャのお母さんには電話を入れて、塾体験の成り行きを説明した。

「良かったです。よろしくお願いいたします」

ガイチャのお母さんは、朝早くから仕事に出ているので忙しいようだった。

翌日、二人は体験に来た。

ガイチャは、健康的で実に子供らしい子供だった。ガイチャは面接票に自分で書いた。カバンから筆箱を取り出し、太い濃い鉛筆でガリガリ書いた。書き終わるとニッと白い歯を見せてから、私に渡した。

「はい、書きました」

「はい、ありがとう。外山音哉、ソトヤマオトヤ君ですね」

ガイチャとの正式な出会いになった。

雄太とガイチャの塾体験学習のはじまりだった。

雄太は、漢字を読む時は記憶に基づいて雰囲気で読み、動詞は独自の語尾変化をさせるつわものだ。それを聞いてガイチャは、笑いころげる。みんなも笑う。楽しげに雄太もつられて笑う。あっけらかんとしたものだ。

雄太は、漢字をほとんど読めないので、私は次のように指導した。

「雄太君、だいたいでいいから、どう読んだらいいか考えて読んでごらん」

聞いていると、文意はおおよそ理解している。正しいというより、発想が近い。それが楽しい。勉強は、叱られてするものではない、これが私の基本的な考えだ。

雄太と私の算数がはじまった。私は雄太と一緒に、ゆっくりゆっくり丁寧に、音読するように、小数の割り算をしていく。それを聞いていて他の子たちも、小数点に気を付けたり数の位や0を下ろす時に注意をするようになる。雄太とガイチャは授業中も時々楽しそうに目を交わす。

雄太への算数の宿題は、その日に一緒にした小数の割り算を、もう一度ノートに写すことからはじめた。それを三回する。約束は、声を出して音読のようにして写していくことだった。

雄太の算数の第一歩は、

〝呪文を唱えよう〟

だった。考えることと音で計算をすることとで、体で算数を獲得していくことを試みた。

〝声を出して計算をする〟

わからなくなっても声を出しながら、

〝そのまま写す〟

というやり方であった。

小さなことでも「いいねえ」とか「ＯＫで～す」と○を付けてほめる。小さなことをほめてもらうことが新鮮な体験だったようで、○をもらうことが彼らの励みになった。

　ガイチャの憂鬱は文章を読むことだ。

「オレ、国語ヤダなあ」

　そうつぶやくと、椅子からスルリと降りて床の上でくつろぎ、空を眺めることからガイチャの国語ははじまった。私は、自由に悠々と生きるガイチャに、健康的な少年らしさを見た。そんなガイチャも算数の時間になって、黒板で説明をすると「虫博士」の奈々美と競いながら、勢いよく問題を解いていく。

「ガイチャ、とてもいいですね」

　ガイチャも、ほめられることからはじまった。

　二人はすぐに入塾申込書を持ってきた。彼らは休まなかった。遅刻もしない。そのかわりに塾の広い庭で、授業時間がはじまるギリギリまで遊ぶ。見ていると、「虫博士」の奈々美、龍介、山ちゃんは、ガイチャたちとは違う小学校なのに、すっかり仲良しだ。窓ガラスをコンコンとして時計を見せると一斉にワァーッと入ってきて、手を洗いに行く。

　小学五年生の幸せな時間だ。

この子供たちも、わかることが好きなのだ、ほめられることは、もっと好きだ。わかるようになりたいのだ。みんなやっぱり同じなのだと確信した。「ワァーッ」と来て、「ワァーッ」と遊んで「ワァーッ」と勉強して、疲れて帰っていくからだ。

そんな子供たちを見ていて、私は子供たちから限りなく尊い幸せな時間を見せてもらっていると感じていた。私に幸せな時を提供してくれるこの子たちに、学習するおもしろさを伝えたいと強く思うようになった。長い間、勉強ができない、テストの点が悪い、まじめじゃない、頭が悪い、とさんざん言われ続けてきた彼らだ。

そんな彼らには、学習する楽しさを感じ、ほんの少しでも自分の中に秘めた可能性を信じてもらいたかった。

雄太が目を輝かせながら駆け込んできた。

「センセ、算数のテストだよ」

元気のいい声だ。

「まあ、三十二点、すごいじゃない！　よ〜く頑張ったねえ」

これまでいつも一ケタの点数で、時には0点を取ってきていた雄太だ。私は、輝いている小さな三角の目を覗き込んだ。雄太は思いっきりコクリとうなずいた。

「何、雄太、なに～！」

ニヤニヤしながらガイチャが覗き込む。

「やったな！」

意味がわかってかわからなくてか、ガイチャもうれしそうだ。いいコンビなのだ。二人は庭に飛び出していった。やがて、虫博士の奈々美もやってきて、勉強道具を机の上に置くと、庭に飛び出していった。


「センセ、箱ちょうだい」

外から奈々美が、両手で何かを包みながら叫ぶ。

「センセ、箱ちょうだい」

雄太も頬を輝かせながら、興奮気味に叫ぶ。

「なになに、何をいれるの」

「と・か・げー！」

渡した箱からトカゲが逃げないように、二人で相談しながら工夫をしている。見上げると西の空が真っ赤に夕焼けしている。それをガイチャに指さすと、まぶしそうに目を瞬いた。

「ワア、スッゲー、地球燃えちゃうよ！」

ガイチャの声に、みんなが立ち上がった。その赤さとドロドロとした燃えるような輝きに、みんなは深く深く息をのむ。そして、教室いっぱいに夕日を受けながら、国語の授業が始まる。

（二）

「こんにちはー、あれ、これ何すんの？」

どの子も、私の顔を見るなり〝こんにちは〟を言ってくれる。

今日は七夕の前日だ。たくさん葉のついた、背たけのある竹を見つけるなり、子供たちはワァワァ大興奮だ。前の週の授業の時、子供たちの家では七夕祭りはしないと聞いていたので、ちょっと一緒に飾りつけをやってみたくなったのだ。裏庭から取ってきた竹は、かなりヘナチョコだが評判はいい。

「これに書くの？」

「誰が書くの？　ね、ね、僕たちが書くの？」

折り紙を切っている私の周りに、雄太、ガイチャ、みんな集まってきた。そして最近入ってきた鮎子《あゆこ》ちゃんも、そっと近寄ってきた。

鮎子ちゃんは小学一年生のある時から、学校で一言も話さなくなったという。「はい」

「いいえ」も頭を振るだけ。友達同士とでもまったく声を出さない。なぜ声を出さないかは、母親にも言わないという。ただし、家では普通に会話しているようだった。鮎子ちゃんに対して、私は無理強いはせずにじっくり向き合おうと決めていた。きっと声を立てて笑ってくれる時がくる。

「じゃあ、折り紙はこんなふうに、短冊《たんざく》に切りましょうね。切ったらそれぞれお願い事を書いてください。ガイチャは、どの色紙がいいですか？　奈々美ちゃんは？」

「オレ、金色！」

と言って、ガイチャはみんなの反応を楽しむかのようにヒッヒッヒと笑う。

「じゃ、僕……緑」

雄太は、折り紙を受け取ると机にきっかり座り、神経質そうにハサミを使い、きれいに短冊を作った。そしておもむろに、願い事を書き始めた。

「お虫、と、あそ、べ、ま、す、よう、に」

雄太の書く文には必ず「お虫」が登場する。

虫博士の奈々美は、赤色紙に大きい元気な字で思いっきり願いを込める。

「大きいミミズをまた見つけたい」

先週、奈々美は塾に着くなり、

「センセー、これー！　いたよ！」

その手には、二十センチほどもある大きな太ったミミズをぶら下げてきたばかりだった。私は虫唾《むしず》が走るのをこらえて、にこやかに言ったのだった。

「お庭に放してあげてね。ミミズは花や木を守ってくれるのよ」

鮎子ちゃんは、ピンクの折り紙を選んだ。やわらかなふっくらとした白い指が、静かに動いていく。ノッポの山ちゃんは、淡いピンクの折り紙に丁寧にきっちり折り目をつけていく。龍介はガイチャと笑い合いながら水色の折り紙を持て余している。

「書いた人は持っていらっしゃい。糸を付けてあげますよ。二枚目、書きたい人は、どうぞ」

「できた。オレ、〝宇宙人になりたい〟。センセ、これでいい？」

みんな、顔を上げて一瞬ガイチャの方を見た。

「ナわけないだろう」

龍介があしらう。みんなのあきれ顔を横目に、ガイチャは鮎子ちゃんにそっと後ろから近づいて、短冊を覗き込む。鮎子ちゃんとガイチャは同じ小学校で、よく知っている間柄だ。

「なになに、鮎子ちゃんはと、え〜と、鮎子ちゃんは、〝ミミちゃんを食べたい〟」

ガイチャが笑いをこらえながら、繰り返して読み上げるように言う。

「ミミちゃんを食べたい。ねっ、鮎子ちゃん、食べたいんだよね」

みんなに聞こえるように読み上げ、ヒッヒッヒと笑う。ワァーッともキャーッともつかない悲鳴のような声が、にぎやかに上がる。ミミちゃんというのは、鮎子ちゃんが家で飼っている白いウサギの名前なのだ。鮎子ちゃんの大切な友達なのだ。ガイチャは調子に乗って、しつこく繰り返した。

「あ、鮎子ちゃん、泣いてる」

奈々美がガイチャをにらみつける。鮎子ちゃんは、自分の席でうずくまってしまった。机に突っ伏している。その肩だけがかすかに上下し、髪の毛が顔を覆い隠していて、その表情は見えない。

「あ〜あ、ガイチャ、悪いんだ。鮎子ちゃんを泣かした〜」

「バッカだなあ。鮎子ちゃんは喜んでいるんだよ。だって、ミミちゃんを食べるんだもんね〜、鮎子ちゃん」

私は立ち上がって、鮎子ちゃんのそばへ行った。

「センセ、鮎子ちゃん、ミミちゃんを食べたいんだってさ」

さらにガイチャは続けようとした。

「ちょっと待ってね……」

私が言い終わらないうちに、

「センセ、鮎子ちゃん、笑ってるんだよ、ねっ、ね。ほらね」

ヒックヒックしながら、鮎子ちゃんは体をよじるようにして、声を押し殺しながら笑いをこらえていたのだった。笑っていることがわかって、みんなが安心したようにドッと笑った。

一時間の授業が終わると、それぞれ「さようなら」とか「ありがとうございました」と元気な声で叫びながら家路につく。

笹の葉に飾られた一人一人の思いが、風に揺れている。それらを眺めながら、私は教室に一人残される。自分が生きていくための大きな財産とエネルギーを、子供たちからたくさんたくさんいただいている。胸が熱くなるほど幸せに思う。

夫が病気で急に亡くなって十年を過ぎた、一人息子を育てながら学習塾をしているが、私はいつもそばに亡夫がいるのを感じる。親子三人が、学習塾で接する子供たちから生きていくエネルギーをいただいていると感じている。

鮎子ちゃんは、相変わらずニコニコうれしそうに通塾してくる。やはり声を出さない。小学校では担任の先生の対応が適切なのか、鮎子ちゃんは快適に小学校生活を送っているようだった。

国語の授業では、読解用の文章の中の不明解な言葉、とりわけ抽象的な言葉を辞書で引いて調べたり、短文を書かせたりする。「さも」は、〝ほんとうに・いかにも〟とみんなで辞書を引いて確認する。

「では、『イチローは、ホームランを打てなくて、さも残念そうにベンチに下がった』のような、『さも』を使って文を作ってみましょう」

子供たちは知恵を絞って名文を絞り出す。いわゆる良い作文は求めない。その単語が文章の中で正しく用いられてさえいれば、それでいい。発想の豊かさで空想の世界を創り出せるのも、国語の楽しさだった。

「お虫は、さもおいしそうなりんごおたべます」

雄太は、短文にも「お虫」を登場させるのだが、「お虫」以外は、すべて平仮名をきっちり並べるのだ。

「雄太君、『おいしそうなりんごおたべます』ですか？　もう一度確かめて、声に出して読んでみてください」

「ミミは、さもうれしそうにニンジンを食べます」

鮎子ちゃんのは、いつでもウサギのミミが主人公である。

「ドラえもんは、さも勉強しろという目でぼくを見る」

龍介がため息をつきながら発表する。

「龍介は、さも勉強しろという目でぼくを見る」

「山ちゃんさ、オレさいつ見た〜。バッカじゃないの」

責められている山ちゃんは、目をパチクリしながら楽しそうである。この二人も、いいコンビなのだ。


夏休みがやってきた。

小学生の夏休みの講習は朝九時からはじまる。子供たちは国語も算数も、机について集中して学習をするようになっていた。雄太もガイチャもみんなと一緒に学習し、塾を休むこともないし、遅刻することもない。さらには、宿題をほとんどみんなが平気でやってくる。問題集から、二ページの宿題なので、少ないわけではない。その日に学習した内容なので「その日か次の日のうちに、宿題はすること。覚えているうちに、やってしまおう」が、約束だったからだ。

国語の講習時間、残り二〇分間を一〇〇字程度の作文を課した。題名は「朝ごはん」についてだった。書きはじめてすぐに、雄太が終わったと言った。

『ぼくのあさごはんわ、まいにちやさいじゅすです。おいしいです。』

「他のものは、食べないの？」

「朝、起きるのがおそいから登校班に間に合わないから、やさいジュースだけのんで、すぐ行くんだ」

「そうなんだ。じゃあ〝じゅす〟ではなく〝ジュース〟なんですね。この文をもう一度読んでみて、もう間違いがないか確かめてみてください」

鮎子ちゃんは、好きなご飯を並べた。

『わたしは、なっとがすきです。ハンバーグもすきです。カレーもすきです。』

「鮎子ちゃんのおうちでは、いろいろなものがあって、レストランみたいですね」

〝なっと〟に〝う〟を入れてあげた。あっ、という表情をしてかすかにほほ笑んだ。私はゆっくりと、しっかりと目を合わせて話す。鮎子ちゃんは、うれしそうにはにかむ。

私はみんなに、朝ご飯をしっかり食べてほしいと思っている。

それぞれが書き終わって帰っていく。今日のガイチャは窓の外に目をやり、空を見たり書いたり、半ばかくすようにしている。みんなより少し遅れて作文をひらりと手渡すと、不思議な空気を残して、雄太と肩を並べて出て行った。ガイチャの横顔がふと、少年に感じられた。

『ぼくの朝ごはんは、いつもシラスかけごはんです。朝はお父さんとお母さんは工場に働きに行っているのでいません。朝起きてれぞこからシラスをだしてごはんにかけて食べます。それから、学校にいきます。ぼくは、シラスがすきです。』

ガイチャは、一人っ子だ。小学校の一年生の時から、一人で朝起きてシラスご飯を食べて、一人でカギをかけて学校に行くという。なんだかそれだけで私は、ガイチャのファンになってしまった。

「れぞこ」に「い」と「う」を差し込み赤線を入れて、シラスにはスマイルマークを書いた。そして、作文の後ろに書き添えておいた。

『私もシラスが大好きです。ごはんにかけても、納豆に混ぜても、サラダにかけてもおいしいですね。』

雄太も鮎子ちゃんもみんな国語の時間が好きなようだった。それは、国語の教材に載っている、一つ一つの題材の豊かさと辞書引きの楽しさにあった。国語の題材は、これまで触れたことのない世界へと、子供たちを誘《いざな》ってくれる。雄太は幸せそうな顔をし、鮎子ちゃんは時々ウサギのように口をモグモグさせる。ただ、ガイチャは、時々恨めしそうに目と心を空へと放つ。

〝……そのような病気の体で、田中正造はなぜ直訴しようとしたのでしょうか。〟

教科書に載っている足尾銅山鉱毒事件の田中正造を扱った文章に対する設問である。田中正造が、重病にも拘らず渡良瀬川流域の農民の代わりに、農民を救うために直訴するくだりである。

ぼんやり空中遊泳に出ていたガイチャが帰ってきた。急に私に顔を向け、大きく目を見張ってくる。その命を得た瞳の奥が、グルグルうごめいている。

ああ。

私の心もグルグルうごめく。

「では、三をもう一度読んでみましょう。雄太君からお願いします」

一文交代、つまり句点で交代しながら順に読んでいく。宿題として自宅で読み、授業の初めに交代で読み、難題に行き詰まった時にもう一度読む。このような題材では、大人の解釈で無理に決められた解答に導くのではなく、個々が持っている言語感覚と全人格をぶつけて、それぞれが解釈を深めることをする。だから国語は楽しいのである。

「この時さ、田中正造の体は、もうヤバイんだよね」

と、ガイチャはこらえ切れず、訴えるように口を開く。

「外山君、ヤバイじゃなく、別の言葉に言い換えると、どうなりますか？」

「うん？」

ガイチャは、何を注意されているのかわかっていないようだった。

「〝ヤバイ〟はね、お友達と話したりする時の言葉ですから、授業の時や国語の解答には、ヤバイを使わない方がいいと思います。違う言葉に置き換えてはどうでしょう。言葉に気を付けて、もう一度説明してみてください」

「あ、はい。ヤバイじゃなく……、体はもうだいぶ悪くて、田中正造は死ぬかもしれないのに、うん、自分は死にそうなのに、農民のために、無理して直訴に行ったんだと思います。ホント、ヤバかったのだと、ヤバイではなくて～……、体がひどく悪くて、もう死にそうだったんだよね」

みんなが、うなずきながらも笑った。

「直訴、ジキソは？」

ガイチャが辞書を引きだすと、我先にとみんなで辞書引きだ。先に辞書を開いていた龍介が割り込んで、おもむろにみんなに語りかけるように読み上げた。

「あっと、あった。直訴は、決められ・た・手続き・をふまないで、直接に訴える・こと、って辞書に書いてある」

あった、あった、みんなそれぞれに読みだす。まだ、直訴の意味がくみ取れていない。

「誰か伝えたい相手に、自分の考えを直接訴えることですね。ではこの時、田中正造は、一体誰に直訴、つまり直接訴えたのでしょう」

「天皇陛下です！」

すぐさまガイチャと龍介が力を込めて言う。完全にのめり込んでいる。

「天皇陛下さま！　お願いがございますウ～」

山ちゃんの正しい声に呼応するかのように、

「天皇陛下さま！　お願いがございますウ～！」

それぞれが声に出して言ってみる。私は笑いをこらえきれない。この時、田中正造は警官に取り押さえられたが、このことが新聞紙上で大きく報道され、直訴の内容が一般市民の知るところとなり、世論を動かすことになる。

「ジキソって、もしかしたら捕まってしまうかもしれないんだよね」

ガイチャの言葉に、みんなの不思議と感動の交錯が伝わってくる。もし田中正造の直訴という事実を忘れても、そのように人民のために自分の命をかけた人がいたという事実を知ることは、大切なことだ。子供たちが世の中を知りはじめる時だ。私は、子供たちが大きな疑問を残したままでいることは重要なことだと思っている。

帰り支度をしている子供たちの傍らで、ふと窓の向こうを見ると、空は赤紫から水色、オレンジ色、ねずみ色など、不思議な宇宙色に覆われはじめている。思わず感動して見とれる。夕日がまばゆい。

「みんな、来て見てごらんなさい。空がすっごいわよ」

「ワァ～、すっげえ」

「あんなにすっごい不思議な夕日の、その次の日はきっと晴れるのよ」

「じゃあ、明日も天気だね！」

私の感動に付き合って、暮れ行く窓の外をながめて、一緒に感動してから子供たちは帰って行った。

この頃から、ガイチャはカキィーンと音をたてて変貌をとげる。大嫌いな国語の文章を誰よりもしっかり読み、じっくり考えるようになった。そして、塾に並べられている図書を次々と読み漁るようになっていく。早目に塾に来て五分でも十分でも本を読む。ふと見ると『ヘレン・ケラー』『生きている石器時代』『織田信長』と、なんでも読んでいる。私は、時折、新しい本を補充しておいた。ひょうきんな山ちゃんも加わり、それぞれが好きな場所で読む時間を確保していくようになった。

（三）

六年生になって雄太は、彼なりに学校の授業で積極的に手を挙げていくようになったようだった。初めは、五年生の算数の計算をするのに、〝念仏のように唱える〟ことで手と耳と口とを総動員して覚えていった。しかし、計算のルールを獲得し始めると、他のことも同様に自らつかもうとしはじめ、最低限の考え方や方法を少なからず獲得していった。六年生になった今も、雄太には何度も重ねて仕組みを教えるようにしている。算数は計算のルールを覚えることだ。

鮎子ちゃんは、いろいろなことをアピールするようになってきた。先日などは鮎子ちゃんが集めている「プライベートカード」を、はにかみながらスッと私の机の上に置いた。友達などの氏名・住所・趣味などを書き込むもののようだ。

「私も書くの？」

私は、自分のことを「私」と言い「先生」とは言わない。

「奈々美はね、ダンゴ虫とトカゲが好きって書いたよ」

奈々美が覗き込んでニッと笑う。好きな色・好きなフルーツと、生年月日の項目もある。好きな色は青。好きなフルーツはブドウ。生年をハート形にして、月日だけを書いた。

「鮎子ちゃん、ここはヒミツ。これでもいい？」

耳元にそっと小声で言うと、はにかみと満足でいっぱいの笑みを浮かべて、ありがとうと頭を下げた。プライベートカードはピンクの手帳に大切そうにファイルされ、カバンにしまわれた。

鮎子ちゃんの帰宅姿を見ていて、悩ましくなった。これに満足していたなら鮎子ちゃんは会話の必然性を感じないのではないか、社会人になった時、人とコミュニケーションがとれるようになるためには、今どのように接触するのが適切なのか。彼女の将来が気がかりだった。

それにしても、私は鮎子ちゃんの会話をしない理由もわからなければ、現在の状態がどのようなレベルなのか、摑めていない。母親に一度専門医に診てもらうように勧めたが、どうも母親は現状に満足していて、必要性を感じていないように思われた。

また夏がきた。

算数の時間にガイチャは元気がなく、ぼんやりしている。私が見ていることに気づいたガイチャは、下を向いてしまった。みんなそれぞれが「比例」の計算問題に取り組み始めた。ガイチャの方に回って行った。

「あのさ、センセ。今日オレね、学校で叱られたんだ」

ガイチャが先に話しかけてきた。

「今日ね、授業中に空を見ていたらね、空がオレンジ色だったんだ。先生に、空がオレンジ色だって言ったら、授業中に空なんか見るなって、オレンジなはずないだろうバカって言われて、そんで、みんなに笑われたんだ」

ガイチャは頭をかきむしった。みんなはそれぞれ算数の世界にいるが、雄太だけは振り返ってガイチャに優しい目を向ける。

「そうか、じゃあね、算数の授業が終わったら、オレンジの空の秘密をね、私がといてあげますよ」

「……?」

「あと二十分、お友達の勉強の邪魔にならないように、この問題の続きをしましょう。そしたら、オレンジの空の秘密をお話ししますね」

「よしっ」

雄太に手を挙げ、合図をしてから、太い2Bの濃い鉛筆でゴシゴシ計算に入っていった。ガイチャの書く字は、堂々としていて芸術的だった。

授業時間が終わった。宿題を言い渡してから、今日の新聞を持ってきた。

『黄砂が東京のビル街を黄色い煙の中に』の見出しと写真がトップ記事だ。地図帳を取り出し、中国大陸から日本列島・太平洋が出ているページを開いた。タクラマカン砂漠、ゴビ砂漠の黄砂が数千メートルの高度の偏西風に乗って飛来し、大気中に浮遊していたものが日本で降下してくる、黄色い砂の説明をする。

「ガイチャが見たオレンジ色の空は、黄砂が原因ですね。コウサは黄色い砂って書くのですよ」

黒板に〝黄砂〟と書いて〝こうさ〟と仮名を振った。

「外へ行って、黄砂を見てみましょう」

「えぇぇっ、コウサ、あるの?」

不思議議がいっぱいの子供たちは、帰る用意をしてから外の車の周りに集まった。うっすらと黄砂を被った車の上を、指でぬぐって見せた。

「ホラね、これが中国大陸からやってきた黄砂なのよ。四日も五日も空を高く高く飛んで、そうして日本までやって来て、で、落ちてきたのね」

「コウサ、中国大陸から飛んできたの？」

誰よりもガイチャはうれしそうだ。

「そうですね。黄砂って、ほら見て、黄色い砂でしょう」

「本当だ、黄色い！」

「コウサだ」

「コウサだ」

子供たちは口々に叫ぶ。

「やっぱりオレンジだ」

ガイチャは、目を凝らして黄砂を見て、感動を表した。


九月に入っても、厳しい残暑が続いていた。二学期が始まると学校では、その暑さの中、運動会の練習に余念がない。子供たちは少々バテ気味で塾に来る。

「体育の時間と国語の時間をさ、運動会の練習で、外、チョー暑かったよね」

「龍介はさ、太ってるから特別暑いんじゃないの」

「なんでだよ。じゃあ山ちゃんは暑くなかったんか、なあ」

「暑くないよ。龍介はさ、太っているから暑いんだよ。ねっ、走ってる時、ここが揺れるだろ」

山ちゃんが龍介のお腹のあたりをつまもうとした。

「なんだよ。さわんなよ」

「オレたちの学校の運動会、十月二日だよ。そっちはいつ？」

ガイチャが愉快そうに割り込んだ。

「こっちは、九月二十五日だけど、ガイチャ、そっちはまだ練習とかしてないの」

「してる、してる。龍介、やっぱ、あっついよね。山ちゃんきっと感じないんだよ」

ガイチャが笑う。雄太も笑う。負けじと山ちゃんは言い返す。

「ガイチャはさ、日に焼けちゃって顔、真っ黒クロッ！　目がどこにあるのかわかんない。雄太なんかさ、髪の毛が焼けてチリチリになっちゃったよね」

「ふざけんなよ」

思いがけなく、雄太がきつい調子で山ちゃんをにらんだ。授業開始時刻になって、私が前に立つとみんな私語をやめる。

「龍介、消しゴム貸して」

山ちゃんは、小声でやっぱり龍介に言った。龍介は黙って斜め後ろの山ちゃんに手渡した。

「では、始めましょうか。なあに、学校ではそんなに運動会の練習しているんですか」

問いかけてみる。

「だいたい、一日、二時間とか三時間してます」

龍介が口火を切ると、暑い外での練習がたまらなくきついのか、みんな口々に訴える。

「おかげで雄太の髪の毛焼けちゃった」

また、山ちゃんがふざけて言う。

「いいですか、みなさん。冗談でもみなさんは決して人の容姿、見た目の姿のことを悪く言ったり、からかったりしてはいけません。それは、いけないことですよ。その人は生まれた時から親からいただいた体で、そのようなお顔、声、髪なのです。決してその人が選んだわけではないのです。人のことをからかうことは、その人のお父さんやお母さんをからかうことにもなります。失礼ですよ」

誰も何も言わない。

「それにね、誰でもみんな自分のことをきっと、きっとね、大好きなんですよ」

と締めくくってから、授業に入った。いつもと変わらず進んだ。

授業が終わって、みんなが帰ろうとしている時、

「龍介、先に帰ってて」

山ちゃんが私の机のところに来た。

「……あのォ」

みんなが教室から出ていくのを目で確かめてから、おもむろに話し始めた。

「先生、僕さ、家に帰りたくないんだ」

「えっ、家に帰りたくないって、山ちゃん、何かあったの」

「センセ、僕の家の苗字《みょうじ》、今年変わったの知ってるでしょ。僕、いやなんだ。……家に帰るとさ、新しいお父さんがいるんだよね」

「じゃあ、その新しいお父さんのこと嫌いなの、怖いの？」

「嫌いじゃない。優しいし……」

「じゃあ、他に何があるの」

「兄ちゃんが、……兄ちゃんがね、中学校から帰ってくるとね」

山ちゃんは、言いづらそうにしてくぐもった声で話を続けた。

「兄ちゃんがね、自分の部屋から出るなって言うんだ。二階に僕らの部屋があるんだけど、兄ちゃんが、リビングに下りていくなって言うんだ」

「お兄ちゃんは、新しいお父さんと仲が悪いの？」

「仲悪くはないけど、そう言うんだ」

「悪くないけど？」

「今日、兄ちゃん、塾行く日だから、僕、一人でずっと部屋にいなきゃならないんだ。部屋にいろって、兄ちゃん、いつも言うんだ。そう言われてるから……。家に帰りたくない。いやなんだ。なんか、わかんないし」

「……いいですよ。じゃあ、おうちに一度帰って、お母さんかお父さんに、塾にいるって話してからいらっしゃい。空いている教室を使ってもいいですよ」

「うん、じゃ、うちに行ってくる」

山ちゃんは、今年三月までは山根正樹だったが、今の名前は藤本正樹だ。ご飯を食べてきたと言って、六時半頃戻ってきた。山ちゃんは、宿題をしたり本を読んだりしていて、一時間ほどたつと時間をもてあましたのか帰って行った。

今の新しい家族に慣れるしかないのだ。

「センセー、大変だ、センセー！」

雄太とガイチャが駆け込んで来た。今帰ったばかりだったので、何事が起きたかと驚いた。

「センセ、あのね」

二人は同時に言って、同時に笑いこけた。

「センセ、あれ！」

二人が指差したのは、窓越しに見るなんとも美しい夕焼け空だった。

「うわあ、すっごくきれいね。じゃあ、外に出て見ようか」

いつの間にか、鮎子ちゃんも一緒にたたずんで夕焼けを見ている。

「ああ、本当にきれいね、自然が作る美しさってなんとも言えないわね。ああ、息が詰まりそうだわ」

私が心から感動しているのを見て、三人も満足そうに眺めている。その生き生きした瞳も、赤く夕焼けしていた。

「ねえ、〝秋の日はつるべ落とし〟って知っている？　あっという間に辺りが真っ暗に暮れてしまうことをいうのよ。さあ、早く帰りましょう、すぐに暗くなりますよ。ああ、どんどん陽が落ちていくわね。ステキな空を教えてくれてありがとうね。さようなら」

三人は、「サヨナラ」と声を残し、ふと夕暮れに溶け込んでいった。私は、三人の帰った方角をじっと眺め、ため息をついた。

〝いつ、彼らに言うべきだろうか〟

そんな思いが私の心を支配した。あと二カ月後に迫っていた。

（四）

それは九月の終わり頃のことだった。授業が始まろうとした時、庭からこの塾の建物の大家さんの奥さんが突然声をかけてきた。

「うちの人が病気になりましてね」

あちこち眺め回すように、室内を覗き込んだ。

「あら、生徒がずいぶんいるじゃないですか。ええと、ですからね。それで、今後は私がここを預かることになりましたから。早速ですけれどね、こちらの自転車置き場でございますがね、今後、代金をいただきたいんですのよ。ここは広いから駐輪場として、家賃とは別に一万円を払ってくださいね」

これまで男の大家さんは、車三台分の駐車場も駐輪場も、「この敷地は全部使っていい」と言ってくれていたのだった。

「急にそのように言われましても……」

「それから、植木屋さんを入れますから。八年間も入れていないとあちこちの木、ほら、伸び放題になってますでしょ。代金は、払っていただきますよ」

言い切って、帰って行ったのだった。男の大家さんは病気だというし、奥様は早口で強硬路線をいきそうだし、ということで、翌日早速、仲介の不動産屋さんに来ていただいた。しゃがれた低い声の、五十がらみの小柄な男だった。

「アンタかい、塾長言うのは」

私はこわごわ対応していると、彼は意外なことをしみじみと言った。

「なるべく早くここを出た方がいいよ。あのバアちゃんと話しても埒明かんですヨ」

「はあ、男の大家さんとの約束と違いますので、一体どうすればいいでしょうか」

「ふん……実は、これからあそこに寄ってね、話してくるんですワ。私もここの物件から降りますのですワ」

「えっ、おりられるのですか」

「ほんだってのう、あのまくし立てるようなバアちゃんじゃ、やってておられんですワ。まっ、あんた、気の毒やけど、次の不動産屋に相談してみてください。悪いね」

それから三日後、次の不動産屋さんが来た。強面の色黒の、こちらも五十がらみの男だった。低いすごみのある声で言った。

「大家さんから聞いているよ」

と、いかにも私が無謀なことを言っているかのような、つっけんどんな言い方をした。

それでも、事情を丁寧に話すしかなかった。

「そりゃ、営業妨害やな。植木屋もあんたは頼んどらんでしょ？　無茶言いよる」

意外とあっさり私の話を聞いてくれて、大家さんに掛け合ってくると言って出て行った。しかし、すぐに戻ってきた彼は、あきれ顔で言った。

「あのおばはんじゃ。ホンマ、話にならんで」

言葉を切ってから頭《かぶり》を振った。

「わしが、困らんようにしときますからな、アンタ、なるべく早う次を見つけて、今年中にでもここ出なさいな」


十一月になった。最初の授業で、生徒に塾移転の話をしようと決めていた。

〝さあ、今日言わなくちゃ〟

庭の草を一本一本抜きながらつぶやいていた。草は、毎日五分くらいだけ抜く。それだと嫌にもならないし、つらくもならない。草にはとてつもない生命力がある。子供たちがどんなに踏みつけても、私がどんなにきれいに草抜きをしても、必ず芽を出してくる。草抜きは嫌いでも、草と土のにおいをムンムンと鼻先に感じながら、いろいろなことを考えるのは好きだ。

新しい塾は、ここから東に徒歩で五分ほどのところで、私の自宅の一階を改築して使うことにした。しかし、塾の移転は生徒の通いやすさの問題があるので心配だった。保護者宛ての手紙も出した。いくら抜いても生えてくる草抜きから、もうすぐ解放されることになると思うと、感慨深く草を抜いた。


鮎子ちゃんのお母さんに、中学生になると小学校とは状況が変わることを話した。

「担任の先生が全教科教えている小学校とは違い、中学校では教科ごとに先生が代わります。もちろん、中学校でも配慮はしてくださるかとは思いますが、今までのようなわけにはいかないと思います」

鮎子ちゃんのお母さんに説明したが、ピンと来ていないようだった。

小学校一年生の時から学校では一言も話さなくなった鮎子ちゃんも、今では六年生である。あと少しで小学校を終えようとしている。

「鮎子は、このまま地元の中学校へ行きたいと言っているんです。楽しみにしているようなんです」

「そうですか。楽しみにしているのはいいですね」

新しい環境へ移ることを楽しみにしていることは、前向きであり、小学校から中学校へ上がることへの期待感を持つ健全さに、少しホッとする。

「それに、お友達もいるし」

「仲良しさんがいるのはいいですね」

母親はうれしそうに、にっこり笑う。

「その子は、時々、うちにも遊びに来てくれるのですよ」

「まあ、そうですか。で、その時、鮎子ちゃんはお友達とおしゃべりとかしますか？」

「お友達は、妹の方とおしゃべりをしているのですが、鮎子も一緒に楽しそうに遊んでいます、でもしゃべらないんです」

その情景が目に浮かぶかのように、母親の顔がほころぶ。

「ま、今お話ししましたように、もしよろしければ一クラス十数人しかいないような私立中学校を探してみることも一案かと思います。心のケアまでしてくださるところもあるかと思います。もしご希望でしたら、受け入れの私立中学校探しのお手伝いをさせていただきますので、一度ご家族でよくご相談ください」

「行ってみた方がいいですか？」

「行ってみてからお考えになってもいいかと思います。鮎子ちゃんは、学力的に学習障害ではありませんから、このまま少しずつでも勉強を積んだり、友達と一緒に学校生活を続けたりすることは、とても大切なことだと思います」

私の心配は、鮎子ちゃんが中学校に上がってから、不登校になることだった。鮎子ちゃんは、この五年間、小学校で一度も友達や先生と話をしていない。このことを考えると、中学校生活を無事過ごせるのかが疑問だった。鮎子ちゃんのお母さんは、中学校でも今のような学校生活が続くものと思い、私の心配にピンと来ていないように感じた。これ以上、私個人の懸念を強く言うことはためらわれた。

午前中の鮎子ちゃんのお母さんとの会話が、重く心に溜まりこんでいた。熱いお茶を飲むと、緩やかな小さい幸せ感が広がる。一息入れると、もう少し草抜きをしたくなった。だが、見上げると早くも晩秋の空は夕焼け色を帯びてきていて、風も冷たい。

〝ああ、やめた。授業にエネルギーを残しておかなきゃ。草抜きの続きは、またにしましょう〟

教室へ戻ってしばらくすると、にぎやかな声が聞こえてきた。

「もう、エビワン！　イカツー！　タコスリー！」

「もう、エビワン！　イカツー！　タコスリー！」

雄太とガイチャが歌うようにやってきた。

「もう、エビワン！　イカツー！　タコスリー！」

雄太もガイチャも笑っている。奈々美もみんなも陽気に声を合わせる。

「もう、エビワン！　イカツー！　タコスリー！」

それでも私が黒板の前へ行くと、笑い顔いっぱいになりながらも、授業の態勢になってくれる。

「センセ、今日ね、フィリピンの英語のセンセがね、もう、エビワン！　って」

ガマンしきれないように雄太が笑いながら私に訴えかけて、ねっ、とガイチャの顔を見る。

「もう、エビワン！　イカツー！　タコスリー！」

ガイチャが小声で言うと、クラスは笑い声に包まれた。楽しくって仕方がないという雰囲気だ。

「それ、なあに？　イカツー！　タコスリー！　って」

「だって、もう、エビワンの続きだよ」

雄太が、ワン・ツー・スリーと指で示してくれた。ガイチャが大きな口を開けて白い歯を見せて笑う。私は黒板に“morning everyone”と書いた。

「モーニング・エブリィワンって、きっと言ったのよ。おはようみなさん、ですよ。モー、エビワンって聞こえちゃった？」

私もおかしくてたまらない。

「モーニング？　エブリワン？」

また、みんなで口々に「モーニング、エブリワン？」と心もとなく繰り返して言う。鮎子ちゃんも顔いっぱいで参加して、笑いながらも声を出さないように必死だ。このような子供たちの無邪気さから、私は〝幸せをもらった〟と、トクしたような幸せな気分になる。

笑い合いながら、楽しく国語の授業が終わった。たくさんの発言があり、のびのびと発想を広げていく子供たちの姿に、健康的な美しささえ感じられた。この豊かな発想を閉じ込めて、漢字一個を多く書けるようにしたところでどうなのだろうか。

宿題を言い渡してからおもむろに切り出した。

「えーと、みなさん、連絡があります」

みんなは何気なく顔を向けてくれた。

「実は、十一月いっぱいで、この塾は、引っ越すことになりました」

「えぇっ！　塾、なくなるの？」

みんなして驚きの目をいっぱいに見開いて、向けてくる。

「あのね、なくなるのではありません。引っ越すことになりました。向こうの花前公園の隣に私の家があります。その私の家の一階を、今改築しています。そこに、十一月の終わりに塾を引っ越しすることになりました。少し通いづらくなる人もいるかもしれません。ごめんなさいね」

「じゃあ、僕たちはどうなるの、ねえ、僕たちは？」

私は、ちょっといたずらっぽく言ってみた。

「そうね、時々宿題を忘れる子がいるけど、どうしようかな」

「ゆうた～、ななみ～」

山ちゃんがすぐに名指しで指摘する。

「みんな、全員置いて行っちゃおうかな」

クスッと笑いながら言ってみた。すると、いきなりガイチャが立ち上がって大声でみんなに向かって叫んだ。

「みんな、置いていかれたら大変だぞ。みんな、今度から宿題絶対、ゼ～ッタイ忘れるなよ。な、忘れんなよ！」

「じゃあさ、みんなさ、早く帰ってすぐやろうぜ。雄太、やってこいよ」

龍介も必死の声を出す。

「鮎子ちゃんもね、ちゃんと宿題やってくるんだよ、ねっ」

ガイチャは優しく、鮎子ちゃんにも諭すように声をかけた。鮎子ちゃんも素直にうなずいている。みんな、大あわてで帰って行った。教室に残された私は、意外な展開と成り行きに驚いていた。子供たちには申し訳ないけれども、子供たちの自主的な成り行きに任せてみることにした。思いがけない子供たちの動きに愉快になりながらも、驚きと感動で心が満たされていた。子供たちが帰った後はもうほとんど日が暮れて、一番星が瞬いていた。

三十分もすれば中学生が来る。


塾を移転してから山ちゃんは家が近くなったせいか、塾で時間を過ごすことが多くなってきていた。そこにガイチャが現れるようになり、仲良く本を読んだり宿題をしたりして過ごすようになった。すると、龍介や雄太も加わり、今度はみんなで公園で遊んでから授業に来ることもあった。

「センセ、手～、手～、手～、洗わしてくださーい」

塾に飛び込んでくると、みんなで手やら顔やらを洗いに行く。汗臭さが一気に塾内をおおう。

「わぁ、汗くさ～い！」

女の子たちが鼻をつまむ。

（五）

新年を越える頃から、雄太とガイチャに異変が表れた。二人してこそこそとしている。どうも健全ではない。この頃の雄太といえば、突然算数の「単位」の換算が得意になって、分を時に変えたり、kgをmgに変えたりすることもできるように成長していた。

あっという間に冬期講習は終わり、一月がどんどん進み、私立高校の入試が始まった。塾はかなり忙しいし、受験期となるとそれなりの緊張感に支配される。土曜も日曜もなくなる。その上、塾の方が勉強に集中できると言って、塾の空き教室を使いにやってくる生徒もいる。

そんな忙しい中、授業が終わってから雄太とガイチャがそろってやってきた。

「センセ、あの……」

「はい。なんでしょうか」

「センセ、僕たちね、三月から他の塾に行くことになりました」

雄太は、ニコニコ顔で報告してきた。ガイチャははにかんでいるような、困っているような表情をしている。

「えぇ？　本当に？」

「うん、学校のすぐ近くに新しい塾ができてね、みんなで行くんだ。なんかね、ディズニーランドの一日券、もらえるんだって！」

「みんなって？　えっ、ガイチャも？　二人とも？　他にも？」

「うん。そこの塾にね、学校の友達も一緒だよ。先週、体験入学に行ってね、三月からそっちに行くことにしました」

雄太は見たこともないほど、明るくハキハキした受け答えをしていた。その後ろで、ガイチャの目は泳いでいた。どうも、雄太とガイチャは、学校のクラスの友達とつるんだようだ。

二人を見送りながら、子供たちとの心のつながりを思い込んでいた私だけに、言葉を失い、心は揺れた。ディズニーランド一日券ですぐに捨てられてしまう塾だったのか。

「なんだか、クラスの子たちと組んでディズニーランドに行くって、言っても聞かないんです」

電話の向こうの雄太の母親の声に、あの三角の顔が浮かんだ。

一月も下旬になると、私立高校の合格発表の連絡がどんどん飛び込んでくる。そのたびに、押し花付きの祝電を送る。

〝合格おめでとうございます

有意義な高校生活をお送りください〟

私立高校は、九～十二月の間に「個別相談」と称する保護者・受験生との事前入試相談を行っているので、さほどの緊張や心配はない。しかし、生徒たちは合格証を手にすると、一様に喜びと安堵の表情を見せる。

その後、二月末には公立高校入試が控えている。受験生は、いわゆる最後の追い込み態勢に入る。受験生はもちろんのこと、講師も緊張して一時も気を抜けず、受験勉強のサポート態勢をとる。

『塾長先生、弟が高校をやめると言っています。どうしたらいいですか。相談にのってください』

二月に入ってすぐ、公立高校受験日まで数日しかない気ぜわしい中のことだった。歯科衛生士の専門学校へ通っている、卒塾生の明恵からメールが入った。明恵の弟、敬二は成績が優秀だったので、有名私立高校へ特待生として通う二年生だ。私は、明恵にすぐに電話した。

「今日は、九時半に授業が終わりますが、塾に来られますか」

「はい、行きます」

電話に出た明恵の声は、緊張したような、硬い響きで返ってきた。九時半に生徒たちが帰るのと入れ違いに、不安げな表情をした明恵と母親が、連れ立って入ってきた。学習塾というのは、まさに夜の仕事だ。中学生の時、明恵はわりとおっとりとしていて、静かにほほ笑んでいるような生徒だった。久しぶりに会ってみると明恵は、薄化粧をほどこしていて、若さも手伝ってかほんのりとした女性らしさを感じさせた。ボソッとお久ぶりですと頭を下げたあたりは、中学生の時のままだと感じた。母親は不安げな、絞り出すような低い声でゆっくり話しだした。

「夜分すみません。先生。実は敬二が急に高校をやめるって言いだしまして、高校の担任の先生にも、学年主任の先生にももう話は済んでいるって言いだしたんです」

胸のつかえを一つ一つかみしめるように話す母親を、明恵は心配そうに見つめている。

「それで、驚いて……、実は今週、敬二と主人と私と三人で高校に行って、高校の先生方に会ってきました。でも、敬二は、もう高校やめるってきかないんです。こんな高校にいても仕方がないとか、自分で勉強して大検を取って大学に行くとか言って、高校の先生方の言うことも聞こうともしないのです」

「その、敬二君の高校をやめたいという理由は何でしょうか」

「ただ、こんな高校にいたくないとか意味ないとかばかり言って……、もう、どうしようもないんです。主人もずいぶん敬二とは話して、言い聞かせたんですけれど、だけど、すぐ言い合いになっちゃって」

「いつ頃からのことなのですか」

「ここ、一カ月くらいのことで。主人も怒って。ずいぶん、……ケンカもしました」

母親の言葉を受けるかのように、明恵が半ば薄笑いを浮かべながら言った。

「先生、敬二の部屋の壁やドアは穴ぼこだよ」

「そうなんだ」

私は、軽く笑った。そのせいか明恵は気楽に話し始めた。

「先生、冷蔵庫もね、へこんじゃってるんだよ」

〝わかったよ〟と目でうなずいた。

「それで、敬二君はどうしているのですか」

「それがね、先生、今のところ、毎日高校には行ってて。敬二みたいに、なんか高校やめるって言ってる友達とね、つるんでるみたいで、ねっ」

言葉が途切れた母親の胸の内をさとってか、明恵は小声で言った。

「大丈夫だよ、母さん。全部言った方がいいよ」

明恵は、母の顔を覗き込んだ。母親は、すっかり落胆していた。高校を一時の思いでイキがって中退すると、そのツケは大きく今後の自分の将来にのしかかってくる。それればかりではなく、とてつもない親不孝にもなると感じられた。敬二の母親のかすれたような小さな声は、悲しげで苦しげだった。

「月曜日に校長先生と最終面談があります。そこで、退学届を出して、……最後になります。敬二はやめるって決めているようで、何を言っても、もう全然きかないし……。主人もあきらめています」

母親はその口調から、すっかりあきらめているようでもあった。私は、話を聞きながら、どのように対処すべきか考えをめぐらしていた。

「私が、どうこうできるということはあまりありません。……妙案はありませんが、そうですね。敬二君に一度会ってみようかしら。どうでしょうか。お会いしてもよろしいでしょうか」

「会ってくださることはいいですが、敬二が出てくるか。仮に出てきても、もう……だめです」

母親の言葉に明恵も深くうなずいた。そうなのかもしれないと感じてはいたが、敬二がどんな表情をしているのか、どんな心持ちでいるのか、会いたくなった。最終面談が月曜日というと、今日は金曜日なのでもう間がない。そう思って、何気なく時計を見ると、夜も十時半を回っていた。

「こんな時間になってしまいました。遅くなってしまい、すみません」

「あ、先生、こちらこそ、こんな遅い時間に来てすみません。ありがとうございました」

母親は丁寧に頭を下げた。明恵もつられるように頭を下げたが、決して納得している顔ではない。

「お力になれるかどうかはわかりませんが、それでは、明日一度お電話を掛けさせていただきます」

「先生、先生に話を聞いていただいただけでも、私たちの気持ちはずいぶん楽になりました。ありがとうございました」

二人は何度も頭を下げて、母親の運転する車で帰っていった。疲れが、どっと体に押し寄せてきた。

翌日、午前の入試対策の授業をしていると、ガイチャの母親から電話が入った。

「外山音哉の母です。おはようございます。先生、今日、ごあいさつに伺いたいのですけれど、空いている時間ありますか。ほんの少しでいいんですけれども」

「ああ、外山さん。午前の授業は十一時四十五分までで、そのあと一時まで空いております。よろしかったら、どうぞおいでください」

十一時四十五分、中学三年生が授業を終えて塾を出ていくと、寒空の下、ガイチャのお母さんは玄関の外で待っていた。

「このたびは先生、どうもすいません。音哉があんな勝手なことを言いだして」

ガイチャも雄太もあと一、二回で塾へ来るのが終わる。

「私は残念ですが、仕方がありません。でも、また何かございましたなら、どうぞお立ち寄りください。音哉君の中学生姿も見たかったのですよ、本当は。いつかまた、元気なお顔を見せていただければうれしく思います」

「……センセ、それでね、ちょっとお願いがあります」

「はい？」

「音哉が三月中は、こちらの塾も続けたいと言っているのですが、それはだめでしょうか」

「……三月中は、両方の塾に通うということですか」

「そうなんです。音哉に、今日、挨拶に行くよって言いましたら、出がけに、先生に聞いてきてって、言われまして」

「塾では構いませんよ。雄太君も一緒でしょうか」

「さあ、雄太君のことはわかりません」

ガイチャのお母さんは、菓子折りを置いて帰って行った。


私は、昼食をとる前に、明恵の弟の敬二に電話した。母親が出た。

「あ、先生。昨日はありがとうございました。敬二ですね」

敬二はすんなりと電話に出た。

「敬二君、お久しぶり。ちょっとお話ししたいんだけど、今日、夜時間ない？」

「はあ、空いていますが」

「私はね、今日は、夜九時まで仕事なので、九時十分くらいに塾に来られる？」

「あ、わかりました。行きます」

意外にすんなり了解してくれた。

このところ、夜の授業が終わると、疲れが肩にぴったり張り付いてくる。入試シーズンは休みが少なく、疲れがたまってしまう。

敬二は時間ピッタリに現れた。なぜか私はホッとし、ほのかな喜びがわくのを感じた。

敬二は塾に通っていた頃と変わらぬ信頼の眼差しを向けて、ペコッと頭を下げた。

「敬二君、今日これから、予定ある？」

「えっ、これからって？」

「今日、この後」

「いえ、何もありません」

「そっかあ、じゃあ、ドライブに行こう」

一瞬、驚いたようだったが、素直に助手席に乗り込み、シートベルトを締めた。携帯電話を渡し、家の人に連絡するように言った。

「あ、オレ。なんかさ、先生が少しドライブに行くってんで、行って来ます」

敬二は家族に特別なふうではなく、ごく普通に話していた。

少し走ると、遠くに高速が走り、新都心の高層ビル群が夜の闇にくっきりと望めた。

「人工的な夜景もきれいね。私も夜、車で走るのは久しぶりなの。いい気分ね」

「……はあ」

こんな弾まない会話は、困る。

「どうなの、高校は。大変でしょ、特待生って」

「……」

「部活とかは、やっていないの」

「僕らのコースは部活をやらしてもらえないコースです。……いつも模試ばっか」

「ふぅん、そうなんだ。で、その肝心の模試の成績はどうなの」

「ここのところ、なんだかあまり勉強していないから目いっぱい下がっちゃった」

「そうか。そんな時もあるよね。そうだよね」

私は、カラカラと笑った。暗い車内で、敬二の潤んだ目に対向車のライトが映って見える。

「……友達で、……高校やめるって言っているヤツが結構いて、大検取って、大学受験するって言ってる」

敬二はポツリポツリと話し始めた。敬二は、日々の猛烈な授業から、こぼれ落ちかけていた。高校は、特待生に対して国公立の大学受験を推してくるという。生徒が目指す大学を高校側が受け入れず、高校側が生徒の受験大学のゾーンを決めてしまっている。敬二たちはこのことに反発を感じているようだった。それでも、私に自分が退学する話はしてこない。ということは、敬二が退学するという固い決意は、まだないと読み取れた。母親や明恵の言っているのとは少し違っていて、揺れていた。敬二は頑固でもなかった。

「ああ、そうなの。そうか。そのお友達は、自分の行きたい大学を自分で決めて受験したいってこと？」

「……そう」

敬二は静かにうなずいた。

「それはそうかもしれないね。そうだよね」

この年代の生徒たちには、受験状況を理解して、自らが受験に励むようにならなければ難関大学受験を乗り切ることは難しい。ほとんどの友達が懸命に励む姿に、自らが勝手に圧倒されてしまい、勝手に落ち込んでしまうこともある。その気持ちを、痛いほど感じる。

「自分が希望する大学を、ここを受験しますと、はっきり言えばいいじゃない？　ねえ、それより、今からもう受験校を絞ってしまっているの？」

「いえ、まだです。まだまだです」

「だよね。だとすると一年後、受験の時ね、国公立はさておき、難関私立は意外と、高校が紹介してくるのと差がないかもしれないよ。高校側が示してくるのも一つの選択肢に入れて、考える幅を広くしても悪くないと思いますよ」

「僕らみたいな私立希望者には、国公立向けをやっていたら、科目数が違うので、受かる私立にも間に合わなくなります。……それを高校はわかってくれない。先生は僕らに怒って言ってくるし。しつこいし」

「それで、お友達は高校をやめると言っているの」

「そう……そうです」

「ならね、お友達に言ってあげた方がいいと思うよ、一人で勉強するのってかなりしんどいよって。今まで頑張ってきて、あと一年、一年我慢するのと、やめるのとでは今後の人生かなり違うと思うよ。大違いかな」

「でも、通信制や定時制の高校もあるんですよね」

「あるにはあるけれど、どの辺りの大学を狙うかにもよるとは思うよ。同じ大学受験するのであれば、どう考えても今の高校の環境の方が俄然有利だと思うよ」

小一時間も車を走らせるとかなり田舎まで来ていたので、高速に乗って、サービスエリアでラーメンでも食べて帰ろうと思った。

「受験するのは自分じゃない？　自分が大学決めればいいと思いますよ。願書を書くのは自分の意志でしょ。高校にはそんな先生ばかりじゃないと思いますよ。もっと理解してくれて協力してくれる先生も必ずいると思いますよ。それに、もっと大学情報を詳しく調べないとね」

　何か、日常がひどくつまらないものになっていて、鬱屈しているのかもしれない。心が閉塞感に囚われて、目標が見えなくなってしまっているように感じた。

「おうちの人、心配してるかしら」

「大丈夫です。さっきドライブに行くって電話したし」

「でしたら、では、高速にでも乗りますか」

　予定通りのコースにハンドルを切った。敬二はじっとただ一点を見つめていた。

「……あの、……先生」

　敬二は言いよどんだ。

「ん、なあに？」

「あの……僕ら、毎日何も楽しくないんです」

「……そうなんだ、じゃあさ、もしかしてカノジョとかもいない？」

「いない、いないですよ。ゼンゼンですよ」

「気になる女子とか素敵な女子とかいないの？」

「いるけど、ゼンゼン声かけられない」

「な～んだ、ただお弁当一緒に食べようとかさ、ちょっと消しゴム貸してとか、これステキだねとか、普通に話したら普通に簡単に友達になれるよ」

「ボクなんか……」

「きっと、女の子も普通に話してもらって、普通に友達になる方がうれしいんじゃないかしらね。それに、敬二君って結構ステキだと思うな、私は」

私は、話の合間はカラカラ笑っていた。いつの間にか敬二も笑っていた。


月曜日の夜、明恵が再び塾に報告にやって来た。

「センセ、敬二が、敬二がね、校長先生との話の時、すみませんでした、高校続けますって、そう言いました。センセ、弟が高校、やめないって言ってます」

明恵はウルウルきていた。

「センセ、お母さんはね、あの時、ホントは泣いてたんだよ。でね、今日は喜んでね、また泣いてんだよ」

ステキなお姉ちゃんだなと思った。よかった、とにかく、よかったと、心からうれしく思った。

「センセ、ありがとうございました」

特別な話は何もしなかったのに、敬二は何かを感じて、考えてくれたのかもしれない。

いや、ただ単に、十分に自分の考えを聞いてもらいたかっただけかもしれない。

明恵は私が敬二に何か魔法でもかけたかのように言うが、実は特別なことは何も話していないし、何もしていなかったというのが真実だった。


三月は塾の新学期である。

塾では新学期を迎え、これまでの三年生は来なくなり、二年生が三年生。六年生が学校より一足早く中学一年生になる。龍介や山ちゃん、鮎子ちゃんたちはいつものように陽気に中学一年生の学習を始めていた。雄太は来なくなり、ガイチャは一人沈鬱な表情で通ってきていた。ガイチャから、あの底抜けに明るい笑いが消えたのは、何よりさみしかった。やはり、短期間とはいっても掛け持ちで塾に通うのは好ましい姿ではない、とつらくなった。

三月も終わりに近付くと、ガイチャは授業を終えるとますます視線を床に落とし、肩を落としたまま帰宅するようになっていた。

（六）

塾の小さな庭にも桜の花びらが風に乗って舞い込み、心をワクワクさせてくれる。桜も白木蓮も見事に春を彩り、あっという間に去っていく。ハナミズキやライラックが咲き始める頃、もうすぐ入学式がやってくる。

「みなさん、制服はもう用意しましたか」

授業が終わってから、新中学一年生に聞いてみた。

「センセ、去年のうちに買っちゃったよ」

と明るく山ちゃん。

「奈々美は、一月に買った！」

だいたいが一月中に購入しているようだ。

「みなさん、買うのが早いんですね」

「だってね、後の方で頼むと、混み合って間に合わないかもしれないってお店の人が言ってたよー」

奈々美の言葉に同意するかのように、言ってた、言ってたと声が上がる。なるほどそういうことか、〝間に合わないかもしれない〟がミソか。小学六年から中学一年になる時は急に背が伸びる子も多い。だから、三月半ば以降に購入する方がベターのような気がする。

今週で通塾が終わりになるガイチャは、あと一回で退塾だ。「僕も一月に買ったよ」と、意外に明るく龍介らと笑顔で言葉を交わしている。吹っ切れたかな、と私の心も微妙に軽くなる。

「みなさん、多くの塾では、春期講習をしているようですが、ここの塾ではいたしません」

「やったぁ」

みんなの心からの笑顔が楽しい。

「みなさん、三月は小学生最後のお休みですから、ご家族で旅行に行くとか、おじいちゃんやおばあちゃんの顔を見に行くとか、ご自由にお過ごしください」

山ちゃんがほんの少し手を挙げて、何か言いたそうだ。

「あ、あの先生、ちょっと、あの、いいですか」

私がどうぞ、と言うように顔を向けてほほ笑むと、彼は立ち上がった。そのひょうきんとも取れる仕草がみんなを笑わせた。

「あ、あのさ、先生。この前、国語の時間、みんなでハガキ出したじゃん」

「おまえ、〝じゃん〟はヤメロ」

龍介が、突っ込みを入れる。

「あ、六年生の終わりにって、二月の初めに書いたおじいさんやおばあさんへの小学校卒業の報告のお葉書ね」

「そう、そのハガキ。で、じいちゃんとばあちゃんが喜んでね、すぐ電話きてね、富山に遊びにおいでって」

「まあ、そうだったの。よかったわね」

「そんで、僕、富山にいるばあちゃんちに兄ちゃんと行くんだ」

「二人で行くのですか？」

「はい！」

きっぱりと、輝かしく言った。

「いいですね、山ちゃん、お兄さんと二人旅ですね。他にはどこかへ行く人いますか？

ガイチャはどうするの？」

「僕んちのばあちゃん、東京の板橋だから、挨拶に行くくらいかな」

ガイチャが言った。

「オレは、まだなんにも決まっていないし、連れてってくんないしな。ゼッタイ、無理だな」

龍介が日焼けした丸顔をつまらなそうにうつむけて言った。鮎子ちゃんは、おだやかに耳を澄まして聞いている。そして、時々体をゆするようにして笑っている。

「鮎子ちゃんは、中学校の制服を用意しましたか」

びっくりした顔で一瞬私に目を向けてから、はにかみながらもコクリと首をたてに振った。

新しい仲間の井上まりは、一週間びっしり習い事がつまっているので、春休みがないと言ってみんなを驚かせた。

そこで、話を付け足した。

「春期講習はありません。でもね、その代わりというわけではありませんが、塾では四月終わりからの連休には、〝しっかり楽しくゴールデンウィーク講習〟というのがありますので、それにはみなさんで参加してくださいネ」

なにそれ？　というような顔をしている。

「ええとですね、中学生になると部活動があります」

ウンウンと、みんなしてうなずく。

「中学校では小学校の時と違って、ゴールデンウィークの休みの日も、ほとんどが部活動をしているようです。そうなると、みなさんは家族旅行などにもなかなか行けなくなります。そこで、今のうちに家族と遊びに行ったらどうでしょうということです。そして、ゴールデンウィークになったら〝しっかり楽しくゴールデンウィーク講習〟をしましょう、ということです」

　私がカラカラと笑うと、みんなも楽しげに笑う。

「それにですね、中学校ではその頃は、中間テストを控えていますから、有意義な講習になると思いま～す」

　まだ中学校という名にあこがれ、部活動という響きに期待しているこの子たちにとって、中学校はやはりワクワク胸躍らせる未知の世界なのだろう。その上、中間テストなるものは、なんだか上級学校の儀式のようで、神聖なものに感じているかもしれない。

　ガイチャもみんなに交じって元気に「ありがとうございました、さようなら」と消えていった。


　山ちゃんが言っていたハガキというのは「口と足で描いた絵」の絵ハガキで、手をなんらかの理由で失った人や、手が使えなくなった人が、口や足をつかって生きるために描いた力作の絵ハガキだ。まずは、みんなに画家の簡単な経歴を話し、口や足で絵を描いている写真を見せる。画家たちのある人は、口に絵筆をくわえ、ある画家は足に絵筆を持たせて絵を描いている。しかし、そんな作家の経歴や意気込みとは別に、子供たちは、自分の気に入った絵ハガキを選ぶ。その絵ハガキをみんなで書いて、みんなで出しに行ったのだった。

いざ、その絵ハガキに文面を書く時のことだった。

「センセ、どうやって書くの？」

と、まったくハガキを書いたことがない子がほとんどだった。

「センセ、住所わかんないもん」

奈々美がこのようなことは苦手、という雰囲気を前面に出して言った。前の週、おじいちゃん、おばあちゃんの住所を聞いてきてください、と言っておいたのだったが。

「奈々美ちゃんは、おじいちゃんとおばあちゃんの住所を聞いてこなかったの……あら、住所、書いてあるじゃない」

「うふっ、だって、奈々美、奈々美のおうちの住所がわかんないだもん」

もうすぐ中学生になる子が、自分の家の住所がわからない、というのであった。

そうか、と思った。昨年、自分の父親の名前を漢字で書けない子が少なからずいたことにも驚かされた。さらに父親の名前を正確に言えない子には、本当に驚いたものだった。ただし、母親の名前は書けるのだった。そのうえ驚かされたのは、母親のことをどうしたものか〝みどりちゃん〟とか〝ミーちゃん〟と呼んでいる子もいたことだ。ママは二十歳だよと友達同士で会話しているのを聞いた時は、思わずひっくり返ってしまったものだった。

木曜日には山ちゃんが旅行に行くと言って欠席した。この日はガイチャが塾に来る最後の日だ。

ガイチャはなんと不思議な雰囲気を持った子だろうと思うことがある。柔らかく明るく屈託ない雰囲気で、それでいて頼りがいがある強さをも見せることもある。顔は少し色黒で、優しい表情をしている。体は大きい方で、剣道をしているのでがっしりしているが、均整がとれていてスンナリとした体型でかっこいい。

ガイチャは、五年生の初夏に、雄太とともに塾にやってきた。六年生を終えて雄太とともに去っていく。国語の作文では必ず〝お虫〟を登場させていた雄太と国語が大の苦手のガイチャは、幼稚園からのいい友達なのだ。夏休みにキャンプに行く時も、冬休みにスキーに行くのも一緒だと聞いていた。

私の塾では生徒を選ぶことはない。だから、引きとめもしない。この塾に在籍している生徒は、どのような問題を抱えている児でも大切にしていくのが私のやり方であった。

塾での中一数学は「正負の数」の〝四則の計算〟に入っていた。この日は、ガイチャに四則の計算をマスターさせてあげられればいいと思い、丁寧に時間をかけた。中一の中間テストの範囲は越えているので、ガイチャはどこへ行ってもとりあえず困ることはないだろう。授業時間は淡々と過ぎていった。「正負の数」の〝加減〟のまとめまでを少し入れた。授業の終わりに宿題を言い渡してから、一言付け加えた。

「みなさん、春休みに時間があると思いますので本を読みましょう。本は、私たちの知らない世界を見せてくれます。世の中には不思議や感動や発見など、思いもよらないことがたくさんあります。本は私たちを育ててくれますよ。では、今日は終わります」

私からのガイチャへの、お別れの言葉でもあった。

ガイチャはみんなと一緒に教室を出ていこうとしていたので、声をかけた。

「ガイチャ、またね」

ガイチャは、笑っているのかなんだかわからない表情のまま、ペコッと頭を下げて一言残して出て行った。

「ありがとうございました……」

その時、井上まりが質問してきた。

「センセ〜、あの〜、宿題は宿題ノートにって？」

「あ、井上さん。数学と英語は、授業ノートと宿題ノートを別々に作ってくださいね。ですから今日の宿題も、宿題ノートにやってきてください」

ガイチャは教室を出て行って、表情はもう見えない。この頃のガイチャは誰よりも本を読む読書家に変貌していたので、私には読書を続けてほしいという願いがあった。「オレ、国語やだなあ」と言って、時折、床にずり落ちたり、空ばかりを見ていた少年が、大の読書家になっていたのだ。


なんだか心が湿っているような自分を感じながら、次の授業に入った。

しかし、いったん授業が始まると、いつもながら目の前にいる生徒にエネルギーをもらい、リフレッシュできる。子供たちの持っている無限の生への希求が放たれるのだ。

特にこの時期は、新入塾生や体験の生徒がいて気忙しいので、きっかり授業モードに切り替われる。教室は二つしかない小さな塾なので、塾の様子がすべて肌で感じられる。このような小さな塾を選んでくださるご家庭のしつけのせいか、中学生もどの学年も、生徒たちは授業が始まるとパッと授業態勢に入ってくれて、私語がない。授業が終わってから、体験に来た生徒に説明をしたり書類を渡したりして生徒たちを送り出す。体験者は少ないが、体験に来るとほぼ入塾してくれる。実は、新中一は一クラス十二名しかとらないので、例年十二月で満席になる。中学三年生がAコースとBコースの二クラスに分かれるので、新たに入塾してくる子がいるのだ。

生徒たちが帰ると、それから、講師の先生と互いにねぎらい合う。

「お疲れさま」

片づけや記録、そして戸締まりを終えると、講師の先生もお帰りになる。一人きりになると、一気に疲れを感じる。

「ああ、楽しかった」

私は疲れた時に、声に出して言うことにしている。心が揺らいだり湿ったりしているなんて、誰も普段の私の姿からは想像もできないだろう。明るくきっかりと仕事をこなすことにしている。何かあっても、すべて時が私を納得させてくれる。ふぅー、と深く息をした。

電話が鳴った。時計を見ると、夜も十時をすっかり回っている。

「先生、外山です」

ガイチャのお母さんだ。

「先生、音哉がね、……ほら、自分で言いなさい」

どうもガイチャがそばにいて、何か言いたいようだ。

「ほら、オト……」

「……、センセ、オレね、ぼく……、ぼく、このまま塾に残ってもいいですか！」

やっとそれだけ言うと、そのまま受話器を母の手にゆだねたようだ。

「先生、すみません。音哉がやっぱり今まで通りで、先生の塾に残りたいって……」

母親も、声をつまらせている。私は、思いがけない申し入れに、喜びの血が全身を駆け巡っているのを感じ、笑い声でこたえた。

「もちろんです、大歓迎です。うれしいです」

（七）

「幼稚園のうさぎ組で一緒だったハルヒコがさ、おんなじクラスになってさ」

「え～、ハルヒコって引っ越したんじゃなかったっけ」

龍介と山ちゃんが盛り上がっている。

「オレもさ、保育園の時のヤツと会ったよ。でもさ、名前見ないとわかんなくない？」

ガイチャの割り込みに、オ～オ～とばかりに山ちゃんが聞いた。

「ガイチャさ、そっちの学校にコノエキンノスケ、ちょっと難しい漢字書くんだけどさ、近衛欣之助っていなかった？」

「どうかな、わかんないな」

「たぶん、そっちの中学校に行くと思うよ」

「コノエキンノスケって、なんだかすっげぇ名前だな」

「だろ、だろっ！　なんだっけ、偉い人の家系なんだってさ」

「バッカだなあ、何だっけじゃないだろ、キンノスケの先祖のコノエは、歴史上のなんとかって言ってたなあ」

龍介がやっぱり答えられない。みんなただただ笑ってにぎやかだ。

新学期が始まって、生徒たちはそれぞれに新しい環境の空気を体いっぱいに受けて、新鮮さを塾にまで運んでくる。新品の中学の制服を着た生徒たちは、かくしきれない喜びを、その制服からはじけさせていた。

中学一年生は、塾へ来て楽しそうににぎやかに情報交換をする。小学校の時の通学区域と変わる子もいるようで、幼稚園や保育園の時の懐かしい友達との再会も待ち受けていたようだった。

「ウチのクラスにね、ハナゾノユリカって、いるよ。なんかね、きれいな名前でびっくり」

奈々美の言葉に山ちゃんは、オオッとばかりに反応する。

「で、実物は？」

龍介もガイチャも転げまわって笑っている。

「ホントにホントに、名前よりもっともっとも〜っと、ず〜っときれいだよ！　色が白くってね、手も足もすっごく細いんだ。でね、髪の毛がね、フワ〜ッて長くって」

「ねえねえ、その子、どこ小だった？」

「知らない。そっちの小学校じゃないの？」

奈々美も興奮気味に、はしゃぐように言う。

「あ、奈々美さ、その子、うちの学校にいた子じゃないかな。確か、その子、ユリカってね、体が弱いんだって。長期欠席の子」

井上まりが、奈々美の顔を斜めに見て冷めた言い方をした。みんなの視線が、まりの近くで止まった。

ガイチャは、雄太とも鮎子ちゃんとも別のクラスになったようだ。鮎子ちゃんは新鮮さと戸惑いが交錯しているのか、その表情にも不安定さがある。中学校では、教科ごとに担当が代わるので、一言も言葉を発しない鮎子ちゃんは大丈夫だろうかと、私も不安になった。

そして、みんなの一番の関心事はやはり部活動のようだ。中学校で「部活動の紹介」が行われると、一気にのめり込んでいく。どの部活を体験するかとか、どこの部活が強いとか、兄弟がいるとか、興味と期待と不安に胸を膨らませるのである。

「センセー、センセー」

玄関で声がする。

「センセー、これ、どうしよう」

　奈々美と山ちゃんだった。

「あら、どうしたの、その子」

「あそこのポストのとこの角に落ちてた」

　塾へ来る時、小さな子スズメを見つけて立ち尽くす奈々美と、そこを通りがかった山ちゃんが、「塾へ連れて行こう」とやってきたのだ。

「野生のスズメはね、そうね、残念だけど人間ではきっと育てられないと思いますよ」

「じゃあ、この子、死んじゃうの」

「どうかしらね。きっと、親スズメが迎えに来ますよ。うちの子はどこですか〜って、今頃さがしているかもしれないよ」

　二人の目は、スズメが落ちていた場所を見ていた。奈々美は、両手で大切そうに包み込むように、スズメを持っている。山ちゃんも心配そうに覗き込んでいる。

「センセ、この子、死なない？　ネコとかに食べられない？」

　奈々美が聞いてくる。

「その前にきっと、親スズメが探して連れて行きますよ」

「じゃ、置いてくる？」

山ちゃんに促され、奈々美はコクンとうなずいて二人で戻しにいった。実際、親スズメが木から落ちたりした子スズメを、探して連れて行くという。

夕暮れの赤い空に、黒く雨雲がおおいかぶさっていた。


「センセー、英語、九十点だったよ！」

山ちゃんが飛び込んできた。

「九十点？」

「ほら、九十点！」

どちらかというと英語の苦手な山ちゃんが、期末テストで九十点だった。一学期中間テストでは、百点を取ったばかりだった。

「どれどれ、ほんと。はじめの大文字のところでよく間違えなかったわね。ピリオドもしっかり書けていますね」

今度は龍介が飛び込んできた。

「あ、僕、百点」

「龍介のクラスさ、百点何人いた？」

「わかんないけど、七〜八人かな」

一年生が集まった。始業前に一学期の期末テストの結果報告書を渡し、記入してもらった。山ちゃんが心配だったけれど、その山ちゃんの英語が九十点だった。

「お互いに、お友達が書いているのを見ないでくださいね」

ひと言そう言うだけで、子供たちは決して友達の点数を覗き見しない。

山ちゃんは、数学と理科は八十点台をマークしたが、予想通り国語は七十点台だった。奈々美は自分の点数に驚いていていた。

「先生、英語、百点だった」

うれしそうに歯を見せて、にっこり笑っている。奈々美の学校では、英語テストは〝試運転〟のようで、非常に簡単なテストだったようだ。クラスのほとんどが百点だったという。奈々美の学校の塾生は、全員高得点だった。

「え〜と、みなさん百点で、一つも間違えないのはやっぱりすごいです。立派ですね」

ガイチャたちの中学校では少し違って、八十点台が多い。アルファベットのリスニングの〝m〟と〝n〟では、nを強調したためにmをnと迷ってしまったようだった。鮎子ちゃんはリスニングが苦手のようで、聞いてすぐに答えを書くことがスムーズにできないようだった。それでも頑張って、五十点以上を取った。

「鮎子ちゃん、よく頑張りましたね。また頑張りましょうね」

うれしそうな表情でほほ笑む。数学も五十点台だったが、他の教科が厳しいのだ。一年生のこの時期の数学で点を取らせられないのは、私の教え方の力不足であり、教え方が不十分に違いない。

一年生の英語は、一学期の中間・期末は、塾内では百点近くを取る生徒がここ数年ほとんどだった。一年生の英語をしっかりしておくと、二年三年の英語を難なくクリアすることができる。教える方としては、その実感は実績としてある。

私は中学生の頃、英語が苦手であった。中学生の時、なぜみんなはそれほど英語を好きになれるのかが不思議であり、さらにみんながなぜせっせと英語を勉強するのかが不思議でならなかった。毎回あった単語テストは、ことさら嫌いだった。

「This is an egg.」

先生の後について、私たちはわけもわからず読んだ。

中学へ入った時に、美しく優しい時田秋子先生は、an egg をリエゾンして流ちょうに発音して教えてくれた。そこだけはしっかり記憶に残った。だが、英語は苦手だった。英語がわからなかったのは、きっと私だけでなかったにちがいない。なぜなら、英語が苦手だった私の成績は、悪くなかったからだ。

その大嫌いな英語を教えなければならなくなったのは、単に塾の都合で、英語講師不足のせいだった。二十年以上も前に学習した英語を思い起こせば、私の英語の引き出しには、英会話などという必殺技はない。

「"I'm home." が〝ただいま〟だなんて。先生、やりました?」

英検一級、TOEFL満点近くを取っている、英語大好き先生に尋ねる。

「そうですね。いつか自然にそういうのは覚えていましたね」

上目遣いに、軽く微笑まれた。そうか、彼女は十歳くらい私より若いだけだから、同じような英語教育を受けてきたはずだ。英会話は、きっとどこかで努力して獲得したにちがいない。あ〜、エライなあ、と感嘆する。

それならばと、私は教えるための英語を一から勉強し直した。車の中ではCDで基礎英語の単語の発音、音読、リスニングに時間をかけた。さすがに文法では、難しいことはなかった。私のような英語嫌いの生徒を作らないことも、大切な仕事だと思った。単語テストは、各学年しないことにしている。英単語を覚えられない子は、国語の漢字も覚えられないということもわかってきた。

ガイチャたち一年生は、私の英語の三期生だった。私の教え方は、数学的だと思う。特に丁寧ではない。学習塾では、講師の資格は問われない。だから、大学生も講師として、塾でアルバイトをしている。

事実、私は国語の教員免許を持っているが、数学・英語の教員免許は持っていない。いくら学歴が高くても、資格を持っていても、生徒によく理解させ、得点させなければ、塾講師として失格である。生徒は、学校以外にわざわざお金を払って、時間をかけて疲れた体を引きずってまで塾へやって来ているのだ。

私は、塾の講師に対して言っている。

「中学校の教員の二倍も三倍も〝わかる〟授業をし、〝二倍の速さ〟で、〝三倍の量〟をこなしてください」

塾というのは、一週間に一回七五分だけの授業だからこそ成果を要求されるが、実際はそう簡単ではないのが実状である。

優秀な生徒は一を教えると十理解するので、最優秀にするために、濃密で高度な授業が要求される。一方で、理解の遅い生徒には、授業が「わかる」ことと学習する「喜び」を引き出していかなければならない。そういった難儀さが塾講師には求められている。体に入る授業をして高得点を取れれば、どの子もそれはもう得意教科に変わっていく。

期末テストが終わり、あとは部活をしながら夏休みに突入していくだけだ。

「……でね、雄太がさ、今の塾やめたいんだって」

「えっ、もう、早っ。で、雄太は、またこっちの塾に戻るって言ってるの？　ガイチャ」

ぼそぼそ龍介とガイチャが、こちらをうかがいながら話している。

「ふむふむ、でっ？」

「うるっせぇなあ、山ちゃんはさ」

「でっ？」

割り込んだ山ちゃんは、おどけたり目をむき出したり、やっぱりひょうきんだ。

「ガイチャさ、センセに言えば？」

「龍介、言って」

「オレ、そこんとこよく知らないもん」

「センセー、雄太が塾に戻りたがっているんだって」

山ちゃんの気楽な言い方に、二人は顔を見合わせて噴き出した。私はほほ笑んだ。

「なんの話かしら？」

「センセー、雄太、また来てもいいよね」

続けてガイチャが言ったので、椅子をクルリと彼らに向けてから言った。

「雄太君ですか。塾やだなーって思う、そういう時もあるでしょう。けれどね、雄太君はきっと頑張りますよ。お友達と行ったのですから。もし本当に困ったら、自分で言ってきますよ、きっと」

ガイチャは、自分が雄太と一緒にやめなかったことに対して、心に引っ掛かりを持っているのだろうかという思いがよぎった。

授業に入ると、ピシッと空気が変わる。生徒たちの目で、授業に対する生徒たちの気持ちがわかる。その気持ちがうれしい。だから、授業の厳しさを大切にしたい。

夏期講習がはじまってすぐのことだ。中学三年生の川野麻衣《かわのまい》が、フイッと「こんにちは」も言わずに自分の教室へ通過していった。玄関を入ると、真ん中の教員用の部屋を通ってから、左右の教室に入ることになっている。そこへガイチャたちがやって来た。

「こんにちは〜」

「ワッ」

一年生が顔を見合わせて、そそくさと自分たちの教室へなだれ込んだ。

「アリ？」

そう言うガイチャに、龍介は声を殺して言う。

「ナシだろ」

みんな時間ギリギリに来るので、授業がすぐに始まった。なるほど、そういうことか、と、下を向き長い髪で顔を隠している川野麻衣を一瞥した。今日の三年生のこのクラスの生徒は、授業が半ばウワノソラだ。チャラ男の福島君が〝おもしれぇ〟と愉快そうにしている。

やがて終業時刻になって、いつものように宿題を黒板に書いた。

「宿題はここです。では終わります。はい、じゃあみなさんお疲れさまー。あ、川野麻衣さん、ちょっと残っていてください」

みんなガン見はしないが、チラ見して帰って行った。

「川野さん、今日は美しくしてきましたね。何かいいことありましたか」

みんなが帰ったのを見計らって、彼女の前に座った。川野麻衣は見られたくないのか、下を向いている。見せたかったはずなのに。

「……べつに」

バサバサとしたロングのつけまつげ、濃い化粧。テレビでよく見る渋谷辺りの遊んでいる女の子のお化粧だ。

「どうして中学校の制服を着てきたの？」

「……？」

「そういうふうにお化粧とかする時は、制服はまずいよ。〝あの子、あそこの中学校の生徒〟って、すぐわかっちゃいますよ」

「着る服、なかった」

「そうか、なかったの。それって自分のお化粧道具なの？」

「アネキのです」

　私は笑った。

「だよね。わかりました。じゃあ、遅くなりますので帰りましょう。気を付けてね。変な人に声をかけられても、知らんふりして帰るのよ。変なヤツが来たら蹴っ飛ばしちゃえ」

　川野麻衣は、靴も学校用だった。

「さようなら」

「麻衣さん、何かあったら走れ、走るのよ。周りの大人に助けてもらうのよ、ね。じゃあ、気を付けて帰ってね。さようなら」

（八）

「あ〜あ、部活いやだなあ。あっつくて、毎日死にそうだよ。オレさあ、二リットルくらいの水じゃあ、足んねえよ」

「龍介は、ホント、気の毒だよね〜」

「お、山ちゃん、上から目線でばかにしてるんでしょ、ねえ、超ムカつく」

「なんでなんで」

ガイチャが割り込んだ。

「あのさ、ガイチャね、山ちゃんはテニスうまいからさ、だからさ、一年だけどレギュラーだし、もうすぐ大会だし、だからさ、部活の時さ、だいたいはプレーしてるんだ。でもね、オレたち他の一年はボール拾いだよ」

「まあ、うちの学校もそうかもね。で、ずーっと球を打てないの？」

「一回か二回くらいはやるけどさ、でもだいたいが球拾いと応援の練習」

「龍介さ、その応援の練習って何？」

「えっ、ガイチャのとこ、やっていない？」

「ないよ、そんなの。応援の練習ってどんなことするの？」

「一年と二年のレギュラーじゃない部員はさ、立って大きな声で応援するんだよ」

「だってさ、同じ学校の部員同士の練習じゃないの？」

「だろ、なのにさ。なんだって大声で応援しなきゃいけないんだ。応援の練習だってさ」

「龍介さ、そんなこと言うからこの前も怒られたんだよ」

「うっせぇな。山ちゃん。お前に言われたくない」

「何、怒られたって」

「聞いてよ、ガイチャ。オレらさ、ずっ〜と立ちっぱなしで、ず〜っと大声出しっぱなしなんだよ。太陽はガンガンだよ。同じ学校の部員の練習だしさ、つまんねえからテキトーに声出していたらさ、顧問が来てさ、なんかものすっごく怒っちゃってさ」

「ちゃんと、まじめにやれよ。トノカワリュウスケ君ってね」

「うっせぇな、マジ頭にくる〜、あっち行ってください、ヤマネマサキ君」

急に、互いに上目づかいに見て、はにかんだ。山ちゃんは戸野川龍介をトノカワリュウスケ君と呼び、龍介は山ちゃんが山根正樹から藤本正樹に名前がかわったのに、なじみのあるヤマネマサキ君と呼んだ。互いの成長のなかでのやり取りが、ちょっとキラキラしていた。

「いいからさ、続けて。で？」

ガイチャに促され、龍介が続けた。

「練習終わってやっと帰れると思ったら、それから一時間も説教だよ。顧問は時々しか外に出てこないくせに、やってられないよ。それも〝気をつけ〟状態でだよ」

「ま、同情はするけれどな、〝気をつけ〟して頑張れよ」

山ちゃんの楽しむかのような言い方に、龍介は摑みかからんばかりの勢いで目をむいた。その熱を冷ますかのように、再びガイチャがふわりと言った。

「こっちはね、剣道だから室内で暑くてたまんないよ。風なんか全然入ってこないからね。暑いからオレらも、水なんか二リットルを二本、軽いよ。ガーバガバ飲むよ」

大きな口を開けて白い歯を見せて、ガイチャが笑った。

「あれ剣道って、なんか着るじゃない？　すっげえ暑そうに見えるけど。それに室内ってチョー汗くさいよね」

山ちゃんは龍介の怒りを無視して、ガイチャに聞いた。

「うん、臭いよ。防具とかも着けるしね。着けるけれど、暑さやその臭さには慣れてるからいいんだ。けどさ、面のくささはね、メチャくさくってオレ、苦手だな。まっ、それはまだいいけどさ、オレも準レギュラーだから結構練習させてもらっているからいいけど、レギュラーじゃない奴らは、正座で座らせられていてキツそうだよ」

「そうか。オレらはさ、テニス部だから見てる時、座ってると怒られるし、ガイチャのところは剣道だから座っていないと怒られるんだ。変なの。しかも正座なんかしたら、そのあと足がしびれて立てなくない？」

龍介は、ありえね～とつぶやくと、山ちゃんもありえね～、ありえね～と悲鳴のような声で繰り返した。

山ちゃんはヒラヒラと笑い飛ばし、歌うようにテキトーを繰り返した。

「でもね、なんか、怒られてもテキトーにやってるみたいだよ。顧問に見つからないようにさ。テキトーにね」

ガイチャが言う。

「だね～」

ガイチャの〝テキトーに〟に、龍介はえらく納得して体ごと相槌を打つ。

「そうそ、テキトーテキトー。テキトーが一番」

山ちゃんは、カッカッカと笑い飛ばし、歌うようにテキトーを繰り返した。みんなして、つられるかのように笑ってしまっていた。

ガイチャは幼い時から剣道をしていたので、骨太で均整のとれた体型をしていた。子供の体から少年へと変わりつつあるのがわかる。中学の部活動も当然のように、剣道部を選んでいた。剣道部は室内で行われる競技なので、雨が降っても台風が来ても休みになることはない。夏休みに入ると毎日の練習に加え、合宿に行ったりと、まさに部活漬け状態だ。

「すみません、先生、外山です。音哉が部活からまだ帰っていません。帰ったらすぐ行かせますので」

授業開始時刻寸前に、ガイチャの母親から電話が入ることはしょっちゅうだ。塾では、中学校の部活動終了時刻に合わせて、塾の授業開始時刻をできるだけ遅くしている。夏場になり部活動終了時刻が遅くなり、夏休みに入ると部活動の終了時刻はさらに遅くなった。中学校で定められた下校時刻を守るか守らないかは、顧問の一声で決まる。夏休み中の部活の休みも、顧問が八月上旬が休みと言えば、八月上旬が休みである。したがって、お盆中に部活をすることも珍しくはない。

生徒たちは炎天下の暑さと闘いながら部活動にエネルギーを使い果たしてくる。三五度以上の猛暑状態から、エアコンの効いている教室へ入ってくると、まもなく睡魔が襲ってくる。ついこの前までは小学生だった子供たちが、そのような過酷ともいえる身体状態の中で、さらに頑張って塾へやって来る。その生徒たちに、敬意をもってより良い授業、つまり体に入る授業を提供したいと心から思う。

この日も夕方、母親から電話が届いていた。ガイチャは遅刻した。

「遅くなってすみません」

いつもガイチャは必死にやって来る。今日は高校での練習があったということで、母親が高校の前でガイチャの練習が終わるのを待っていて、車に自転車ごと載せて塾へ来たようだ。

「八十二ページですよ。いいでしょうか」

ガイチャに早く授業に入るように促す。授業が始まって、すでに二十分も経過していた。

「センセ、部活って、やんなくちゃなんないのですか」

授業が終わるとすぐに、ガイチャがやってきた。

「どういうことですか」

「僕さ、普通の部活だけでいいんだ。だから高校へ練習になんか行きたくないのに、顧問が一年では僕ともう一人を、二年と一緒に高校に行けって」

中学の剣道部の顧問の先生は、県内一番の進学校に顔が利いて生徒を連れて練習に行くことを、どうも自慢に思っているようだった。

「お前らは特別に連れて行ってやるからな。あのU高校へは勉強じゃ入れないだろうから、練習に連れて行ってやる」

よくそう言うそうだ。

「顧問の先生は、きっとガイチャの実力を認めて、もっと伸びる可能性に期待しているのじゃありませんか」

「いえ、僕はそんなに実力ないっス」

「えぇ〜。どうして、そんなふうに考えるの。ガイチャにはわからないかもしれなくてもね、顧問の先生から見ると、きっと力があると思ったのじゃないかしら。顧問の先生に話してみてはどうですか」

「だめだって。来ないとこれから大会に出してやんないぞって言われた」

「ガイチャは大会に出たいのでしょう」

「出たいことは出たい」

「高校の練習がイヤなの？」

「う〜ん。イヤっていうより、みんなと部活をしてみんなと一緒に帰りたい。チョー、超疲れるんです。高校の方には夜、部活終わってからも行くんだし、朝練もあるんです」

「朝練って？」

「朝、七時までに高校に行って、八時まで練習します。それから、中学校の練習に行かなきゃならないことになってるんだ。朝練の時、高校には顧問の先生は来なくて、僕らだけで、だからチョー気まずいし」

「高校生にいじめられるってことはありますか」

「いえ、それはないです。みんな親切です」

「そうですか。相当、君は期待されていますね」

「ボク、そんなうまくないっス」

「謙虚だねえ」

「今の一年の中ではいい方かもしれないけど、ホントに大したことないんです」

「どうしてそう思うの？」

「なんていうか、大会とかで今までうまい人たちがいっぱいいいたし。それに、僕はそんなに剣道ばかりやりたいと思っていないし。他のこともやりたい」

「ふうぅ〜ん」

部活では顧問と生徒の間には厳しい関係があり、個人の意思などが認められる余地はないのだろう。部活動の在り方が、スペシャリスト育成に傾倒していっているのかもしれない。中学校の部活動の在り方が問われそうだ。

「お母さんにお話ししていただくということはできないの？　中学校の練習だけにしてくださいって」

「母さんは、言えないって」

ガイチャの気持ちを聞くだけで、なんのアドバイスもできなかった。

「……本を読みたいのに」

そうつぶやいて、ガイチャは帰って行った。時間がずいぶんとたっていたのに、龍介と山ちゃんが外で待っていた。

（九）

二学期も十一月に入ると、中学一年生とはいっても一人一人のかかえた部活の状況が、学習環境を大きく左右してくる。中学校では、定期テスト一週間前になると部活動が休止になるのが通例だ。しかし、大会が近いと、テスト前日まで部活動が行われることも珍しくない。ガイチャの場合も例外ではなかった。大会が近いということで、中間テスト前日まで厳しい練習が続いた。ガイチャの成績は、明らかに下がってきていた。

勉強は、小学生から中学生への移行状態から、中学生としての学習になり、確実に難しくなってきていた。生徒が忙しい時間をぬってやって来るのだから、塾ではその短い時間が勝負でもある。実は、生徒は大変なのだ。

「オレさ、この前の中間の前ね、部活で、中間近いし、早く帰りたいって言ったんだ」

「えぇ〜、ガイチャさ、顧問に言ったの？」

龍介は驚いて言った。

「そうだよ、顧問にだよ。だってさ、勉強時間、全然ないんだよ。時間足りなくてサ」

「ガイチャ、つよ～！」

「提出物も終わってなくてさ」

「ん、じゃあさ、お前なんかもう来なくていい！　大会に出してやらんからな、だろ？」

「そっ、そう、そうなんだ。でもテスト三日前だよ。龍介んとこも？」

「こっちも先輩、そうやって言われていたよ。ガイチャ、テストかなりヤバかった？」

「当たり！　オレさ、……テスト、相当ヤバかった。で……、」

「で？」

「で、ねぇ」

そこまで言ってガイチャがケラケラと笑いだした。

「なんだよ」

龍介も笑いながらガイチャの肩に腕を回した。

「親にさ、さんざん怒られちゃってさ」

「え～っ、なんで」

「いっぺんに三十五位も学年順位下がっちゃったんだよ」

ヒェー、と悲鳴のような声とともに龍介は、笑い声をたてた。

「大したことないよ、ガイチャ。だって、そんじゃあ、仕方ないじゃゃん」

「仕方ないけどさ、あ、龍介さ、何笑ってんだよ」

「だって、オレはさ、なんにもしてなくても十八位下がったんだよ」

二人は顔をくっつけるようにして、笑っていた。そこに急に井上まりが割り込んだ。

「二人ともさ、下がって笑ってるって、最低じゃん」

「んむっ!」

二人は、言葉を失った。

「そうそ、サイテイ、サイテイじゃん?」

今来たばかりの山ちゃんが、いつものように言葉尻をとらえて〝サイテイ、サイテイ〟を連発してからかった。ガイチャと龍介は、それを無視して何も言わずに元気なく自分の席に着いた。オヤッ、と私は二人を心に留めた。山ちゃんのはいつものことだけど、井上まりにドスッと刺されたのには、堪《こた》えたようだった。

塾は、真ん中が事務所でその両サイドに小さな教室があるだけだから、教室とはいっても、私の机のすぐそばで、彼らがやり取りしているのと変わりないのだ。

その時、トントントンとノックの音と同時に、静かにドアが開いた。母親らしい女性と中学生の女の子が立っていた。電話を受けていたのですぐにわかった。

「あ、東堂《とうどう》さん、こんにちは。お待ちしておりました」

「……こんにちは。すみません、今日はどうぞよろしくお願いいたします」

母親は緊張しているのか、消え入るような声で言うと、後ろにいる娘を振り返った。

「お話しした、娘のしおりです」

「どうぞお入りください。東堂さんは三年生ですから、こちらの右の教室ですよ」

「……はい」

かすかにうなずいて、目も合わせずに教室に入って行った。血の気のない真っ白な顔には表情はない。品の良い見慣れぬ紺色の制服姿が、みんなの目を引いた。

「では、後で娘を迎えに参りますので、よろしくお願いいたします」

深々と頭を下げてから、母親はさっと出て行った。一年生は、東堂しおりの持つ特異な雰囲気に興味をそそられていた。

「センセ、新しい人？　ね、どこ中？」

山ちゃんが聞いてきた。

＊　＊　＊　＊

「あの〜、お忙しいとは思いますが、ちょっと会って、相談にのってほしい人がいるんだけど」

　昨日、近所の知り合いからの電話だった。

「いつでもどうぞ」

　と答えると、近所の奥さんはすぐに、一人の女性を連れてやってきた。

「先生、こちら東堂さんです。よろしくお願いします。じゃあ、私、家で待っているから」

　知り合いは退散した。ほっそりとした女性は東堂しおりの母親で、身なりをきちんとしていた。娘の東堂しおりは中学三年で、都内の私立のお嬢様学校に通っていた。高校・大学を併設しているその有名私立校に、小学一年生から片道一時間半もかけて通っているという。

「娘が小学生の時から、これまでも何度か学校に呼び出されまして、成績が悪いから他の学校に移ってほしいと言われておりますの」

　母親の爪は、清潔に整えられていた。右の指で左の指先をいじっていた。かなりストレスが大きいようだ。

「それが……しおりが中学に上がってからというもの、わたくしはほぼ毎学期、学校に呼び出されていますの」

癖なのか髪を両手でかき上げる仕草をしたり、指をいじったりした。

「三年になって早々に、来年は高校生になるので、他校への転校を考えておいてくださいと言われました」

「四月からですか？」

「ええ。今回もわたくし、呼び出されましてね、……高校は他を考えてくださいと、はっきり言われましたの。それで、ここのところ高校探しを始めています。私は埼玉県の高校がよくわかりませんので、友人に相談していましたの。そうしたら、先生のことを紹介してくだすって、相談してみたらって」

「もう、その転校？　ですか、決定なのでしょうか」

「先日、担任に一月の試験次第とは言われていますが、数学と英語がどうにもひどいんですの。もう、三年になりましてからは、学校には毎期補習をしていただいて、やっと今日まで来ているんですの」

「中学校が、補習してくださるのですか」

「そうなんです。でも、オマエは残るのは無理だからって、娘も担任に言われているようでして。特に数学はもう……ひどくて」

母親は、もうやりきれないというふうに、首をクネクネ振ったり手をいじったりして、ため息をついた。

「……数学は学年で、いつも後ろから五番以内なんですもの」

「それでも補習してくださっているのですよね。転校っていうのは、脅しではないでしょうか。勉強をしろ、と」

私がにっこりすると、とんでもないと言わんばかりにイエイエと顔の前で手を大きく振って、続けた。

「五科目合計でも、しおりは後ろから学年で五番以内です。今回は、早目に下の十人全員に、転校を勧めてきていますの。それで困って、どうしていいのやら」

「今まで、学習塾とか家庭教師とかは？」

「小学生の時からず〜っと塾には行っておりますの」

「で、今もでしょうか？」

「ええ、もちろんですとも。数学と英語をず〜っとです」

聞くと、現在も数学と英語は有名塾で教わっているという。

「こんなにちゃんと教えているのに、こんなバカじゃあな……なんて、塾の先生にまでもあからさまに、さんざん言われておりますの」

「まっ、塾の先生がそんなことをですか」

「この中学三年になりましてから、一度塾を変えたのですが、結果は同じですもの」

「宿題とかをまったくやらないタイプでしょうか」

「いいえ。必ずやっていきます。先生、しおりが今何を考えているのか、私にはわからなくなりました。先生、しおりに一度会ってみていただけませんでしょうか」

「お会いするのは構いませんが……。でもね、お母様、しおりさん、毎日行く学校で、いつもそのようなことを言われながら通っているなんて、しおりさん、苦しいと思いますよ。それに、塾にまでそのようなことを言われているなんて……、しおりさんの心がかわいそうです」

「先生……」

「何もそこまで言われて、その学校にこだわらずとも、来年から新しい環境で新しい気持ちで高校生活を送ることも、しおりさんの精神衛生からみても、マイナスとは思えないような気がします」

母親の目から、涙があふれてきていた。

「ですから、一度しおりとお話をしてみていただけないでしょうか。先生が、今おっしゃってくださったようなことも……。しおりの気持ちを考えてなんて、そんなことを言ってくださる先生は、今までいなかったんですの……」

普通のことを言ったのに、と私は驚いた。

「私の塾では、現在いる地元の中三生が中心でして、どうしても受験勉強を進めなければなりません」

きちんと話しておくべきことは、塾の現況だった。

「私にとっては、どの生徒も大切なのです。それに、しおりさん、片道一時間半近くもかけて通学しているのですよね。お住まいは朝日町でしたか、学校から帰ってきて、また今度はこちらへとはなかなか考えにくいですね。精神的にばかりではなく、肉体的にもかなりハードですよね」

「とにかく、娘に会ってみてください。娘は私には何も話してくれませんの」

「お会いすることは構いませんが……」

同じことを繰り返した。

「しおりの行ける高校を探しております。しおりが行ける埼玉の高校を教えてください」

「高校選びにつきましては、お手伝いできます。その前に、肝心のしおりさんは、なんとおっしゃっているのでしょうか」

「一生懸命勉強しますって言います。そう、いつも……同じことしか言いません」

「しおりさんは、学校が変わることを納得なさっているのでしょうか」

「先生、今はもう、そんなことを娘が選べる状況にはございませんでして、とにかく今の学校を出されてしまいますの。そんなわけですから、すでに別の高校をと言われて、不登校になったお子さんもいらっしゃるようなのですのよ」

「ところで、その進学決定のテストというのはいつですか」

「一月二十日だったと思います。それで二月の終わりには卒業テストがあります。……でも、毎期ごとに呼び出される始末ですから、成績を上げるようなことは、もうあきらめています。うちの子のような場合は、私立がいいのか公立がいいのか、そういう選択になってしまっています」

東堂親子は、県内で行けそうな私立高をすでに訪問していて、編入する高校をほぼ決めていたことは、私を驚かせた。それなのにその上で、私の塾を訪ねてきたのだ。親子はきっとこの現状を受け入れられずに、心の底で何かを求め、もがいているに違いない。その上、業者による模擬テストも受けているという。

「わかりました。では、次回お会いする時に、業者テストの結果もお持ちいただけますでしょうか。それを参考にご一緒に考えることにしましょう」

＊　＊　＊　＊

そして、今日、しおりは体験入塾にやって来たのだった。

一年生の教室では、英語の授業が始まった。私も三年生の数学の教材と東堂しおりのための予備教材を持って、教室へ入った。私が前に立つと、生徒たちはサッと授業態勢に入る。すぐに三年生の数学の授業が開始された。『三平方の定理の応用』だったが、東堂しおりはついてきているようだった。

授業が終わって、生徒たちが帰っていく。それと入れ替わりに、東堂しおりの母親が、顔をのぞかせた。そのわきをガイチャが通ろうとして、振り向いた。

「こんにちは。あ、どうぞ」

ガイチャは、お先にどうぞというポーズでお客を招き入れた。自然に出たその仕草が、そこにいた大人の心を和ませた。ガイチャに声をかけた。

「ガイチャ、時間のある時、補習しましょうか」

「あ、やります。お願いします。さようなら」

外の生徒たちの声は入り交じって、楽しげだ。

「さあ、どうぞお入りください」

「ありがとうございます。しおり、どうだった？」

母親は、娘を見つけると、肩を抱きかかえんばかりにして言った。娘はチラッと一瞥すると、つまらなそうな顔をしてボソッと答えた。

「大丈夫……」

「お母様、いままでどちらにいらしたのですか」

私は、不審に思って話に割り込んで聞いた。

「え、ええ。その辺り、スーパーとかであちこちと。この辺りは、喫茶店とかはないのですものね」

「お寒かったでしょう。塾の中にいていただいても構わなかったのですよ」

母親は、明らかに疲れと寒さが表情に表れていた。

「私が車の運転をしないものですから、すみません、大丈夫です。おかげでお買い物もできましたの」

ビニール袋は、少し離れたスーパーのものだった。時間をつぶすには、十一月の夜の外は気温が下がり過ぎていた。

しおりのとったノートを見せてもらった。授業中、しおりはコツコツとノートをとっていた。それが、気になっていたのだった。

これではだめだと、直感的に思った。

「学校では、『三平方の定理』を教わりましたか？」

私の質問に、しおりはまったく表情を動かさずに答えた。

「そこは、一学期に終わりました」

「まあ、そうですか。私立は早いですね。じゃあ、今はどこをやっているのですか」

「幾何と代数の教科書が分かれていて、両方とも高一です」

「そう、じゃあ、今行っている塾ではどこをしていますか」

「中三です。今度の一月のテストが『三平方』と『相似』のまとめなので、そこです」

「……ノートの取り方は、いつもこうですか？」

「はい、塾の先生方がそうしろと言います」

「塾の先生方？」

「先生が時々、代わるから」

個別指導塾なので、担当の塾講師が休む時には代わりの講師が見て、同じように指導しているのだろうと想像した。ノートの取り方は、非常に効率の悪い、構造的に頭に入っていかない、時間稼ぎのノートのようだった。

「塾の授業では、どんな感じで進んでいますか？」

「宿題とかで、間違っているところの直し。で、あと問題集をしてわからないところを教えてもらいます」

見せてもらったノートは、一ページの真ん中に縦線を引き、二段組みで使っている。左には図形が丁寧に書かれ、右には証明の文章が小さな文字でびっしり書かれていた。その書かれていることが稚拙すぎる。一つの図形問題に対しても、どの参考書よりもすべてが詳しく書かれていて、細かすぎて頭に入ってこない。数学の証明問題なのに、なんの教科かわからないほどの文章構成である。時間稼ぎか、それとも講師に適切な指導能力がないかの、どちらかである。

「これでは、できるようになりませんね」

二人は、顔を上げた。

これでは、できるようにならないとは言ったものの、このノートをとる緻密さには感嘆した。しかも、書かれている内容が間違いだというのではなく、考え方が悪いというのでもない。しかし、これでは「できる」ようにはならないのだ。

「しかしですね、これだけ緻密なノートをとれるのは、しおりさん、きっと大変な能力をお持ちなのだと思います。これもまた、すごい能力だと思います」

このノートには思わず笑ってしまった。今度は、二人がそろって驚きの目で私を見た。

「数学は、数学的にノートをとると簡単に数学がわかっていきますよ。いいですか」

東堂しおりのノートに書かれていることを、黒板に書き直した。数式にすると、言葉は最小限の補足でいい。

「△ABCにおいてAB＝AC。これだけで、二等辺三角形の定義を満たしています。これが二等辺三角形であることを表しているのです。ですから、〝△ABCは仮定よりAB＝ACで二辺が等しいから二等辺三角形になるので〟と、丁寧に何度も書く必要はありません。ただし、なぜこれが出てくるのかの、根拠の説明が必要です。このように（仮定）とか補足を書くだけでいいのです。これを、〝仮定にあるので、～となる〟と書くと、丁寧な作文状態です。読む方も大変。丁寧すぎて、わかりにくくなっているのです」

たくさんの言葉で埋めつくされていた言葉の証明を、数式を用いて整理して書き改めると、数行になった。東堂しおりの顔が、明るく輝いたようだった。

「ねっ、簡単で楽しいでしょう」

「はい。あ、いつも、書き始める時、面倒だなって思っていたのと……その、どうやって続きを書けばいいのかなって思ってやっていました」

「面倒だなって思っていたのですか」

東堂しおりの言葉が私には意外だった、そう思っていたのかと。次の設問を書き直してもらいながら、母親に聞いた。

「しおりさんは、国語は得意ですか」

娘が書くのを夢中で覗き込んでいた母親は、顔を上げた。

「教科の中では良い方ですの。まあ、そうは申しましても決して良くはなくて、真ん中くらいです」

そう言いながら、学校のテストや業者テストの結果を、私の方へ押し出した。テストの解答用紙を見ながら、しおりの国語の点数が伸びない理由を指摘した。そして、国語の改善方法を丁寧に説明した。その一つ一つの説明を、母親は必死にメモをした。

「このようにしていければ、学校ではそんなにひどいことにはならないと思います。それに、しおりさんは、なかなかすぐれた能力を持っておられますね」

「そんな……」

母親は、信じられないという表情だ。

時間が十時を回っていたが、最後に一つ付け加えた。

「言っていいのかわかりませんけれど、私の考えを一つお話しさせてください」

私は東堂しおりの顔を一度見てから、思い切って付け加えた。

「私立とは言いましても、学校です。生徒を学校に入学させた以上は、生徒を教育することは、学校の責務です」

「学校の……ですの？」

「ええ、成績が上がらないのは、生徒だけの責任でもないということです。教える側の責任でもあります。また、中学校が成績が上がらないという理由だけで、その生徒を学校から追い出すということはできないはずですし、あってはならないことだと思います。学校には在籍する生徒一人一人を教育する責務がありますから。生徒側には、教育を受ける権利があります。ですから、学校がそのようなことを生徒に度々言うのは、教育上好ましい指導とは思えません」

二人は、食い入るように私の話を聞いていた。

「何か、大きく校則違反をしたことがありますか」

「それは、ありません」

しおりよりも早く、母親が答えた。

「では、授業料の滞納とかはいかがでしょうか」

「もちろん、それもありません」

「でしたら、胸を張って授業を受けてください。わからない時は、先生にお聞きして教わることです。ただし、今度は高校ですから、今の中学校の上の高校に入れるかどうかはわかりません。上の高校に行くためにも、今の中学校で担当の先生によく教わることが、最も近道ではないかと思います」

　帰りは二人を自宅まで車で送っていった。


　翌朝、九時をまわるとすぐに電話が鳴った。

「おはようございます。東堂でございます。昨日はありがとうございました」

「おはようございます。こちらこそ、遅くまでありがとうございました。しおりさん、大丈夫でしたか」

「はい、いつも通りに学校へ出かけました。先生、昨日の今日で申し訳ないのですが、私立高校のお話をもう少し詳しく伺いたいですし、お願いもありますの。今日は、お忙しいでしょうか」

「何時でしょうか」

「何時でも、当方はよろしいですの」

　東堂しおりの母親は、黒のロンクグコートにあでやかな赤のマフラーを上手にあしらって、十一時少し前に現れた。おしゃれが上手な方だと思って見ると、歩き方までおしゃれに見えた。

「しおりとK高校の文化祭に行った時に、ついでに個別面談コーナーでお話を伺ってまいりました。業者テストの結果を見ていただくと、是非とも特進コースでお迎えしたいなんて快くおっしゃっていただきましたの」

しおりの中学校のレベルの高さを痛感した。

「しおりさんも気に入っているのですか？」

「今、しおりにそのような選択権はもうございません。行ける高校を選んでますの」

私は苦笑しながら、持参した業者テストの結果表を見た。そして、その横に入試資料を広げて、しおりの成績で合格できそうな、複数の私立高校を具体的に提案した。

「公立高校ならば、もっとたくさん高校の数はあります。でも、私立をご希望でしたならば、この辺りはいかがでしょうか」

「S高校は、レベルが高くてしおりには無理でございましょう。実は、このS高校も文化祭に行ってまいりましたの。私どもは、『こんな高校に来られたらいいね』って三人で話していました」

「三人というと？」

「ええ、その時は休日でしたので主人も一緒に行きましたの」

その場で、私はS高校の募集部長に電話した。

「面談は今度の土曜日でよろしいですか。お待ちしていてくださるようですよ。業者テストの結果を持って、S高校の募集部長のこの先生にお会いしてご相談なさってみてください」

私の名刺の裏に、募集部長の名前と〝よろしくお願いいたします〟と書いて渡した。

「ただし、あくまでも面談ですので、お会いしたからと言って、必ずS高校を受験しなければならないということはありません」

「まあ、そうなんですの？　ありがとうございます」

母親は、私の名刺を品の良いバッグの中に丁寧にしまってから、再びしっかりと私の顔を見た。私は少し任を果たしたような気がして、ほっとした。

「……それから、もう一つお願いがございます」

母親はやはり、爪をいじっていた。困るとそうする癖があるようだった。

「はい……。どんなことでしょうか」

「昨日、家に帰りましてからすぐに娘が『こちらの塾に通いたい』と申しますの。先生、無理でしょうか」

少し驚いた。昨日体験したばかりである。

「ええと……実際は厳しいのではないでしょうか。一つは、しおりさんが通塾するには何せ遠いですよね。遠い中学校に通って、帰宅してから、こちらへ来るということになりますと、かなりの負担になります。もう一つ、うちの塾では地元の受験生を抱えておりますので、しおりさんの学校とは進度が合わないのではないでしょうか。しかも、しおりさんは大変大切な時期ですし」

「しおりは、頑固なところがありまして、『決めた』と言いますと聞かないんですの」

「しおりさんは、とてもまじめなお嬢さんだとお見受けしましたが、当塾は個別ではないので、十分な対応にならないと思います」

「今までしおりのことは、学校も塾もすべて私が決めてきました。でも、今回は、しおりが自分で『ここに決めた』と申しますの」

母親は押してくる。私は、困ってしまった。いつも、それなりにしっかりと対応ができると確信してから、生徒を受け入れるようにしている。それでもうまくいかない時もあるのが実情だった。

「どうせこのまま今の塾にいても、今の状態が変わるとは思えませんの。だからといってやめてしまって、しおり、一人で勉強させるのはとても不安です」

能面のような、しおりの白い顔が浮かんできた。

「しおりさんは、一月に大切なテストがありますね。当塾では、ご覧ください、もう、二月末までスケジュールがぎっしりです」

私は、これから始まる冬期講習や入試までの土・日講習の日程表を、重い気持ちでお見せした。

「いいのです。私どもは一月のテストも二月の最後の卒業試験もあきらめていますから。お願いいです。しおりをこちらの塾に通わせてください。通わせていただくだけでいいのです。しおりの気持ちを汲んでください」

私はうなってしまった。断りきれなくなり、特別なことはできないという約束で、東堂しおりを受け入れることにした。週二回通ってくることになった。

「では、一つお約束してください」

名刺の裏に、近くのバス停から塾までの道順の地図を描いた。

「しおりさんが塾へ来る時は、一人で来させてください。途中で道がわからなくなりましたら、ここに電話してください」

名刺の電話番号に、赤線を引いて渡した。

「塾が終わりましたら私がしおりさんを車でお送りいたしますので、お母様の送り迎えはご遠慮いただけますか」

これだけが約束だった。

中三のAコース（標準）の中で、東堂しおりは物静かに授業を受けていた。英語は優秀な若い糸田先生が担当だったので、しおりのノートに注意してもらうように頼んだ。

「東堂しおりは、なんか僕のことが嫌みたいです」

二週間ほどしてから糸田は困り顔で言った。設問に取り組んでいる時、回って行って東堂しおりのノートをのぞこうとすると、極端に嫌がったというのだった。私の授業では見られないしおりの行動だった。国立大学の院生である糸田先生は、健康的で知的だし、さわやかな青年である。若いのに〃おやじギャグ〃を言うことで、生徒たちに受けていた。

「英語力はそこそこですが、しっかりとした基礎ができていないので、間違えなくていいような簡単なところでミスをします。もったいないですね」

「では、いつもよりポイントに色を付けたり、丁寧な説明の書き込みを繰り返して、挿入してあげてください。そうして書いているうちに英語が変わります。そうすると、糸田先生にも慣れてくれるのではないでしょうか」

東堂しおりは、やはり動かない能面のような表情で、無言のまま通い始めた。

（十）

私にしては珍しく、東堂しおりの母親に押しきられた形で、しおりを受け入れてしまった。そもそも、門前払い的な断り方は、塾としてしないというのが私のやり方だった。どの生徒に対しても、納得のいく対応をしたかったのだ。母親にはしおりの送り迎えをしない約束をしたので、しおりは一人でやって来ていた。その代わり、週二回の授業が終わると、私は車で家まで送って行った。

授業が終わる頃は、外は真っ暗で空には冬の星座が寒々と輝いている。そのうえ、刺すように寒い。

「あ、オリオン座があそこに、ほら、ねっ、冬ねえ！」

空を見るのが大好きな私は、澄みきった外の空気を思いっきり吸い込んだ。凍った星がのどを通って、腹の中に転げ込んでいくようだ。しおりはぼーっとして何も言わず、青白い顔をマフラーの中にうずめた。

「学校の部活は何をしているの？」

車を走らせながら、たずねた。

「部活はテニスだけど、でも行ってない」

「どうして？」

「なんか、やらせてくんない」

「どうして？」

同じ質問をした。

「まじめに練習に出ないからって」

「どうしてまじめに練習に出ないの？」

「塾とかあるので、毎日はムリ。行くと嫌味言われたりいじられるし」

「誰に？」

「いつも行っている部員とか、それに顧問とか。みんな割と家が学校から近いから、いいみたい」

しおりは、再びマフラーに顔をうずめる仕草をして、ふうっと息を吐いた。学校の部活動って、なんのためにあるのだろうと思ってしまう。条件が違う生徒がいるのが当然であり、集団だからこそ、友達への思いやりを育成していけるチャンスなのではないのか。

「じゃあ、何か、今興味を持っていることとか、ハマっていることとある？」

「……部活はしてないけど、友達とバンドを組んでいる」

しおりは、潔い話し方になった。中学生らしい透いたその目は、鋭さをたたえていた。

「そうなんだ。で、あなたは、なんの楽器を担当しているの？　ボーカルとか？」

「いえ、ベースギターです」

「ベースか、いいね、実は私、ベース大好きなのよ。ウッドベースの腹に響きわたるような低い音が好きなのよ」

しおりは、私をチラッと顔を見て、ニッと笑った。

「ウッドベースじゃなくて、私のはエレキベースなんです」

「どんな曲をやっているの？　ロック？」

「アースって、知っていますか」

「アースって、名前は聞いたことはあるけれど、よくは知らない。ね、今度そのＣＤか何かで聴かせて。聴いてみたいな」

「……」

しおりは、きつい視線でまっすぐ前を見ていた。

「……先生、やめなさいって、言わないんですか？」

「え、なんで？」

「バンドやってるって言うと、たいがいの大人は、何やってるの、バンドなんかやめなさいって言います」

私は、カラカラ笑って、尋ねた。

「たいがいね〜。たいがいって？」

「お母さんとか、塾の先生とかが言います。バンドやってる場合じゃないって」

「学校の先生も？」

「学校では、隠しているから……」

「じゃあ、誰とバンド組んでいるの？」

「学校の友達……」

「学校の？」

私は、愉快になって再びカラカラと笑った。しおりは、少しはにかんだように表情を崩して、私を見てうれしそうにバンドのことを話し始めた。光が飛び散り、しおりの姿全体が明るく輝いたと感じた。東堂しおりは、時々目を大きく見開く。その後、一度唇をしっかり閉じてからゆっくり話すステキな女の子だった。しおりと共有したこの時は、私の大切な財産である。

それにしても、と思う。しおりはなぜ、自分がバンドを組んでいることを自ら打ち明けたのだろう。〝たいがい、バンドなんかやめなさいって言う〟はずなのに。


「お、オッス、早いね」

塾に入ってくるなりガイチャは井上まりに声をかけた。井上まりは黙って下を向いた。

「こんにちは。センセ、オレさ、剣道の顧問にいじめられてるんだよ」

「いじめられてるわりには明るいね」

「ホント、悩んでんですよ〜」

ガイチャは、いつものように私の机のそばに立った。悩んでいるわりには、ヒッヒッヒッと明るく笑った。

「オレね、マジ、行きたいコンサートがあって、二カ月前にチケット取ったんだ、来週の土曜日に行くって友達と話してたら、部活の顧問がそばで聞いてやんの。部活、出てこいだってさ」

「部活ある日なの？」

「センセ〜、部活、ない日なんてないですよ。土曜も日曜も、いつもいつもさ」

「で、どうするの？」

「もう、コンサートに行きます。めったに日本に来ないミュージシャンだもの。それに、生、聴きたいんだ」

「生演奏は格別だよね」

「ねっ、ね。センセ、ねっ。絶対はずせないよね」

「そこは、私はなんとも言えないな」

愉快になって、私は笑ってしまった。

「で、ガイチャはその顧問にそう言ったの？」

「言いましたよ。行かせてくださいって。そしたらね、即、お前は一生来なくていいだってさ」

「ガイチャ、それ、ジョーク？」

「いやいや、マジ。マジッすよ、あの顧問、怖いんですよ」

「それは、困ったね」

「困ったよ。だからさ、何回も先生、土曜日だし、今回だけはお願いいたしますって頼んだんだ。でもね、ガン無視されてます」

井上まりがチラッと振り返って、クスッと笑った。ガイチャは照れたように、チェッ、とばかりに空を見上げた。

そうなのだ。土曜や日曜は、子供たちの自由な時間なはずなのだ。さまざまなことに興味を持ち、さまざまなことにチャレンジできる、少ない個人の自由時間だ。思い思いの時を過ごすから個性が生きてくるし、相手も見えてくるのだ。生徒たちは、中学に入学したその時から、すべての自由な時間が何かの力によって拘束されてしまっている。このことは、実は重い問題だ。子供たちの個性を伸長させることを阻み、個性を喪失させることにつながっていないだろうか。

「お母さんとかにお話ししてもらったら?」

「ややっ、それは遠慮しておきます」

「そうなの?」

「うちの顧問、少しおかしいんで、親が逆に怒られちゃいます。自分のことで、それはイヤなんで」

「親が怒られるって、どういうこと?」

「先輩とかのお母さんがよく怒鳴られているのを見てますから」

中学校の部活だというのに、保護者が当番でついていて、顧問にお茶出しをしたりするというのだ。しかも、当番に当たった保護者は生徒の練習の間中、正座して身じろぎしてはならず、練習している生徒と共にお辞儀をしたりもしなければならないという。異次元とすら思える話に、ただただ驚いてしまった。

「中学の部活で、親が当番でついているの？」

「この前なんかさ、おばさんが、もう一人の当番のおばさんとしゃべっていて、顧問に怒られてたよ」

「今の学校って、そうなの？　そこまでするの？　それって普通なの？」

「いや、僕らの部活は、ガイチャのところとは全然違うよ。親はいっさい来ないし」

今来たばかりの龍介が口をはさんだ。

「学校というより、その部活によるんじゃない」

山ちゃんも、ガイチャに同情する口ぶりだ。

「そうなんです。ウチの顧問が実は剣道のことがよくわかんないのに、剣道の顧問やっているんで。外部から来ている指導者、その人がさ、すごく強くて一番威張っているんだ。だから顧問はその外部の指導者のご機嫌取りに、オレらを怒鳴るみたい。な、最悪だろ？」

ガイチャは自嘲気味に笑った。

「なにそれ？　変じゃねえ？　ひでえな」

山ちゃんが批判するかのように声を上げた。

「そうだよ、ひでえな。確かに最悪って感じ」

龍介も相槌を打つ。そのみんなの意気投合で、ガイチャも少し気が落ち着いたようだ。

「だろ？　意味わかんねえってやつだろ」

ガイチャは両手を広げて、お手上げってジェスチャーをしてみせた。


今年ももうすぐ終わる。

あれだけ点を取っていた一年生の英語も、それぞれに徐々に差がつきはじめていた。それが常態だ。高得点を維持する生徒のグループと、個性の方が勝つグループに分かれてきている。そんなことはおかまいなしに、生徒たちはみんな変わらず仲良しだ。


東堂しおりが、川野麻衣と言葉を交わし、笑い合ったりしている姿が見られるようになった。その頃、川野麻衣の授業料は、九月分から滞納していた。

「おうちの人にこれを渡してください」

〝お月謝の納入をお願いいたします〟と書いて一度、メモを渡した。滞納を知っているのか、麻衣は目を合わせることを避けるようになってきていた。私立高校入試は、一月後半が解禁日だ。受験を一カ月後に控えている今、麻衣に何度も月謝を請求したりするのは避けたい。少し待ってから、頃合いを見て電話をしてみることにした。生徒の月謝の滞納で家に電話をするなんていうのは初めてだったので、どうにも心苦しかったが、電話することに決めた。

川野麻衣の家の電話は、なかなかつながらなかった。こんなことにめっぽう弱い私は、意を決して電話したのだったが、そのくせ電話がつながらないとそれだけで、情けなくもホッとしていた。

「あい、家のもんはいっつも帰りが遅いんで……」

麻衣の祖母のたよりなげな声が電話から流れると、どうしてか申し訳ない気持ちになってしまう。

「申し訳ございません。では、よろしくお伝えください」

受話器を置くと、重たかった気持ちがさらにモヤモヤと重苦しくなる。

川野麻衣の受験が終わるまでは、そっとしておこう。そうしないと、麻衣を追い込むようなことになるかもしれないと考え、その一方で、このような未納の件をうやむやにすることは、川野麻衣にも決して良いことではないという思いもあって、受験が終わったら必ず直接話しに行こうと決めた。

結局ガイチャは、土曜日の部活を休んでコンサートに行ったという理由で、部内ナンバー2の実力でありながらも校外試合に出してもらえず、正座をさせられているという。

「まあね。ウチの顧問おかしいんで」

ガイチャは軽く笑った。親の見えないところで理不尽さと向き合っている、そんな彼の言葉が、なぜか私の心に鋭く突き刺さってきて痛かった。ガイチャはまた、一回り強く大きく育っていく。


そんな時、ガイチャがボソッと言った。

「センセ、なんか、鮎子ちゃんね、この頃あまり塾に来てないね」

小学一年生から家の外では絶対しゃべらない鮎子ちゃんは、小学校も中学校もガイチャと同じ学校だった。鮎子ちゃんは、中学一年生になってからも話さなかった。ゴールデンウィークが終わるころから、鮎子ちゃんに変化が表れてきた。塾を休みがちになったのだった。

「学校の宿題が終わらないので、塾をお休みさせてください」

母親がたびたび電話してきた。鮎子ちゃんが塾に来た時に何かをたずねても、少し口をもぐもぐさせて、下を向いてしまう。相変わらず言葉を発しない。

「困っていることがありますか」

私を凝視する鮎子ちゃんの目は、戸惑いでいっぱいだ。

そうだ、と思いついて、かわいいメモ帳を渡した。

「なんでもいいから、これに書いてきてくれますか」

「……」

鮎子ちゃんが涙目になる。

あの幸福そうな鮎子ちゃんの瞳は、今では苦しみをひそませていた。小学校の担任の先生は鮎子ちゃんに配慮してくれていたので、みんなと同様に楽しんで学校生活を送ってきた。しかし、中学校ではそうはいかない。たとえ担任が鮎子ちゃんを理解したとしても、教科ごとに先生が代わるからだ。

「学校のことでも、宿題のことでも。なんでも、ね、書いてみてくださいね」

小学生の頃の、あの豊かなほほ笑みはもう返されない。私はその小さな痛みを感じていたはずなのに、ミスを犯した。この時、こちらから先に何か一言でもその手帳に書くべきだった。その方が、鮎子ちゃんは書きやすかったに違いない。

多忙なこの時期ではあるが、折を見て、母親と話してみようと考えた。病気という側面からも、しっかり考えてみなければならない。そうこうしているうちに鮎子ちゃんは、まったく塾に来なくなってしまった。気になっていても、日常の業務と雑事に追われっぱなしで過ごしてしまっていた。

東堂しおりを週二回、車で送っていく。夜十時を回っている時もあり、この時間になるとさすがの私もヘタヘタに疲れている。

「糸田先生の英語はどうですか？」

東堂しおりは、なんか僕のことが嫌いみたいですと言っていた糸田先生の言葉が気になっていたので、それとなく聞いてみた。

「どうって？」

東堂しおりは訝しがった。

「ああ、授業はわかりやすいですか。何か困ることはありませんか」

「別にありません。それに、授業もわかりやすいので大丈夫です」

「そう、それはよかった」

私の気持ちが少し軽くなった。ふと、「東堂しおりのノートをのぞこうとすると、極端に嫌がった」と言っていた糸田先生の言葉が、蘇った。

「授業中、先生にノートを見られるのは嫌いですか」

「いえ、べつに……、イヤとかいうのはありません」

東堂しおりは、下を向いた。

「でも……、前の塾では、イヤでした」

「今は、イヤじゃないの？」

びっくりしたように私を見つめて、大きく目を見開いて、そしてやはり一度唇をかみしめるようにしてから、ハッキリ言った。

「はい、糸田先生は大丈夫」

「大丈夫って？」

「先生、私、今までの男の先生たちは、イヤでした」

「何かありましたか」

「だってあいつら、私の肩に手を置いたり、たまにデコをくっつけたり、顔を近づけてきたり、キモイんです！」

「今までって、あいつらって、塾の先生でしょ？　そんなこと、何回もあったの？」

「うん、あいつらよくするんです。キモいんです」

「よくですか、若い先生ですか？」

「若いヤツもそうじゃないヤツも」

「そうじゃないヤツも……。で、あなたはどうしたの、そんな時は」

「そんな時……！」

しおりは、ニッと白い歯を見せた。

「・・・トウドウさんに、気安くさわるな！って怒ります」

「エライっ！」

私は、思わず叫んだ。疲れが一気に吹っ飛んだ。それから、二人して、涙を流さんばかりに笑った。本当に愉快だった。しおりは強く明るい目をして笑っていた。糸田先生のきっちりした紳士的な態度が、しおりに伝わっていたと思うと、うれしかった。

「そのあと……」

そうか、東堂しおりにはそのあとがあるんだ。

「ブスのくせしてとか、頭悪いくせしてって、言われました」

「まあ、なんてことを。お母さんに、言ったの？」

「最初の頃は言いましたが、言うと、お母さんはすぐに塾に言うじゃないですか。そしたら今度は、塾の女の先生とかにまで、自意識強すぎるんじゃないとか嫌味ばっか言われます」

「そんなことって……」

モラルの低い塾講師がしおりを取り巻いていたことを知り、強く憤りを覚えた。

東堂しおりの告白は、私にはかなり衝撃的だった。大人びたステキな男の子、魅惑的な女の子、生徒たち個々にそのような魅力がある。彼らの中学生ながらの、弾けそうな魅力にまぶしさを感じる時すらある。生気のみなぎっている生徒は、実に輝かしい。

そういえば、塾講師をしている娘を持つ友人から、相談を受けたことがあった。

「娘は塾講師をしているんだけど、同じ塾講師の女子大生が、超ミニのスカートで、胸の開いた服を着てきて、男子高校生のそばの机に座って教えている。谷間が丸見えらしくて、娘が嫌がって、やめようかなって言っている」と言っていた。

また、大手の塾講師をしていたという男性からは、中学生、高校生の女の子は選び放題で、夜、女子生徒が講師の部屋をたずねてくるなんてことも、珍しくないと言っていた。さらに講師も生徒もみんな、親の知らないところで結構楽しんでいるよ、とも言っていた。

多くの学習塾の先生は、時間を惜しまずコツコツとまじめに生徒と向き合っている。口がくさい、たばこくさい、化粧くさい、など〝くさい系〟の苦情はよく聞くところだが、セクハラ系は表面化しにくいのだろう。

（十一）

正月休み直前に、ようやく鮎子ちゃんのお母さんとお会いできた。

「たぶん、みなさんについていけなかったのでしょうね。鮎子は、外でみんなと元気にスポーツをしたいと思っていたのかもしれません」

いつも温和なお母さんは、優しくわが子のことを話した。鮎子ちゃんは、意外なことに中学校の部活動に、ソフトボール部を選んでいた。しかし、すぐに部活動には行かなくなったという。

「あの時、六年生の終わりに、先生にご心配いただいたのに、すみません、こんなことになるなんて、やっぱりだめでした。小学校のようなわけにはいかないんですね。すみません。鮎子にもかわいそうなことをしました。今頃こんなことを言っても、どうにもなりません」

小学校六年の終わりに、面倒見の良い私立中学を探してみることを提案したのだった。

鮎子ちゃんは、学力が極端に劣っているというわけではないし、問題行動を起こすわけでもない。ただ、学校では誰とも話をしないというだけだ。その時のお母さんは、中学校でも小学校の時と同じように、中学校の先生にも目をかけてもらえるものと、なんの疑いも持っていなかったのだ。しかし現実の中学校の対応は、小学校のとは違っていた。

「そんなふうに、お母様、謝ったりなさらないでください。それで、鮎子ちゃんはもう全然学校には行っていないのですか」

「九月、十月は何回か行きましたが、十一月からは全然です。すみません」

「中学校ではなんと？」

「たまに、保健室の先生が来ます。相談室の先生はほとんど毎日来ます」

「ほとんど毎日ですか。それは、すごいですね」

「そうすると、出席扱いになるようです。配られたプリントとか宿題も、連絡してくださいます」

一度言葉を切った。

「でも……鮎子は……」

母親は声を震わせて、何かを言いかけた。

「鮎子は……」

お母さんは、再び言葉を止めた。苦渋でその表情がゆがんでいく。

「……」

「まあ、学校側では、ほとんど毎日、どの先生か来てくださるのですね。それで、鮎子ちゃんと会ってくださるのですね」

話を促すように、お母さんの言葉をゆっくりと繰り返した。

「……それが、……相談室の先生が来ても、誰が来ても、鮎子は部屋から全然出てきません」

「えっ、では、その先生は鮎子ちゃんの顔を見ないで帰られるのですか」

生徒の顔を見ずに帰るなんて、なんだか気になった。

「それが、先生が帰るとすぐに出て来るんです、で……鮎子は……」

「……先生が帰るとすぐに、部屋から出てくるのですね」

「鮎子は、……必ず、大暴れします。いただいた学校のプリントなんかをブン投げるって感じで……ひどく乱暴に投げつけたり、ビリビリ引き裂いたり」

お母さんは乾いた手で、引き裂いて投げつける仕草をして続けた。

「その時、……その暴れる時、ワァとかウォーとか、まるで獣のような低い叫び声を出すんです。叫びながら、ビリビリに引きちぎったり……」

鮎子のその低い叫び声を説明する時のワァとかウォーの、お母さんの声の太さと低さに驚いた。

「それも、なぜか鮎子は私に向けて投げつけるんです。ひどい時には手当たり次第に、あたりにあるものなんでもぶつけてきます」

「お母さんに、ぶつけるのですか」

「そうなんです。ひどい時なんかは、辺りにあるもの、クッションでもお皿でも、茶碗でも。一度、熱いお茶が入ったのもぶつけられました」

「そうでしたか……」

「……それから……いい加減暴れると、今度はワァワァと大泣きになります。足で床をドンドン蹴ったり叩いたりした挙句、小さい子のように私に抱きついてきます」

「甘えているのでしょうね」

「そうなのですかね。……それで、ひとしきり泣くと、決まって鮎子は……」

口元を緩めてか細い声で言った。

「そのあと、お母さん、ごめんね、ごめんねって、じっと私に抱きついてきます」

「お母さんにしか、自分をぶつけることができないからかもしれませんね」

お母さんは、鮎子ちゃんが暴れた時を思い出しているのか、遠い目をしていた。その目のまわりは赤く、涙をこらえていた。

思いもよらない鮎子ちゃんの現況に、私はかなり驚いていた。それでも、色白のぽってりとしたあの鮎子ちゃんの顔を思い起こした。

「毎回、……ですか」

「以前は暴れるのは、たまにでした。最近では、よくやります。……いえ、たまにです」

「鮎子ちゃん、苦しいのでしょうね」

「もう一度、小学一年生を振り返って、鮎子ちゃんはどうしてお話をしなくなったのでしょうか。何がありましたか。お家ではのびのびされているというのですからね」

鮎子ちゃんの会話しなくなった原因が今でもわからない。何からきているのか。

母親は、首を横に振るばかりである。

「本当に、ある日突然、一年の終わりに担任の先生に、鮎子ちゃん、学校でなんにもしゃべらなくなったんですけれど、ご家庭で何かありましたか？って言われまして、本当に驚いたんです。それからずっとです。人と話をしないのです」

「お母様、このままですと鮎子ちゃん、これでは済まなくなるかもしれませんね。もっといろいろ、ひどくなるかもしれませんね」

「そうね。……そうですね。鮎子は、毎回ひどくなっています」

再び言葉を止めた。

ややあって顔を上げたお母さんは、おもむろにかぶっていた毛糸の帽子をとった。それまで、かぶっていたことすら気に留めていなかった手編み風の毛糸の帽子だった。お母さんの頭の髪の毛の間からは、まだらにおできのような傷んだ頭皮が見えていた。

「この前、……私の髪の毛をわしづかみにして……、私を引きずり回すって感じで……」

お母さんが横を向いて、ふうっと笑ったように感じた。ウッとなって私は息をのんだ。

その頭皮を目の当たりにした衝撃に言葉を失った。

「私にできること、ございますか」

それだけをようやく言った。

「センセ、この帽子、鮎子の手編みなんです」

握っていた毛糸の帽子を再びかぶった。私は、ただただその乾いたお母さんの手を見つめるだけだった。

「学校の先生に、このお話はされましたか」

「いいえ、来るのは担任じゃないし、来る先生は親切ですけど、なんか、なんでも相談できるって感じじゃないんです」

「相談室の先生ですよね」

「……先生ではないみたいで、生徒の相談に乗っている人みたいです。鮎子、嫌がっています」

鮎子ちゃんが編んだという帽子を、もう一度かぶった。

「センセ、もし、鮎子が来たいと言ったら、その時は、勉強を見ていただけないでしょうか」

「もちろん、見させていただきます。それに学校に行っていないのでしたら、鮎子ちゃん、宿題やプリントを渡されても、きっと一人では無理でしょうね」

「ええ、もう、それは全然です……」

私は、鮎子ちゃんに会いたいと思った。このままでは状態が悪くなっていくに違いない。外部との接触がなければ、家にこもりっきりになっていく。できれば専門家に相談した方がいいのではないか。その早急な対応の必要性を直感した。

「ぜひとも、鮎子ちゃんと一度お会いさせていただけないでしょうか」

「鮎子に、話してみます。でも、もう……、どうでしょうかねえ」

お母さんは、優しく愛情のこもった話し方を取り戻していた。コートに身をうずめて帰って行った。

年末の夜空に凍てつく星は瞬き、空気は冷え冷えとしていた。辺り一面の空気が凍りかけていた。つい一年前まで、鮎子ちゃんやガイチャや雄太たちとよく空を眺めていた。小学生の時はみんなが輝いていた、なんだかわからないが、自由に明るく輝いていると感じられた。

新年を迎えて、埼玉県内の私立高校の入学願書の受け付けが始まった。東堂しおりは、一向に私立高校を決めてこない。授業が終わってから尋ねた。

「東堂さん、私立の受験校決まりましたか」

「どうしても、受けないといけませんか?」

「え、どういうことかしら」

しおりは、席を立って私の机のそばに来た。

「私、今の学校がいいんです」

東堂しおりにはいつも驚かされる。

「まあ、でも、今の学校から出なくちゃいけないのですよね。お話では……」

しおりが母親と秋に訪ねて来た時には、確かに今の私立学校から外へ出されて、高校は外部の高校に行かなければならない、と言っていたのだった。

「先生、これ見てください」

東堂しおりは、私立の立派な濃紺の革のカバンから一枚の紙を取り出した。

「十二月中の小テスト三回で、後ろから十番以内でなくなりました。中学生になって初めて、真ん中くらいです」

しおりはうれしそうだ。なるほど、いい時は真ん中辺りにいる。

「まあ、本当ですね。よくなりましたね。それでも、一月の進級判定テスト、悪かったら困りますよ。一応一校くらいは受験しておいた方がいいかもしれませんよ」

「先生、東京の私立高校の入試は、二月十日から始まるんですよね。最悪の場合は、そのあと埼玉県の公立入試があるって」

東堂しおりは、意外としっかり覚えていた。

「埼玉の私立に、行きたい高校がなかったのですか」

「あの、……S高校は気に入りました」

「なのに、受けたくない？」

「やっぱり私、今の学校の高校に行きたい」

そのきっぱりとした言い方は、東堂しおりの強い決意ともとれた。しかし、しおりの中学校は母親に外部の高校を探すことを勧めていた。彼女の現状で、今さら若干良くなったところで、放校が見直されるわけではないだろうという思いもあった。

翌日、東堂しおりの母親に電話した。

「申し訳ございません、先生」

なんと母親は、軽やかな声である。

「センセ、しおりの言うとおりに受験させたいと思いますの。いいのです。だめだとわかった時は、東京の私立か埼玉の公立を受けさせますわ」

母親は、しおりと同じことを言った。

「先生、でもですね、しおりが言うには、あんなに苦手だった数学がわかるようになったから、きっと大丈夫と言いますの。学校からは、一月二十日のテストの結果で決定する、と言われておりますもの」

「そうですか、少し心配が残りますね」

本当に心配だった。しおりの数学はいい伸びをみせていたが、いやいや、勉強はそんな簡単じゃないと、なかなか言いづらかった。とりあえず、保護者の申し出もあるので様子を見守ることにした。

一月末には埼玉県の私立高校入試は終わり、それぞれの単願・併願の私立高校が決定していた。

塾の月謝を滞納している川野麻衣は、私立高校を受験しなかった。正月が明けたころ、川野麻衣の母親から電話があった。

「主人の会社が倒産したので、うちに余裕がないんです。だから、どうしても公立に行ってもらわなきゃならないんです。私立にはどうせ行かせられないので、受けさせません。すみません、先生」

私に謝る必要はまったくなかったが、気持ちは受け止められた。

私立入試は英語・数学・国語の三科目だが、公立はそれに理科・社会が加わり、五科目入試になる。

二月末の公立入試に向けて、土・日に理科・社会の対策が始まった。川野麻衣は、公立一本受験なのに、それにも参加してこなかった。

埼玉県の私立入試が終わり、二月中旬から東京の私立入試が始まる。そして最後に埼玉県公立高校の入試が控えている。公立だけを受験する川野麻衣には、「何も気にせず勉強しにいらっしゃい」と、理科・社会の講習へ誘ったが、月謝の滞納を気にかけてか、参加して来なかった。そのかわり、今の力で十分に入れる高校を選んでいた。

この理科・社会の講習をも、気合いと迫力を込めて、東堂しおりは受講していた。塾内の三年生は公立受験生だけではなく、私立進学が決まっている生徒までもが、理科・社会も含めてひたすら受験勉強に励んでいた。川野麻衣だけが、受講していなかった。

教室の掃除をしていると、電話が鳴った。

「センセ、僕のお母さんの働いているところの電話番号知っていますか」

小学六年の和也が、不安定な声をしている。

「ちょっと待ってね。……どうしたの？」

塾生の住所録を開きながら聞いた。

「あの、あのね、変なね、男の人からお母さんいる？　ってね、電話きたの」

「どういうふうに変なの？」

「あのね、声も変で。でね、僕のお父さんは和明っていうんだけど、カズアキだけどお母さんいる？って男の人から電話来たけど、でも、でもね、僕のお父さんだったらネ、今日お母さんは仕事に行っているって知っているはずだし」

「声は、お父さんじゃなかったの？」

「うん、声もお父さんじゃない男の人の声だった。だから、お母さんに電話したい」

保護者の職場の電話番号までは控えていない。

「和也君は、それでなんて答えたの？」

「こわくなってね、すぐ切っちゃった」

「あ、えらい。じゃあ、すぐにお母さんの電話番号を調べてあげますからね。アサヒ歯科でしたね」

「はい。そうです」

「和也君、しっかり玄関の鍵かけて。誰か来ても開けちゃあだめよ。すぐ調べて電話するから、そこで待っていてね」

インターネットで調べて折り返した。

「……あ、ありがとうございます。お母さんに電話します」

和也君は少し落ち着いたように感じられた。

「何かあったら、またすぐに連絡してね。すぐに行ってあげますからね。きちんと戸締まりして、カギをかけておくのよ」

「はい。わかりました。ありがとうございます」

不安に思いながら受話器を置いた。すぐに生徒が来た。

「こんにちは、センセ」

「あら、ガイチャ、今日はずいぶん早いですね」

「英語の宿題、わかんないところがあったから早く来たんだ。糸田先生、まだですか」

「そろそろ、お見えになるでしょう。向こうの教室、お使いください」

ガイチャはすぐに静かに勉強に取り組み始めた。それを横目に、和也のことを気にかけたまま授業に入った。

八時を回ったころ、和也の母親から電話が入った。

「本当にすみません、センセ。主人も私も電話番号は書いて冷蔵庫に貼ってあるのに、気が動転したのか、和也ったら。でも、助かりました」

「その後、何もありませんでしたか？」

「そうなんですよ。和也から電話もらって、私もすぐに主人に電話をいれたら、主人も『してない』って言うし」

「和也君、大丈夫でした？」

「なんか、あれからすぐにお隣の子が遊びに来てくれて、心強かったらしいんです」

「そうですか、何事もなくて良かったですね。でも、ご主人のお名前でかけてくるなんて、少し用心した方がよろしいかもしれませんね」

「ええ。なんだか気味が悪いです」

「何事もなかったから良かったですけどね。警察に状況をお話しになると、パトロールのコースに入れていただけるかもしれませんよ」

「ああ、そうね、そうしてみます。ありがとうございました」

ほっとして、次の授業に入った。小さなことでも電話してくる子供たちとのやりとりも、私のやりがいの一つである。


二月に入り、東京の私立高校入試が始まる。その数日前になって、ようやく東堂しおりの母親が訪ねてきた。前日に中学校で面談があり、それを受けての今日だ。願書受け付けにはまだ間に合う。

「先生、勝手言って、申し訳ございませんでした」

「大丈夫ですよ。まだ間に合いますので」

「あの、先生、これを見ていただけますか。しおりの一月二十日の進級テストの結果がようやく出ましたの」

顔全体の表情が明るく、口元は紅い花びらのように揺れた。

「先生、しおりが初めてクラスの下の方ではなくなりましたの」

差し出された進級テストの結果は、学年の下からではあるが三分の一辺りより少し上に位置し、最下位グループを見事に脱していた。

「まあ、本当ですね。すごいですね。良かったですね」

驚異的な伸び方だった。私もうれしかったが、驚きの方が大きかった。

「それで、先生、しおりは外の学校に行かなくてもよくなりましたの……」

「えっ、では、外の、他の私立高校は受験しなくてもいいということですか」

「ええ、大丈夫になりましたの」

半信半疑だった。昨年の秋に、担任から他の私立高校を探すように指導があり、他校を受験するシナリオが決まっていた東堂しおりだった。中学生になってずっと、転校を促されてきたと聞いていた。この塾に来てから、まだ五カ月足らずである。とにかく、母親はにっこり顔だ。母親の目は、これまでのあの不安定な漂っているような暗い目ではなく、きわめて真っ直ぐな目を見せていた。

「そうなんですのよ、外に出なくとも大丈夫になりましたの。それで、二月の終わりのテストはクラス分けテストになるようでございますの」

「……そうですか、良かったですね」

「昨日、実は、いつものことですが、担任に呼び出されまして行って参りましたの。これまで何度も呼び出されておりましたので、それに……もう、あきらめておりましたので、外に出されると腹を決めて行ってまいりましたの」

祈るように、美しい指を胸の辺りで組み合わせていた。大きな宝石が指を細く見せている。

「そこに、このお話ですので、本当に驚きましたわ。何せ三年間ずっと、下から五番以内でしたでしょ、急に上がって。ですから担任の先生ばかりでなく、職員室で、先生方が驚いているとおっしゃっていただけました。本当に、本当に先生のおかげです」

母親はこらえきれないというふうに、白い歯を見せた。

「ともかく、……良かったですね。しおりさん、頑張りましたものね」

東堂しおりには、他の生徒と同じように受験勉強に取り組んでもらっていたので、とりわけ彼女の対策を講じたわけではない。確かに、勉強に差があるわけではないが。

「クラスなんて、……いいのです。しおりが、この学校に残れるようになっただけでいいのです」

急に声を詰まらせながら、母親は静かに言った。

「娘の希望がかなって……。しおりが、娘が言うんです。一緒に外へ出ることになっていたしおりの友達に、あんたって、そんなに頭良かったっけ？　なんて言われたって。娘が申しておりまして、お友達に気の毒しちゃいましたの」

あの絶望的な〝放校〟の話が取り消されたことは、驚きだった。確かに一月の最終テスト次第とは聞いていたが、実は、放校は決定的状況だったはずだ。三年間も成績不振で定期テストごとに担任に呼び出されていた。だから、残留して今の学校にそのまま進級することなど、考えてみもしなかった。進級しても、またつらい思いを繰り返すことになりはしないか、心配が残った。

「お母様、しおりさんは、何もしないで成績が上がったのではありません。しおりさんは、他の受験生と一緒になって、最後まで懸命に勉強をなさっていましたよ。私は、感心して見ていました」

私は、しおりが時々見せる孤独な顔を思い浮かべ、少しは心が晴れたのだろうかと思った。「私、今の学校がいいんです」と、東堂しおりははっきり言っていたのだった。

母親は、顔を上げた。

「先生、こちらに伺わせて本当によかったと思っています。ありがとうございました。あと少し通ってまいりますので、ご指導よろしくお願いいたします」

深々と頭を下げて帰って行った。東堂しおりの、静かなる努力が報われたと感じた。

風もフワッとやわらかく、春に向かっていた。

（十二）

ガイチャは、勉強がヤバイと言って、時々早めに塾に来る。中学校の他校試合や地区ブロックの試合等で授業に出られない日があるから、「勉強がヤバイ」そうだ。朝六時から近くの高校に練習に行く。そこに参加しないと大会に出してもらえない。さらに強ければ強いほど試合に勝ち残っていくから、「ヤバイ」らしい。

ガイチャは、どうも剣道が強いらしい。

近頃、塾への一番乗りは決まって井上まりだ。一番早く塾へ来るのに、制服のまま、着替えずにやって来る。母親はいわゆる教育ママで、まりを大手塾にも通わせている。「こちらの塾では基本をしっかり学ばせ、大手塾の上位クラスをキープさせたい」と、入塾時にはっきり言っていた。まりは最近では誰とも口をきかないし、また他の生徒も彼女に声をかけない。ガイチャは、塾に来ると「おう」とか「やあ」とか、辺りにいる人に笑顔で声をかけ、井上まりにも声をかける。まりは返事を返さない。

　空気が暖かく、重くしっとりしてきた。白木蓮が鮮やかな白を誇り、あちこちで沈丁花が香る。樹木の新芽はプチッと殻を破って、柔らかな桃色の芽を伸ばしてくる、そんな音さえ聞こえるようだ。また、春がやってきたのだ。

　三月は当塾の新学期。生徒たちは、一年の区切りを肌で感じているのであろう。それぞれの体内から、わき出る喜びをみなぎらせていた。

　塾では中学三年生が去り、ガイチャたちも新中学二年としての学習が始まった。

　そして、その彼らはエネルギーのかたまりを直球で、授業をする私たちの方に一斉にぶつけてくる。そのエネルギーをしっかり受けて、私たちは仕事をする。

「センセ、こんにちは～っ！　さむ～い！」

　奈々美が叫ぶように入ってきた。

「冬になっちゃった」

「あのさ、桜が咲いているっていうのに、今日、雪が降るって言ってたよ」

　龍介の言葉にみんな一様にうなずいた。三月末だというのに、急に真冬のような寒さが戻ってきた。

「寒いよね」

「ホントに降るのかな、雪」

「帰る時、雪だったら、靴が困っちゃうよ」

口々に雪の心配をしていた。ガイチャは今日も遅れてくると、母親から電話が来ていた。

「塾長、雪になるかもしれないって、ニュースで言ってましたね」

新一年生の授業が終わり、生徒を見送った糸田先生が教室に戻ってきた。

「糸田先生も、雪になったら帰りが困りますね」

「いやあ、僕はなんとかなります」

明るく健康的な笑い顔に、いつも救われる。

「糸田先生、この春休みに何か予定がありますか」

「ま、一応は大学の研究室に顔を出して、やらなきゃならない実験とレポートをやる予定です」

糸田先生は、国立大学の大学院生である。

「そうですか。実は、例年の新学期の保護者面談をしようと思っています」

「僕も参加した方がいいでしょうか」

「まだ、日程も決まっていないので、決まり次第メールで連絡します。時間があったらご参加ください。無理しなくて構いません」

「すみません」

「ただ、先生の担当の生徒について、現在の英語の学習状況と保護者さんにお伝えしておくべきことがありましたら、メモで構いませんから書いておいていただけませんか。お願いします」

「わかりました」

やっぱり、この確かな明朗さが心地良い。


夜九時三十分、授業が終わった。山ちゃんが叫ぶ。

「ヒェ〜、さむっ！」

「ねえ、今日、雪じゃん、ね、雪、降ってるよね」

奈々美は興奮気味だ。みんな歓声を上げている。雪が降ると困るのか嬉しいのか、その両方なのだろう。久しぶりに夜空から舞い降りてくる雪に、それぞれが声を上げた。

「わあ、口の中に雪、入ってくるよ！」

山ちゃんの声に、龍介も大きな口をあける。それを見て奈々美は、笑い声をたてる。見上げると、春の雪がフワリフワリと顔に落ちては消える。

「ほら、空を見上げてごらんなさい。雪が次から次とクルクルと、舞いながら下りてくるみたいでしょう。ずっと空の上から」

「わあ、本当だ、きれいだねえ！」

奈々美が白い息を吐きながら、感動のまなざしで眺めている。

「そのうちにね、じっと眺めているとね、自分があの空のずっと上の方に舞い上がっていくような、不思議な錯覚にとらわれるのよ」

小学生の時のように、みんなで空を眺めた。暗い夜空から白い小花が湧き出るようだ。

「井上さんも、ほら、見てごらんなさい」

声をかけると、井上まりは何か思いのある目で私の方を見てから、素直な子供らしい表情をした。

「……ホントだ」

小さい声でつぶやいた。生徒が、こんな不思議な困った表情をする時は、決まって何かを抱えている。

「さあ、雪が積もったら大変。積もらないうちに帰りましょう」

近所の生徒がほとんどだから、半分は徒歩で帰る。

「すべるから自転車、気を付けてね。ライト付けてから走るのよ。さようなら」

「さようなら」

それぞれの声が、夜の雪の中に消えていく。


教室は、シンとしていてほんのり暖かかった。

「先生、ガイチャ、初めて休みましたね」

糸田先生は、頭の雪を払いながら言った。

「そうね、お母さんからは遅れるって電話があったんですよ」

事故でもなければいいけれど、と思って受話器を取った。ガイチャのうちは、誰も出なかった。

「また後でかけてみようかしら。さあ、糸田先生、早く帰らないと、塾にお泊まりになりますよ」

糸田先生は、健康的な白い歯を見せて、やはり子供たちと同じように半ば嬉しそうに雪の夜に飛び出していった。その元気な躍動感のある自転車の明かりが闇に消えていくのを見送ってから、戸締まりをして消灯した。

その時、ふと塾の看板の前に黒い人影を感じた。その影はすぐに消えた。電気を付けてもう一度外へ出て見たが、人影は見えない。なんだか不安になって、しばらく夜の闇に目を凝らしていたが、もう人影はない。


その夜、雪はいつまでもフワフワ舞い続けていた。手に取るとあっという間に、雪は水滴と化してしまう。

やっぱり春の雪だ。春の雪は、地面に落ちると同時にもう雪ではない。すぐに水滴に変わる。私は、雪を見たせいか少し興奮していて眠れなかった。雪の夜は明るい。その明るい夜の、春の饗宴を子供たちと一緒に見上げて楽しんだことが、幸せな気分にさせてくれていた。冷たくしっとり湿度のこもった空気に触れるため、何度も窓を開けた。それにしても、雪には不思議な魅力がある。

正岡子規は病床にありながら、戸外の雪に心を奪われていた。


〝障子明けよ上野の雪を一目見ん〟

〝いくたびも雪の深さを尋ねけり〟

ピンポーンと呼び鈴がなった。玄関モニターにはガイチャの姿だ。

「えっ」

ブラインドを開け、窓を開けた。冷たい空気が一気に入り込む。外はまだ薄暗い。門のインターフォンの前に、ガイチャが立っていた。

「入りなさい、ガイチャ。早く入りなさい」

「う……」

「何も言わなくていいから、入ろう、ね」

ガイチャの表情がおかしい。

「う……」

ガイチャがそう言った気がした。羽織っているコートは冷え切っている。顔色はどす黒く、目は淀んでいた。まず、石油ストーブを付けた。コートを脱がせて毛布でくるんだ。しばらくの間、寒さで震えが止まらないガイチャは眼を閉じている。じんわりと涙がにじんでいるのがわかった。ストーブの火の明るさは、優しく暖かくガイチャを包んだ。ガイチャはすぐにまどろんでいった。

カックン、と体が揺れた。いつの間にかうたた寝をして眠ってしまっていた。ガイチャはいなかった。

夢……だった？

どこかガイチャを気にしていて、こんな夢を見てしまったのか。もう一度ブラインドを開けて外を見た。雪は小降りになって、うっすらと辺りを白くしていた。

輝くばかりの黎明を感じながら、スコップを手にして除雪を始めた。これくらい水分の多い雪の時はまだ柔らかいうちに寄せておくと、日中は太陽が塾の入り口や玄関を乾かしてくれる。春の雪は重い。ガイチャのことを心に留めながら、スコップを動かしていると、あちこちから雪かきの音がする。

十分もすると、狭い玄関はきれいになった。体を動かすと軽く汗ばんで、気持ちがよかった。

（十三）

朝一番でガイチャの家に電話したかったが、両親が共働きで工場に行っていることを思うと、朝早くからの電話は遠慮せざるを得なかった。

昨夜の舞い降りる雪の宴は、辺りをきっかり白く清浄した。空気までもがスッキリ清められていた。昨日とは打って変わって、今日は晴れだ。うっすらと地面が見えている水っぽい春の雪が解けていく。日陰の雪を箒で掃き出していると、電話が鳴った。

「おはようございます。朝早くからすみません。井上まりの母です」

ガイチャのうちからの電話ではなかった。少々気落ちしている自分を感じながら、電話を受けた。

「先生、実はお話したいことがあります。今日、お時間、ありますか」

まりの母親は、十時少し前にやってきた。

「昨日、夜、一度来たのですが、電気が消えて戸が閉まっていたので……」

「ああ、昨日。そうでしたか。声をかけてくだされればよかったのに。さあ、温かいお茶をどうぞ」

母親はまりに似ていて、色白でほっそりしていた。白のセーターが小柄の母親を清楚に見せていた。

「実は、先生……困っているんです。まりから何か聞いてないでしょうか」

「特に、何も。何かありましたか」

「実は、まりが学校に行きたがらないのです」

「まあ、体調が悪いのでしょうか」

まりは昨日も塾に来ていたので、意外だった。

「いえ、病気とかではなく、学校に行きたがらないのです。それで、ここのところ、学校に行っていないのです」

「ここのところって？」

母親は、しばし下を向いていたが、悲しそうな顔をして、小声で話し始めた。

「十二月頃からでしょうか。その頃はまだ時々学校に行っていましたが、でも、三学期に入ると……、三学期は一度も学校に行っていないのです」

「三学期、まったくですか？　すると、三カ月近くも？」

「ええ」

思いがけないまりの不登校の話に、私は衝撃を受けた。昨日の雪の夜空を眺めた井上まりの白い顔を思い出した。何か思いのある目で私の方を見てから、素直な子供らしい表情で「……ホントだ」と小さい声でつぶやいていた。あれは、まりの素直な姿だと感じていた。

思い返すと、いつの頃からかまりは、確かに微妙な重い空気をまとっていた。だが、学校に行っていないとは考えてもみなかった。そんなに長く学校を休んでいるのに、塾は一度も休んでいない。それどころか、遅刻もしないし、いつも一番先に塾に来る。宿題はきちんとして来るし、授業態度も良い。しかも、中学校の制服を着て来ている。そうだ、制服を着て来るようになったその頃が、彼女のサインだったのかもしれない。母親に尋ねた。

「何か思い当たることはございませんか」

「……」

「学校とは、お話はなさいましたか」

「……」

母親は、深くため息をついた。視線を落として、両手をさすった。ふと、チラッとうんざりするような眼差しで横を向いた。塾をやめさせたがっているのかと思いながら、次の言葉を待った。母親は、机に手をついて頭を下げた。

「先生、まりを助けてください。学校を休んでいますが、でも、ですね、まりは、この塾だけは、何も言わなくても時間になると出かけていきます」

「ええ、塾へ来ていますね。本当に良かったと、今心から思っています。でも、三学期一度も学校へ行っていない、行かないのか行けないのかわかりませんが。こんなに長期欠席は、かなり厳しい状況だと思います。学校へ行かなくなった理由を、お母様はお聞きになっていらっしゃいますか」

「初めは、十二月頃は、まりは何も言いませんでした。学校に相談しても、何も心当たりはないと言います」

「今年に入ってからは？」

「……一月中頃、まりは担任の先生がイヤだと、ようやく言いました。理科の先生が、井上、井上って、何かというと名前を言うらしいんです。そのうちお友達が、あの先生、井上、井上って変じゃないとか、ひいきしているんじゃないとか、キモ〜イって、そんなことをウワサされるようになったようです。結局、こんなことで、まりは特別な目で見られているようで、周りのみんなのこともイヤだと言います」

「学校にもご相談されたのでしょうか」

「はい、その後すぐに、担任の先生には申し訳なかったですが、お話しさせていただきました。でも、思い過ごしですよって、担任の先生も生徒指導の先生も言います」

まりが思い過ごしで、たったそれだけで長期欠席をするだろうか。単に思い過ごしで済まされるはずもない。

「そうですか。ところで向こうの塾も、塾には順調に通っているのですね」

まりが入塾する時母親は、まりを並行して大手塾にも通わせていると言った。こちらの塾では基本をしっかり学ばせ、大手塾の上位クラスをキープさせたいと入塾時にはっきり言っていたのだった。

「それが先生、向こうの塾はもうとっくに、ええと、こちらの塾にお世話になって、間もなくやめてしまいました」

「えっ、どうしたのですか」

「去年十月頃からでしょうか、ダラダラしていて塾が始まる時間がきても、なかなか家を出ようとしないんです。十月末頃には二十分も三十分も遅刻して行くので、塾に電話かけて、まりの状況を話させてもらいました。そしたら、今月は一回しか来ていませんって言うんです。もう、びっくりしてしまいました。塾からは電話も何もないもので、私は、まりが塾に行っているとばかり思っていました」

「……」

「理由を聞いても言いませんし」

「それでは、井上さんは家を出てどうしていたのでしょうか」

「初めは、聞いても頑固に口をつぐんでいましたが、私がしつこく聞くもんですから、塾の時間の間、自転車でグルグル走り回っていたと言います」

あの井上まりからは、想像もできないことばかりだった。街灯があるとはいえ、暗い夜道をまりは何に抵抗し、何に耐え続けていたのか。まだ中学一年だ。

「それで、主人に叱られて、十一月に二、三回行ったのですが、それでは塾に通わせても仕方がないので、十一月いっぱいであの塾を辞めさせました」

「そうでしたか、少しも気が付きませんでした。うちの塾へは、こちらへは、お休みしたことも遅刻もありませんし、宿題もきちんとこなしています」

「ありがとうございます」

「いえいえ、それにですね、近頃では塾へは一番乗りで来ていて、ただ、元気がなくて、暗い目をしていて、ちょうど気にしていたところです」

それから母親は、涙をこらえながら、まりの日常を細かに話し、このままでは引きこもりになるのではないかと心配で相談に来たという。

「そうでしたか。近々、まりさんとお話をさせていただいてもよろしいですか」

「はい、お願いいたします」

「今日、お母様が私のところに来てお話をするということを、まりさんに伝えてありますか」

「……いいえ。用事があるとだけ言って来たので」

「では、私も知らないこととします。少しだけ時間をください」

中学二年になる新学期までに、私にできることはやってみようと思った。


「さて、ガイチャの英語を見てやるか」

「ガイチャの英語、ひどいんですか？」

「いえ、彼、今日も早く来ているんです。おそらく不安があるからだと思います。解決してあげます」

笑い声を残して、糸田先生はガイチャの教室へ消えて行った。

あの雪の日、ガイチャは剣道の外部指導員にトコトン練習をつけられ、気持ち悪くなって病院に運ばれたという。次の日の午後に、母親から謝りの電話が入っていた。

授業が終わって、糸田先生がつぶやいた。

「やっぱり元気ないなあ、ガイチャ」

「どんなふうですか」

「目がですね、目が生き生きしていないんです。なんというか、憂いがあります。塾長の時はどうですか」

あの元気いっぱいのわんぱく坊やが、一気に変わって少年になろうとしている。その大切な時期に、私たちはほんの少し接しているのだと感慨深く思った。

（十四）

今日も井上まりは、十五分早く塾へ来た。

「こんにちは」

小さな声であいさつをすると、まっすぐ教室へ入ろうとする。

「こんにちは。まりさん、ちょっと待って」

まりは、静かに振り向いた。

「まりさん、ご挨拶をする時はね、きちんと相手の目を見るようにしましょう」

斜め下から、目を見てきた。

「ううん、きちんと。顔を上げて、まっすぐ、しっかり目を見てご挨拶しましょう」

私がニッコリ笑うと、まりはかすかにほほ笑んで顔を上げた。

「コンニチハ」

そう言うと、席に着いて本を読み始めた。悪くない感触だった。

「センセ、あの〜」

少したってから井上まりがやって来た。こちらの方が驚いた。

「あの〜、本を貸してほしいんですけど」

「あ、いいわよ。この辺りの本は、どれでもいいですよ。決まったら、このノートに、ほら、こんなふうに書いておいてくださいね」

「はい」

まりは、時間をかけて、背表紙に指で触れたり本を開いたり、順番に丁寧に見ていた。気持ちが落ち込んでいるふうでもない。母親が、まりは三学期一度も学校に行っていないと相談に来たばかりだった。中学二年になる前に話し合うか何かをして、四月には学校に行けるようにしてあげたいが、ありきたりの説教じみた話は避けたい。

「センセ、この本、面白いですか？」

「井上靖の『しろばんば』ね。面白いわよ。少し長いけれどとても読みやすい本ですよ。頑張って読んでみて」

「じゃあ、これ、借りてもいいですか」

「もちろんです」

まりは、本の貸し出し帳に丁寧に書き記していた。透けるほど白い顔は、少しずつ子どもから少女へと成長していて、美しさも加わってきていた。学校に行っていないような、あるいは困ったような表情をここでは見せない。見せないから、この関係はいいのだとも思う。どちらにしても、プライベートに土足で上がり込む無神経なことはしたくない。

「センセ、この本はどうですか？」

「ん？」

「これ、『Ｉｔと呼ばれた子』……」

「そうね。その本もいいわね。読みやすいし、感じるところや考えるところがあるので、読んでみるといいですね」

「この本ね、学校で読んでいる人がいて、なんか、女子で人気あるみたい」

まりは、自分から学校のことを話した。

「まあ、そうなの。それで、読んだお友達はなんて言ってました？」

「なんか、かわいそうとかひどいとか……」

話しながら目が泳いだ。

「どうぞ、読んでみてください。『しろばんば』の次にお読みください」

はい、とかすかに答えたまりの頬が、少し赤らんだ。

「あ〜、『Ｉｔと呼ばれた子』だ！」

ドタドタ入ってきた奈々美が、割り込んできた。

「奈々美さん、こんにちは」

「あ、センセイ、こんにちは。あのね、うちのクラスでもこの本、読んでいる子いてね、回して読んでいるよ」

「そう、中学校で人気なの。あなたも読みました？」

奈々美はニッコリ笑って、頭を横に振った。

「ねえねえ、今日ね、学校で大変だったんだよ」

奈々美は珍しく、まりに話しかけた。

「山ちゃんがさ、学校の一階と二階の階段のところでね、あの英語の先生、ヨコハマのね、服の胸の辺りをつかんでね、殴りそうになったんだって」

まりは驚いて、目を白黒させた。

「でね、山ちゃんね、職員室に連れて行かれたみたいだよ」

「何時間目？」

まりが聞いた。始業時間が近いので生徒が一斉にやってきて、話に加わった。

「え〜とね、お昼休みかな」

「ねえねえ、なんで山ちゃん、キレたの」

ガイチャが龍介に聞いた。

「そ、だから、山ちゃん、まだ、学校に残されてさ、親が呼ばれてるみたい」

龍介は事情を知っているようで、不満そうな口調だ。

「で、だからさあ、なんでキレたの？」

ガイチャがもう一度聞いた。

「なんか、イロイロ、イロイロみたい」

「イロイロって？」

「山ちゃん、ヨコハマににらまれてたから、っていうか、いじめられてるっていうか」

ごそごそみんなで話している。まりもその中にいた。

「は〜い、授業が始まります」

みんな黙って席に着いて、そのまま授業に入った。始業して五分が過ぎた。五分たっても塾に姿を見せない時には、家庭に電話をする。事故を防ぐためでもある。山ちゃんの家に電話したが、誰も出なかった。家族からの連絡もない。

二十分を回ったところで、山ちゃんが現れた。まだ、体中に戦いをみなぎらせていて、その呼吸は、一同を圧倒した。ドンと席に着いた。

「あ、藤本君、遅れて来て、何か私に言うことありませんか」

私の言葉に、みんなに驚きと緊張が走った。

「遅れてすみません」

キッカリと潔い太い声が返ってきた。

「二十六ページです」

「はい」

みんなは身動きをせず、体中の神経を集中させて聴いていた。何事もなかったかのように授業が続けられ、授業は終わった。

「ア～ア、腹へったあ」

「山ちゃん、今日はごくろうさんだったもんね」

「くっそお！」

龍介の言葉に、山ちゃんが握り拳を見せた。

「何、ねえ、山ちゃん、どうしたの？」

「ガイチャさ、オレね、なあんかさ、英語のヨコハマに、なんか、いっつもからまれるの」

「英語のヨコハマって、先生？　先生にからまれるの？」

ガイチャは、山ちゃんの返事を聞く前に笑いこけてしまった。

「龍介、おまえの担任なんだからさ、なんとかセッ」

「なんとかセッと言われましても～、我が校の天然記念物ですから～。天然記念物は大切にしないと～」

「天然記念物って？」

奈々美がまじめに聞いてくる。

「う～ん、君みたいな、メ～ズラシイタイプってこと。ね、山ちゃん」

おどけている龍介の表情に、山ちゃんも苦笑いだった。大変だったことが、なんだか愉快になった。中学一年だから、今回の大変はこれでおさまるかもしれない。だが、火種は残っていると感じた。


最近ではガイチャたちも忙しいのか、塾に来てもなかなか本を読まない。そんな中、ふと気づけば井上まりは、本を開いている。学校を休んでいる自分の居場所を、本の世界に置いているのか。その姿は、透明感のある豊かさを感じさせるものだった。

「井上さんさ、何読んでいるの？」

今日は早く来たガイチャが、声をかけた。

「……なんでもない」

「しろばばあ？」

ガイチャが本の表紙を見た。

「違う、しろっ・ばん・ば」

珍しく、まりは笑っていた。

「し・ろ・ば・ん・ば？　なんだ、それ。しろばばあじゃないのか」

「センセに借りたの」

「ここで？」

「うん」

「『しろばばあ』って、センセのことか？」

「違うって、『しろばんば』！」

ひとしきり、二人は同じことを言い合って笑っていた。

急に、ガイチャが言った。

「山ちゃんや龍介さ、あいつら、いいヤツらだよ」

「でぇ？」

まりが聞き返す。

「……ま、いいか」

「よくないんじゃない。わかんないもん」

「うん。あのね、なんか、井上さんのことをさ、なんか、どうしたのかなって気にしてるって感じだよ」

「……ふぅ〜ん……」

ガイチャは、井上まりにフラッと話し始めた。

「井上さんさ……」

隣の教室のガイチャと井上まりの会話が、急にコソコソ会話に変わった。ドキンと私の思考が止まった。すでに始業時間三分前で、すぐにドタドタと生徒が集まってきた。

「お、山ちゃんさ、シロババアって知ってる？」

「ち・が・うって！」

まりがガイチャに反論する。その明るいやりとりに、龍介や山ちゃんたち、まりと同じ中学校の生徒たちは、特にうれしそうだ。

「で、何、それ、しろばばあって」

間をおいて龍介が聞いたものだから、再び笑いの渦が広がり、まりは、ちがうって！を連発した。まりは、笑っていた。

「みなさん、え〜、誰か、私のことをババアとか言っていますか」

私からの始業の合図だった。

新学期がはじまる少し前だった。あの日は、ガイチャ、山ちゃん、龍介、奈々美、そして井上まりも授業が終わっても教室に残っていた。

「センセ、ちょっと、ちょっとだけ、ここで話しててもいいですか?」

ガイチャの様子に、ふんふんと感じるものがあった。にっこりと笑ってから、小声で言った。

「ガイチャ、私の悪口だけは言わないでね」

ニヤリと笑ったガイチャは、親指を立てた。

何も言わなくても塾の決まりを守って、教室のドアは開け放たれている。

「……まりちゃん、学校行こうよ。新学期だし、クラスも変わるし、担任も変わるし」

奈々美が困っているみんなに代わって、口火を切った。

「そうだよ」

何人かが声をそろえた。

「……こわいから、いいんだ。みんなに、教室のみんなに会いたくないもん、いいんだ」

井上まりが、つぶやくように言った。

「何がいいんだよ。よくないいんじゃない？」

龍介が、少しイラついた調子で言った。

「……でも、イヤなの。なんだか面倒くさい人がいて、本当によくわかんない。イヤなことばっか言うんだもん。会いたくない。行きたくない。怖い」

「うちの女子にも、チョ～感じ悪いのいるよ」

奈々美が、まりに同情した。

「あのさ、井上さんち、あのMコンビニの近くでしょ。だったら、学校選択区域だからガイチャの方の学校に転校したら？」

龍介の奇抜な提案に、それもありだとばかりに一同驚きの声を上げた。しかし、山ちゃんがあっさりとそれを切った。

「そっちの中学に行っても、そういうヤツらっているんじゃない？　もっと意地の悪～いヤツもいるかもね」

みんなため息をついた。

「それに……」

みんな、山ちゃんの次の言葉を待った。

「それにサ、そんな時ってさ、なんか変なふうな話って、そっちの中学にもウワサがいっちゃったりするんじゃない」

「あ、それ、アリかも。一番ヤダよね」

奈々美がうなる。

「それよりさ、こっちの学校にはさ、アイツいるよ」

みんなはがガイチャの言う〝アイツ〟がわからない。

「アイツだよ。塾に入った、ひ・び・き」

「ひびき……か」

ひ・び・き、にみんな笑ってしまった。

「ひびきがいるからって、うちの塾、避けられてるみたいだし」

「マジか～」

龍介と山ちゃんは、同時に落胆の声を出した。

「まりちゃんのクラスのカレンって子、まりちゃんどうしてるかなあ、って心配してたよ」

奈々美の言葉に、まりは絞り出すように言った。

「カレン……？　一番イヤなこと言ったくせして……」

「そうかなあ、カレンだけじゃなくって、まりのこと心配してる子、結構いると思うけど」

「気にしなきゃいいんだよ。オレなんか、英語の金田先生のおかげで学校じゃあ、すっかり不良だよ」

「山ちゃんってわけにはいかないさね」

ガイチャが優しくなだめた。

いっぱいいっぱいだったのか、そのやさしい言葉に、まりがシクシクし始めた。

「まり、泣かないで、ね、まり」

奈々美まで涙声だ。少しの間、みんな黙ってしまった。

その時、電話が鳴った。

「はい、……すみません。まりさんはまだ塾にいらっしゃいます。遅くなりまして申し訳ございません。少しお話をさせていただいております。十時には家に着くように、あと少しで帰しますので、よろしくお願いいたします」

電話を切ってから言った。

「みなさん、この電話を使って、おうちに電話してください。それから、おうちの方が心配していると思いますので、あと少しで帰りましょう」

みんなは電話しなくていいと言ったが、奈々美にはかけさせた。

みんなそれぞれ、自分の体験のようなアドバイスや励ましを、ぼそぼそ言い合っているようだった。

「センセ、じゃあ、帰ります」

ガイチャを先頭に、みんなが教室から出てきた。

まりは、頬を赤くして目をうるませていた。みんな一様に、出口のないデリケートな問題に困惑し、疲れていた。まりは、やっとのことで小さな声で、「ありがとう」と誰にというわけではなく言った。そしてまた泣いた。それを見て、みんながなごやかな表情でこたえた。

新学期が始まる日、奈々美がまりを迎えに行き、一緒に中学校に行った。それでそのまま、とにかく、まりに中学校の日常が戻ったのだ。

（十五）

六月になると例年「夏期講習のご案内」と「時間割」の作成にあくせくしてしまう。講師の先生の予定を出してもらい、すべての生徒が授業を受けられるようにするために、部活動や合宿などを考慮に入れて日程・時間調整をするからだ。出来上がると、最後に講師の先生と読み合わせをしてチェックする。朝から夜遅くまで数日かけて、そうして仕上げる。

その時間に追われている合間に、ゆっくり時間をかけてコーヒーを入れることが多い。湯を沸かす。しっかりポットを温め、ミルでカリカリと豆を挽く。じっくり入れる。香りが立つ。部屋中にコーヒーの香りが漂う。そして口に含んだ時、苦みと酸味が舌を刺激して、深い味わいが幸せに変わる。自分の生き方を感じるひと時だ。

小学生の授業のない日は、五時過ぎに教室に入ればいい。掃除をしたり資料を調えたりする。生徒からもらうエネルギーに、しっかりと授業で応える準備をする。

こんにちはと、中学二年生が一斉にやって来た。時間キッカリに授業が始まるので、みんなぎりぎりセーフで教室に入る。新入りの鎌倉孝太郎だけは、少し前に来て、デカい態度でドカンと貫禄十分に一番前に座っていた。その席は、戸野川龍介の席だった。二週間前に指定された席は、一番後ろの席だった。塾では学習効果を考えて座席を指定している。

「あ、そこ、僕の席だよ」

龍介は、鎌倉孝太郎の肩をポンポンと叩いた。

「オレ、ここがいい。お前さ、あっち行けよ」

前を向いたまま孝太郎が答える。なんと、その威厳ともいえる風格はさすがだ。学年ナンバーワンの風格をギンギン発散させる。小柄ながら戸野川龍介はひるまない。

「なんだよ、ここはオレの席だよ。どいて」

「うっせぇなあ」

圧倒的な威圧感と貫禄で、孝太郎は龍介を無視した。みんな、危険なムードに凝固している。

これか、と私は思った。孝太郎を連れてきたのは山ちゃんだった。

「センセ、鎌倉孝太郎ってさ、学校でボスっていうか、いっつも先生とやり合っているよ」

「鎌倉って、なんか怖いよね。ヤバイよ、あの人は」

口々に言う女子とは対照的に、男子は複雑な顔をして何も言わない。孝太郎には、最初に塾に来た時から、他の生徒より貫禄というより、明確な自意識を持っていると感じた。

そこへドタバタと山ちゃんが飛び込んできた。孝太郎は、チラッと見やって表情を緩めた。龍介は譲らず、孝太郎のそばから離れずに立っていた。

「センセ、ここ、ボクの席だけど」

「鎌倉君、あなたの席は向こうですよ」

「でも、オレは一番前の席でやりたい。あっちよりオレはこっちの方がいい」

そうか、前がいいのかと思いかけたが、そういうわけにはいかない。座席は決まっているのだ。

「そうですか。でも、戸野川君が困っていますよ」

「そんでも、こっちがいい」

孝太郎は無言のまま、がっちりした手で机をつかんでいる。なんだか強制執行はいやだ。

「戸野川君、じゃあ、今日は向こうに座りますか」

龍介は不満顔のまま、後ろの席に着いた。

中学二年生の十一人の二つずつの目が、この状況をしっかりと見ている。龍介が堂々と孝太郎に抗議し、頑張ったのはすごいことだ。孝太郎は下を向いていた。

「……国語ですね。ええと……。なぜ国語という授業があるのでしょうね」

この問いかけに、一人一人の目は戸惑いを含み、揺れていた。

「国語は良い点を取るためだろうか。いい大学に入るためだろうか」

その時、私の目に山ちゃんの不思議な髪の色が飛び込んできた。えっ？　山ちゃん？

前髪がミドリですか？

「……どうでしょう。私は、困ったことに直面した時に、どうしたらいいかを考える材料にするために、国語を学ぶのだと考えています」

テキストを開きながら付け加えた。

「みなさんは、ご家庭や学校で学ぶことは多いと思います。しかし、このテキストや本の中には、まったく見たことも聞いたこともない世界中のすごいことが説明文、論説文、小説などとして紹介されています」

龍介の鋭い視線を、ヒシヒシと受け止めた。

「このテキストや図書館などにある本には、まったく考えてもみなかった方向から、私たちに生きていくヒントをくれます。ですから、〝答えは自分で探せ〟です。人に判断をしてもらうのではありません。自分の持っている材料をフルに使って、自分で解決することです。迷った時どうするか、考える自分を助けてくれるその材料になるのは、国語ではないでしょうか」

私は、笑ってみんなを見渡した。

「ただ、わからない時、自分以外の他人の考えを受け入れてみるのもいいと思います。では国語の授業を始めましょう」

ガイチャが孝太郎を見てから、龍介の方を見た。龍介の視線は矢のように尖って、まっすぐ前に伸びていた。

次の授業の時から、鎌倉孝太郎は早くに来るが、後ろの指定された席に戻っていた。孝太郎の授業中のしっかりした物言いは、立派であった。なぜ、彼は怖がられるのだろうと不思議に思えた。体がデカいからではなく、堂々と意思表示をするからのようにみえた。彼には理論が通じると思うと、なんだかうれしくなった。

中学二年の夏には、小学生を完全に抜け出し、それぞれがきちんと中学生後半期に入る時期でもある。

「山ちゃん、今日は遅刻かな？」

みんなが笑った。それは、夏休みに入って山ちゃんは髪のおしゃれに余念がなく、形ばかりではなく、時々前髪をカラフルに染めて来るからだ。それを見て、みんながハラハラしてしまうのだった。授業に髪の色は関係ない。

「じゃあ、授業を始めます。あ、藤本君が来ても、みんな、知らんふりして授業に集中していてくださいね。さあ、今日は何色かな？　楽しみですね」

爆笑の後、授業が始まった。まもなく、前髪を赤く部分染めした山ちゃんが現れた。みんな、笑いをこらえて授業に集中しているフリをしている。

ふとそんな中で、鎌倉孝太郎は一人ノートを取っている。なんと、見事に工夫された大学生の取るようなノート作りだ。字も立派な大人の字だ。

授業が終わって、山ちゃんを呼んだ。

「山ちゃん、今日はどうして遅刻したのですか」

「……すみません。ちょっと……」

「ちょっと、どうしたのですか」

「……」

「遅刻、するな」

「はい」

その時、柳《やなぎ》ひびきが山ちゃんの後ろで何か言いたそうにもぞもぞしながら立っていた。二年生になって入塾してきたガイチャと同じ中学校の生徒だ。私はじゃあね、と山ちゃんの背中をポンと押して帰した。

「柳君、どうしました？」

「あの、センセイ。僕、七月分月謝まだ払ってない？　それと、夏期講習代も……」

私は台帳を見ながら答えた。

「そうですね。両方ともまだですね」

よく聞いてみると、家ではもう払っていると言われ、月謝袋はどこにあるかわからないということで、両親に咎められているという。

「じゃあ、もう一度うちで探してみる。ないと、パパにぶん殴られるんだ」

そう言い残して、ひびきは小学生のような小さな肩を丸めて帰って行った。

夜九時半を回って三年生の授業が終わりに近付く頃、再び、ひびきが現れた。

「探しても、ない」

玄関で、すぐにひびきは訴えた。

「そう。柳君、ごめんね。今は三年生の授業中だから、おうちの人に言って一緒に探してもらってくれますか？」

「うんとさ、洗面台のところに立てておいたはずでさ、お姉ちゃん、盗ったのかもしれない」

「お姉ちゃんは盗らないでしょう。柳君、ごめんね、今、授業中だから、あとで電話しますから」

ひびきは一度帰りかけ、閉めたドアを再び開いた。

「やっぱイヤだ、パパにぶん殴られる……」

「困りましたね」

「センセ、……あのさ、月謝払ったことにしてもらえる？　夏期講習代も払ったことにしてくれる？」

「えっ、それはできませんよ」

驚いて即答した。三年生も聞いている。

「柳君の力にはなりたいけれど、ウソはだめです。ウソは、言えないんですよ」

柳ひびきは、ウンと消え入るような声で言うと、途方に暮れたように出ていった。

授業が終わり、中学三年の男子生徒が玄関を出て行って、笑いながら戻ってきた。

「センセ、さっきの人」

指さす方を見ると、柳ひびきだった。

「お家に行ってきたの？」

「ここにいた。だって、パパにぶん殴られるもん」

三年生は、おかしさをこらえながら帰っていった。

「そうなの、ずっとここにいたのですか」

青白い顔でうつろな目は、中に入れてと訴えかけている。

「じゃあ、柳君。あと少しで片付けが終わるから、こっちの教室で待っていてください」

ドアの外でじっと耳をそばだたせて、授業が終わるのを待っていたとは、なんだか切ないものがよぎった。ひびきは中学二年生である。

片づけが終わってひびきを見に行くと、洟をぐじゅぐじゅさせながら机に突っ伏して眠ってしまっていた。そのままドアをそっと閉めた。家に電話をすると、母親がすぐに飛んできた。

「ありがとうございます」

そう言うと、母親はひびきの寝顔をのぞくようにしてつぶやいた。

「こんな夜中に、この子の行くところなんかないので、心配してたんです。よかった。この子に行くところがあったなんて。よかった。ありがとうございます」

ドアを閉めて、ひびきをそのまま寝かせておいた。母親はひびきと同じようなことを言った。

「主人が、この子を殴るんですよ。この子、怖がっちゃって。お姉ちゃんも、大学生の姉がいるんですが、この姉もよくヒビを殴るんですよ」

「普段からですか？」

「うん。ヒビがウソつくって、二人して殴るんですよ。私、ラーメン屋で働いてるんで、シフトの時間が家族と合わなくて、ヒビのこと見てやれないこともあるんですよ。主人はおまえが甘やかすから、ヒビがちゃんとしないって私を責めるし」

「今回のお月謝の件は、一体どうなさったのでしょうか」

私の質問には答えず、ひびきとそっくりな話し方で、ぼそぼそ、だらだらと、一方的に話し始めた。とにかく聞くことにした。

「昨日も、ヒビは、あ、私、昨日は夜十一時過ぎに帰ったんですよ、ラーメン屋なんで。ええ、時々はもっと遅くなるんで。そしたらヒビは、布団の中でヒィヒィ泣いているんですよ」

「お父さんに叱られたのですか？」

「いえ、お姉ちゃんに殴られたんだそうなんですよ」

「お姉ちゃんに？」

「ヒビに、『風呂に入れって言っても、なかなか言うことをきかないから』って、お姉ちゃんがゲンコツしたとか」

母親は、汚れのしみついたエプロンで湧き上がる涙をぬぐった。眼鏡にはこってり油がついていた。

「かわいそうに、ヒビは布団の中で真っ裸で泣いていたんですよ」

「えっ、真っ裸でって、どういうことです？」

母親は、チラッと私を見て、奇妙に顔をゆがめた。

「ヒビは、風呂からあがっても私が拭いてやんないと、いつもそのまんまなんです。自分では拭かないから」

「（はあ？）……！」

「昨日も、裸のまんまでヒィヒィ泣いてて。そいで、パンツもはかしてやんないと裸のまんまだから、スッポンポンで布団に入ってて、私が仕事から帰ってくるまで、パジャマもなんにも着てないし」

「いつもそうなのですか？」

「そう、ずっとです」

「学校に行く時は、朝はどうですか？」

「朝は、パンツだけはかしてやります。あとはだいたいは自分でやります」

その見事な愛情いっぱいの面持ちは、ひびきそっくりな表情だった。じわっと、イヤなものが湧いた。

「ヒビが、月謝袋は洗面台のところに置いといたのにない、だからお姉ちゃんが盗ったんだって言ってきかないし、お姉ちゃんはお姉ちゃんで盗ってないって怒るんで」

夜も十時半を回っていた。

「お母さん、今日はもう遅いですし、明日、ひびき君は学校もあるでしょうから、今日はもうこれでお帰りになって、もう一度ご家族で話し合われてはいかがでしょう」

「今もね、主人はほっとけば行くところなんてないから、そのうち帰ってくるさって言ってたんですよ」

隣の教室のドアを開けると、母親は、「まったく、この子ったら」とつぶやいて、優しく髪を撫でた。母親に起こされると、ひびきは素直に起きて、ぐじゅぐじゅの鼻を洋服の袖で拭いた。

「あ、ヒビ、ヒビ」

そう言うと、母親は、中学二年の我が子に対して、幼い子にするように鼻をかんでやった。ひびきは甘える仕草で母親に抱きつかんばかりだ。

「おやすみなさい」

母親がそう言うと、二人は寄り添い合いながら、塾を出て行った。

戸締まりに外へ出ると、二人の影は徐々に闇に溶けて行った。深いため息が出てきた。ほんとうのさいわいは一体何だろうと、宮澤賢治の童話のワンフレーズが浮かんだ。空は暗く、重たい雲の層が一面に広がっていた。

山ちゃんが怒っていた。なんだか中学二年生の教室が急に険悪になっていた。

「おまえさ、なあ、オレの物に勝手にさわるなよ」

「いいじゃねえか。チョチョイのチョイ」

「やめろよ、ひびき！」

ひびきが山ちゃんをからかうかのように、シャープペンシルを分解し始めた。山ちゃんが勢いよく立ち上がった。

「やめろ、さわるなって言ってんだろ！　返せ！」

取り上げようとすると、ひびきはヘラヘラ笑いながら逃げた。

「おい、ひびき！　やめろって言ってんだろ」

山ちゃんが、ひびきの手からシャープペンシルをむしり取った。

「なんだよ、イロイロ頭が！」

「あ～あ、……ヤバイな、壊れてないだろうな」

「ヤバイのお前の頭だろ。黄色とか赤とかさ、イロイロじゃん。ば～か」

「ほざいていろ。さわんな、あ～あ、きったねえ」

「イロイロのば～か！」

「あ～あ、ひびきィ、おまえさ、きったねえからなあ。壊れたら弁償してもらうからな！」

「おめえが悪いんだろ。無理やりとるから」

「うっせー、人のもの勝手にさわるんじゃねえ」

「うおぉ～」

ひびきが椅子を持ち上げ、山ちゃんを追いかけた。女子がキャーと、悲鳴を上げた。

「な、なんだよ。何やってるんだよ」

「じゃあ、謝れよ。汚いとか言ったろう」

「おまえが謝れ！　人の物を勝手にさわって、イロイロとか言ってんじゃねえよ」

「そうじゃねえか！　イロイロ頭だろ」

物を持ってのケンカはダメ、って思った瞬間。

「ひびきさ、よせ。最初、お前が山ちゃんの物に勝手にさわったんだろ。な、よせ」

ガイチャの手が、しっかり椅子を摑んだ。

「おめえ、関係ねえだろ。放せ」

「だめだよ。ひびき、謝れよ。なっ」

ガイチャは落ち着いていた。

「うっせい、ヤダヤダヤダァ！」

まるで小っちゃい子の駄々だ。

「ガイチャ、ありがと。さあ、席に着いて」

三人の中に割って入って、私はゆっくり椅子を下ろした。「ねっ」とひびきに言うと、ひびきも手を放した。ぶつぶつ文句を言いながら、ひびきは座った。

「ここは、学習をするところです。ケンカをするところではありません」

「あいつが悪いんだ、いっつもオレのことを汚いとかって言ってんだ」

「もう一度言います。ここは学習する場所です。そのための机であり椅子ですよ」

いつまでもぶつぶつ言っている、ひびきに言った。

郵便はがき

料金受取人払郵便

新宿局承認

2524

差出有効期間
2025年3月
31日まで
(切手不要)

1 6 0-8 7 9 1

1 4 1

東京都新宿区新宿1－10－1

(株)文芸社

愛読者カード係 行

ふりがな お名前		明治 大正 昭和 平成 年生 歳
ふりがな ご住所	□□□-□□□□	性別 男・女
お電話 番 号	(書籍ご注文の際に必要です)	ご職業	
E-mail		

ご購読雑誌(複数可)	ご購読新聞 新聞

最近読んでおもしろかった本や今後、とりあげてほしいテーマをお教えください。

ご自分の研究成果や経験、お考え等を出版してみたいというお気持ちはありますか。

ある　ない　内容・テーマ(　　)

現在完成した作品をお持ちですか。

ある　ない　ジャンル・原稿量(　　)

書　名				
お買上 書　店	都道 府県	市区 郡	書店名	書店
			ご購入日	年　　月　　日

本書をどこでお知りになりましたか?

1.書店店頭　2.知人にすすめられて　3.インターネット(サイト名　　　　　　)

4.DMハガキ　5.広告、記事を見て(新聞、雑誌名　　　　　　)

上の質問に関連して、ご購入の決め手となったのは?

1.タイトル　2.著者　3.内容　4.カバーデザイン　5.帯

その他ご自由にお書きください。

(　　　　　　　　　　　　　　　　　　　　　　　　　　)

本書についてのご意見、ご感想をお聞かせください。

①内容について

②カバー、タイトル、帯について

弊社Webサイトからもご意見、ご感想をお寄せいただけます。

ご協力ありがとうございました。

※お寄せいただいたご意見、ご感想は新聞広告等で匿名にて使わせていただくことがあります。

※お客様の個人情報は、小社からの連絡のみに使用します。社外に提供することは一切ありません。

■書籍のご注文は、お近くの書店または、ブックサービス(0120-29-9625)、セブンネットショッピング(http://7net.omni7.jp/)にお申し込み下さい。

「君に悪いところはなかったのですか」

「オレは悪くない。汚いってアイツが言ったんだ」

「本当に君が何もしないのに急に、ひびき、汚いって山ちゃんが言ったのですか？」

イライラしている山ちゃんは、シャープペンシルをカチャカチャしていた。時々、ひびきをキッとにらむ。

ひびきは泣き出しそうな顔をして、言葉を返せない。

「はい、向こうで洟をきれいに拭いてからいらっしゃい。きれいに拭いてね」

ひびきにティッシュペーパーを箱ごと渡した。みんなは笑いをこらえていた。

「山ちゃん、壊れていない？」

山ちゃんは「ＯＫ」を指で作った。

「さてと、今回はともかく、このようなケンカをする人は、塾をやめていただく時があります。どなたの時もです」

「センセ、この場合、山ちゃんは気の毒ですよね。アイツが勝手に山ちゃんの物をいじったんじゃないですか」

孝太郎の正義の言葉に、そうだよとばかりに、みんながうなずいた。

「そうですね。それでもです。ですから、そんな時には、私に言ってください」

椅子を持ち上げて怒りをぶつけようとしたひびきに、私は少なからず驚いていた。ひびきの日常には、このような怒りの表現はよくあることなのだろうか。一生懸命、洟をかんでいる。泣いているのだろうか。

孝太郎の正義の言葉は、みんなの正義の気持ちの代弁かもしれない。だが、別の正義も存在する。

「もう一度言います。ここは学習するところです。殴る、蹴る、物でたたく、ひどい言葉を浴びせる。すべて、しないことにしましょう。ここでは学習をしましょう」

ひびきの表情が変わった。自分が責められていないことへの驚きと、塾をやめさせられることへの驚きが、ただ彼を呆然とさせた。私は山ちゃんに質問した。

「山ちゃん、そのシャーペンはどうしたの？」

山ちゃんは驚いた顔をした。みんなもキョトンとした。

「えっ、どうって、これ、僕が買いましたよ」

「あなたが、お金を払ったのですか」

「払いましたよ。ちゃんと」

「〝よ〟はつけないでください」

「あ、すみません。これ、二百円もしました」

みんなが笑った。

「二百円、払ったのですか」

「二百円、払いましたよ」

「〝よ〟はいりません」

また、みんなが笑った。

「その二百円はどうしました？」

「自分のです。母さんにもらったから」

「母さんは、その二百円どうして山ちゃんに渡しているのでしょうか」

当ったり前じゃないか、というみんなの正義の視線が突き刺さってくる。

「え～と、ただふつう～に、シャーペン買うからって、親からもらいました」

「そうですよね。お父さんやお母さんは、みんな自分の子供のためだから、勉強するためだからと、大切な二百円を渡したのです。では、いいですか、ガイチャが、山ちゃんのうちに行って、シャーペン買いたいからお金くださいって言ってみてください。なんて言われるでしょうね」

みんなが声を立てて笑い、好奇心いっぱいの目に変わった。そうだ、子供たちはなぜか、すぐに声を立てて笑って、その喜びを体で表すものなのだ。いい子たちだなあ、と慈しみを感じる。

「センセ、そいじゃあさ、ガイチャ、オカシイ人になっちゃいます」

孝太郎のキッ〜イ突っ込みに、一同はさらにうれしそうだ。

「そうですか、ガイチャはオカシイ人ですか」

オウオウ、となぜかガイチャは勝利者の振る舞いをして、みんなを笑わせた。

「ガイチャは、山ちゃんのおうちの人になんて言われますか。きっと、君、帰って、おうちの人に買ってもらいなさいって言われるでしょう」

今度は山ちゃんが、大げさにふむふむとうなずく。

「山ちゃんの両親は、かわいい我が子のためだからお金を出したのです」

ガイチャと孝太郎は、かわいいという言葉に反応して顔を見合わせ、ハハッハと笑い、山ちゃんは親指を立てた。

「では、山ちゃんのご両親は、そのお金をどうやって手に入れたのでしょうか。二百円といっても、誰もただではくれません。一体どうやって手に入れたのでしょうね」

え〜ぇっと、みんなの声が上がった。

「うちは、両親とも働いているからですよ」

「〝よ〟はいりません。そうですね。お父さんやお母さんがまじめに働いて、そうして得たお金です。その大切なお金で自分の子供に、シャーペンや消しゴムを買ってあげるわけです」

目の前の井上まりの消しゴムを、手に取って見せた。

「ですから、こんなふうに、勝手にお友達の物にさわったり、勝手に使ったりいじったりしないことにしましょう。すべて、みなさんのお父さんやお母さんが働いて得たお金で買っているものですから」

今のひびきの心には、言葉を受け入れられるだろうか。周りが見えるだろうか。

授業が終わってから、ひびきを呼んだ。

「人のものに勝手にさわってはいけないよ」

「でもあいつは、……汚いって言ったんだ」

「汚いって言われるのがそんなにイヤなの？」

「ヤダァ！」

「そんなにイヤですか」

「ヤダよ」

「イヤですか。それはよかった」

「……？」

私は立ち上がって、ティッシュの箱を持ってきた。

「次回から、こんなティッシュを箱ごと一つ持ってきてください。マイティッシュを塾におきましょう。それで、いいですか、いつも鼻をきれいにしていましょう。家を出てくる時も、自分で鼻ぐらいきれいにしてきてください」

ひびきは、コクンとうなずいた。

「ついでに、君はもう中学二年生ですから、洋服もきちんと自分で着るようにしよう。自分で鼻をかんだり、身なりをきれいにしよう。いいですか、自分で着る服なんだから、自分で選んで着てみてごらんね」

母親にパジャマに着替えさせてもらうことから、ひびきは脱却しなければ変われない。そのきっかけになればいい。できないことを非難することは簡単だが、自立ができていくようにしなければ、事態は変わらない。


次の授業のある日、ひびきはティッシュの箱を持ってきた。ひびきはうれしそうな顔をしていた。

「ひびき君、今日の君の顔は今までで一番きれいになっていますね。鼻汁が少しも出ていませんね」

ひびきはさらにうれしそうに、照れたように歯を見せた。

「はい、これでここに名前を書いてください。大きくしっかり書いてね」

フェルトペンを渡した。

「書きました」

「う～ん、ちょっとお上品すぎるかな？」

ヘナヘナで小さく浮遊しているような文字で名前が書かれていた。

「ここにね、でっかくね、〝ヤナギヒビキ〟って書こうか」

今度は、はみ出しそうなでっかい字だった。

「お～、いいねえ！　それじゃあ、上にもこっちにも、大きく書いてね」

はみ出さんばかりに自分の名前を書き終えて、見せに来たひびきのその顔は、少し紅潮していた。

「立派、立派！　立派な名前になりましたね～」

大きなリアクションでほめてから、小声で言った。

「ひびき君、授業の前には、何度も鼻汁がカラッポになるまでかんでおいてね、ね」

ひびきはニッと笑ってうなずいた。

数日して、授業が始まる少し前に、柳ひびきの母親がやって来た。

「ちょっと話したいんだけど」

キョロキョロしながら、もう中に入ってきていた。

「え〜と、まず、お金、月謝を持って来たんで」

座るように椅子を差し出すと、お母さんは言いにくそうに言った。

「あの〜、この前のなくなった月謝だけど、ひびきが使ってしまったんだって」

「使ったって、ひびき君が？　何にですか？」

「ゲーセンに行ってゲームをしてたって。そこで、全部使ってしまったって言うんです。ま、買い食いもしてたようだけど。ホント、バカなんです」

「どうしてわかったのですか？」

「昨日、『月謝払わないとなんないし、あのお金一体どこいったんだろ』って、私、ため息をついたんです。そしたら主人がヒビを布団の中から引きずり出して、『あの金、どこやった？』って、またね、何回か殴って。そしたら、あんなに知らないって言ってたのに、『すみません、ゴメンナサイ、すみません』って、話し始めたんです」

握りしめていた、シワシワの茶色いシミのついている封筒を差し出した。

「学校から帰るとすぐにゲーセンに行って、そこから塾に行っていたと言うんです」

ひびきは、なぜか夏期講習も通常授業も一日も休まなかったし、遅刻もしていなかった。

（十六）

「塾長、少しお話ししたいのですが」

授業が終わると、糸田先生が声をかけてきた。もう一人の英語講師の瀬之川先生も残っていた。生徒たちがみんな帰ってホッとした空気と、生徒たちの汗っぽいにおいが教室内を満たしていた。私が自分の席に着くのを待って、二人は私の机のそばに立った。

「……あの、塾長」

こんな時、私はドキドキする。塾は三月が新学期で、二月に卒塾というサイクルだ。塾講師の先生方には、生徒の大切な進路がかかっているので、一年間しっかりと授業をしてくださいとお願いをしている。途中で何かがあるのは困るのだ。

「あの〜、この間の山ちゃんとひびきの一件についてですが、今回の場合は特に、ひびきの方が圧倒的に悪いですよね。孝太郎の言うように、この場合、山ちゃんが気の毒だと思うのですが」

「柳君のことですね」

「でも、塾長はなんか、ケンカ両成敗的などっちもどっち的な収め方にしたように感じました」

「不満ですか？」

「いいえ、僕たちもひびきには時々困ったな、という場面になることがあります。鼻汁だけではなく、授業態度もです。ですから、塾長の考え方を教えてください」

若い二人の講師もまた、生徒たちと同じようにまっすぐな気持ちを持っていると感じた。

塾長の考え方を教えてください、という中に、おそらく、今回の私の指導に疑念を残したに違いない。〝もう一つの正義〟を問いただしているのだ。

「ケンカ両成敗ではありませんが、う〜ん、悩ましいですよね、実に」

笑いながら言うと、二人は顔を見合わせた。

「あの〜、すみません、塾長。その前にもう一つあるのですが。夏に山ちゃんが髪を染めてきましたよね」

「そうでしたね」

「そうでしたねって……、塾長、何も言いませんでしたけれど、あれは、なぜですか？」

「えっ、瀬之川先生、先生はどう思ったのですか？」

「まあ、はっきり言って、注意ぐらいしてもって、思いました」

「で、先生はどうして注意しなかったのです？　どうして注意した方がいいと思ったのですか？」

「え～、意外です。塾長～！　ますます不審です」

「そうそう、僕も塾長はどうして何にも言わないのかなあって、思っていました」

「糸田先生まで？　そうなの、私、不審者ですか？」

「そうですよ。変な言い方かもしれないけど、なんか、塾長、楽しんでいませんでした？」

そういう彼らの顔も緩んでいる。

「まあね。でも、学校へ行く時は髪を黒くして行ってるし、私の授業にはなんの影響もないし。きっと、そういう年頃ってところかな。実行に移す、移さないは別ですけれどね。彼らに、画一化を求めないこと。変なことを見守ってあげてもいいんじゃないですか？」

「そういえば、僕も染めたくてたまらない時があったけど、染めるとちょっとやばいかなって、やめたことあります」

「瀬之川先生の、その判断も正しいと思います」

「山ちゃん、勇気あるなあ！」

瀬之川先生は、少し羨望を込めた言い方をした。

「あ、僕、ほめているわけじゃないですよ。でも、あの時みんなで山ちゃんの髪の色で楽しんで、なんていうのかなあ、みんなで仲間を見守るっていうか」

二人は、だよね、というふうにうなずいた。

「ねっ、いい感じだったでしょう」

「でも、僕らにはハラハラで。その後、塾長と生徒たちに、不思議な連帯感のようなものがありましたね。感動でした！」

「感動は大げさでしょう。さてさて、次は柳君への対応ですね」

「ひびきは、中学二年にしては極端に体が小さくて、あ、それは仕方がないとして、僕の授業の時も、やることが幼くて、割とみんなに迷惑をかけます」

糸田先生が、思い返すように穏やかに話しだした。教室は、事務室を真ん中に挟んで両サイドにあり、すべてのドアが開け放たれているので、互いに授業の様子が筒抜けなのだ。

「英語の授業時間、かなり問題がありますか」

「いえ、ええと、なんというべきか、気になるっていうのか。集中力に欠けるというのか。なんか、時々揶揄するような、彼独特の嫌な言葉を吐きます」

糸田先生の言葉に、瀬之川先生も講習で手を焼いたのか大きくうなずいた。

「授業妨害とかは、どうですか、ありますか？」

「明らかな授業妨害ではありませんが、士気が落ちるんですよね。テンション下がるって感じで」

瀬之川先生の言葉に糸田先生も、うなずいた。

「最近は少し良くなりましたが……。特に鼻汁がグジュグジュしていて、不潔というか不快というか」

と腕を組んでから、糸田先生は表情を和らげた。

「でも、アイツ、毎回授業にきっかり来るんです」

「そうだよね。そうなんですよ。遅刻もありません」

瀬之川先生も、少しとりなす言い方になった。若い彼らはもう一つの正義を見つけたいのだと直感した。自分たちが指導的立場にあるからこそ、深く掘り下げ、自分が接する生徒への対応の仕方に、根拠を見出したいのではないか。

「難しいですね。学習塾ですから、授業環境を整えるのは当然のことだと私も思います」

私は、言葉を選びながら続けた。

「ずっとあった柳君に対する不快な気持ちが、先生たちにも少しずつオリのようにたまってきたのでしょうか」

「オリ……」

二人は反駁した。

「同質の子を求めるということは、何を意味するのでしょう。異質の子がいるとやりにくい、ですか」

二人の講師は、その意味をすぐに理解したらしく、恥じらいの目をした。

「はじめ、柳君は、中学一年生になって他の子と同様に塾通いを始めたようです。最初の塾は一カ月続かず、今年この塾に来るまでに、三回も塾を変わっています。四カ所目で、中二の四月にここへ来てからは、一度も休まず遅刻もしないで通ってきています。もう八カ月になります。これはなんでしょうね」

「……」

「柳君の学校の生徒、つまりガイチャの学校の生徒は、アイツがいる塾なんて、と言って他の塾に行くと言います」

「わあ、そうなんですか！　ショックだなあ！」

二人は、驚いたようだ。

「柳君は、友達に疎外されているのかもしれません。でも、私は、私たちは彼を疎外することはしたくありません。たとえば、柳君が鼻汁を拭くとか身なりを清潔にするとか、それだけで、友達に嫌われずに済むかもしれません」

「ヒトは、やっぱり見かけも大切ですよね～」

瀬之川先生の軽～い言葉を聞いた糸田先生は、控えめに苦笑してから問題をもどした。

「塾長、しかし、この前のひびきが山ちゃんのシャーペンいじって、椅子を持ち上げた件は、少し違うように思います。あれは圧倒的にひびきが悪いと思います」

「それはそうです」

二人は、意外だという表情を浮かべた。

「それはそうでしょう。柳君がいけないでしょう。人の物をさわって咎められた挙句に、椅子を持ち上げるなんてとんでもないです。彼はどうして、人のものに勝手にさわるのでしょうね。最近、とみに相手の持ち物に平気でいたずらをする子がいますが、それは正当化されるべきものではないでしょう」

「でもですね、あの時、椅子を持ち上げた柳君に対して、それでも塾長は、なんていうのか」

「ええ。あそこで柳君を叱ったり懲らしめたりした方がよかったのですか。みんなも当たり前の日常があるだけでしょう」

私はコーヒーをすすった。インスタント独特の香りがし、温かい液体が喉を通って落ちていくのを感じた。

「当たり前の日常って、どういうことですか？」

「糸田君、悪いことをしたら叱られるということは、普通のこと、当然のことだということです。でも、叱らなくても明らかに生徒たちの中には常識が存在していて、これは、ひびきが悪いと、もう結論が出ています。この先は、私と生徒たちの信頼関係かもしれませんが」

ついつい、教え子だった糸田先生を〝君〟付けで呼んでしまった。二人の塾の卒業生はまだ困惑していた。

「あそこでさらに〝ひびきが悪い〟と、そう断罪して強く叱るとか、何か懲らしめるとかしますか。そうしなくても、みんなの常識がもう結論を出しています。なんだか聖職者ぶるのはどうでしょうか？　私は気に入らないですね、そのやり方」

「それは僕もそう思いますけれど、釈然としない部分も残ります」

瀬之川先生は、小柄だがエネルギッシュな授業をするし、歯切れもいいので生徒には人気がある。

「私、ひびき君をね、なんというのか……」

どのように説明すべきか迷った。机の引き出しからキャラメルの缶を出して、二人に勧めた。

「私の考えを率直に言いますね。このままみんなでひびき君のことを非難していったら、まあね、彼は実際に非難されるべきことをしていますが、でもですね、非難してもきっと彼は直らない。それどころかますます意固地になって、さらに嫌な性格になっていくのではないかと心配です。それでこのまま大人になっていくと考えると、いや、まずいぞって思うのです。自分に何かできるわけではないかもしれないけれど、心配です」

二人の先生の表情が変わり始めた。

「ひびき君にも、心はあるのです。その証拠に塾は休まない、遅刻しない。ティッシュ箱を持ってきた」

二人は、キャラメルを頬張りながらも、真剣に生徒のことを考えている、それはとてもいい光景だった。

「少しずつ、ほんの少しずつ心を育てていかなくては、急には直らないと思います。私たちは彼を大切に見守っていきたいと思うし、彼にもじっくり理解して育っていってもらいたいのです。絶対的な正しい方法というのは、ないような気がします」

「そういえば、やたらと先生、先生って来るんです。宿題もやってこないのに」

糸田先生は笑った。

「糸田先生は優しいから、生徒は肌で感じるのですよ。誰からも優しくされないひびき君と、少しでも自分をわかってくれる大人がいたと感じるひびき君とでは、大人になり方が違うのではないかと思うのです。私たち大人は、彼と関わった以上、彼を深く見守るべきだと思うのです。今、生徒たちはどの子も、ものすごい勢いで成長していますから」

「確かに、ひびきには人に好かれる要素は、まったくと言っていいほど感じられないですからね～」

糸田先生がため息交じりに言った。その言葉を受けて、瀬之川先生が言った。

「悪いけど、彼は見た目もひどい、だけど、意外と個性的なカッコイイ生き方をする大人になるかもしれないしね。周囲にいる僕らが成長の手助けできればいいですね」

二人の先生には素直な性格と、若さゆえの純真さがあった。彼らのように普通に育つと、純粋に差別や圧力を好まないものだと痛感した。

（十七）

ここのところ、なんだかガイチャは暗い。穏やかな性格のガイチャが、何かに抵抗しているような雰囲気だ。太いBの鉛筆で、相変わらずガッガツ字を書く。勉強嫌いだった小学生の頃と変わらない書き方だ。

「ガイチャ、ちょっと」

瀬之川先生が親指で外に誘う。びっくりしたような顔をしながらもついていく。

「塾長、一回り走ってきます。すぐ戻りま〜す」

二人は飛び出ていった。そして、まもなく、ドカドカと戻ってきた。

「やあ、塾長、夕焼けきれいですよ。ガイチャ、走るの速いんですよ」

「一応、現役ですから！」

ガイチャが答えて、二人は気持ちの良い白い歯を見せた。

授業が終わって、にぎやかに会話が飛び交う。ゆっくり帰り支度をしているガイチャのそばに、井上まりが近づいた。

「ガイチャ、これ読む？　面白かったよ」

不意を突かれたように、ガイチャは戸惑った。

「え、ああ、ババアの本？」

「ちぃがうって〜！」

二人は、おとなしく笑った。

「面白かった？　読んでみようかな」

ガイチャは本を手に取った。

「先生、この本、ガイチャが読むって」

井上まりが明るく報告した。ほほえましい二人を見比べながら言った。

「では、井上さんがあのノートに返却の手続きをして、外山君は、貸し出しの手続きを書いてください」

なんとなく一緒に出て行った二人を隣の教室の窓から見ていた瀬之川先生が、目を輝かせていた。

「仲いいですね、あの二人」

私は、人差し指を口に当て、目でたしなめた。すると今度は、誰もいないのに声を潜めて聞いてきた。

「塾長、井上さん、今はもう順調なんですか？　学校の方、行ってるんですか。授業では、前も今もずっと、ぜ〜んぜん変わらないように見えますが」

「ほんとよね」

「ということは、学校に通っているってことですね」

「そうですね、途中経過を見守っていたのですが。事後報告みたいになっちゃって、ごめんなさいね。実はね、新学期始まる少し前だったかしら」

あの日のことを、かいつまんで話した。

あの日、まりを囲んで子供たちで解決しようとしたこと。奈々美の手助けもあって、それからまりは、中学校に通う日常を取り戻したことを話した。瀬之川先生は目頭を熱くしていた。

「あいつら、ホントにいいヤツらですね。で、塾長は、その時なんてアドバイスしたのですか」

「その時？　みんなが帰る時ですか。アドバイスはしてないです。さようならだけですね」

「さようなら、ですか。で？」

「で、って？」

「いえいえ、そのですね、井上まりにどのように声をかけたのですか。何か秘策があったんですか」

「そうそう、大秘策があってね」

そう言って私が笑いだすと、瀬之川先生は怪訝な顔をした。

「みんなを送り出しただけですよ、本当に。秘策というのは、見守りでしょうか。みんなで集まったこと、みんながまりさんのことを心配してどうにかしようとしたこと。みんなも感動していたでしょうし、私もとっても感動したのよ。それが大きいことで、こんな大きな問題にみんなが苦しみながら、じわじわと彼らが彼らの力で協力して解決していくことが重要であって、そこに何も言う必要はないと思います」

「塾長がよく言う、聖職者ぶるとかではなく、何か適切な一言という意味だったのですが」

「もし、そこで私が何かを言えば、せっかく彼らが結束し、話し合った勇気を台無しにするだけでしょう」

（十八）

十一月も半ば過ぎになると、急激に気温が低くなる。子供たちは、頬も手も真っ赤にして塾に飛び込んでくる。近所の子供たちは「寒い寒い」と言いながら、上着も羽織らず駆け込んでくる。遠くから自転車で二十分もかけて来る子供もいる。みんな、乾いた冷たい風に包まれ、晩秋の香りを全身で敏感に受け止める。

二学期の期末テストまであと一週間という日の午後、ガイチャの母親がやって来た。ガイチャは、外山音哉というのが正式な名前だが、外山が転じて〝ガイチャ〟と呼ばれるようになったようだ。

「私、最近、音哉とケンカばっかりしてます」

座るなり、母親は口を開いた。

「部活、部活で、せっかく塾に来ているのに部活中心になっちゃって、そんなに部活やってると成績も伸びないから、もっと勉強しろって言ってるんです」

返事をする間もなく続ける。

「部活って、やめるわけにもいかないみたいだし」

「かなりキツイみたいですね」

「センセ、音哉の担任が部活の顧問なんです。だから、担任に相談できないんです。オト、音哉は『内申にひびくから黙ってろ』とか言います」

「外山君は部活をやめたいと言っているのですか。それとも……」

言い終わらないうちに、母親は話し始めた。

「なんだか、音哉と話すったって、ケンカになっちゃうし、あの子何考えてるか、ちゃんと言ってくれないし、わかんないんです」

ガイチャの母親はスラッとした美形だ。体の線にピッタリフィットしたパンツから伸びている足が長い。母親は急に両手で口元を押さえて、笑いだした。若いのだ。

「音哉君も部活をやめたいと言っているのですか？」

もう一度たずねた。

「いいえ、私が頭にきてね。だってね、あんなに部活、部活ってきついんじゃあねえ。朝も起きられないんですよ。やっと起きて、朝練だ〜って飛び出ていくんです。あの〜、センセ、私ね、音哉、もっとまじめに勉強しなさいって、昨日かなりきつ〜く叱ったんです」

今度は、困ったような顔になった。

「私、いつも言いすぎるんです。昨日も。そしたら、音哉が泣いたんです」

母親は、泣き笑いになって続けた。

「音哉がね、『僕だってさ、一生懸命やってるんだよ。でも、僕は頭が悪いから仕方ないんだよ。僕は、頭が悪いんだよ』って泣くんです」

母親は、また笑った。ガイチャが泣いた、私は急に胸が痛んだ。

「音哉と一緒に部活やっているもう一人いるんですけど、二人とも剣道、強いんです。その子と音哉はだいたい同じくらい強くて、でも勉強もできて、来年U高校に推薦してもらうっていうんです。音哉と一緒に部活もしているっていうのに」

「そうですか。でも、その子はその子で。外山君は外山君で部活も頑張っているのではないでしょうか。私が見ている限りでは、外山君は、中一の頃から徐々にしっかり学習するようになり、今ではずいぶん伸びてきたと思えますが」

母親は、少し視線を外してためらいがちに言った。

「私に似て、音哉は頭が悪いのでしょうかね」

たいていの親は、そのように考えない。子供ができないのは本人が怠けているか、塾が悪いと考える。

「外山君は、もう具体的にどこか高校をお考えなのでしょうか？」

母親は、また、それには答えずに、ぽつりと言った。

「音哉が言うんです、『もっと頭よく産んでくれたら、僕はもっとできたのに』って。笑えますよね」

「外山君が……そうですか。実際のところどんなに熱心に勉強したからと言って、みんながU高校やI高校に入れるわけではありません。また、みんなが一生懸命剣道を練習したからと言って、外山君のように剣道が強くなれるものでもないと思います」

母親は、ガイチャに似た純真な目をしていた。

「私は、これまでいろいろなお子様を見てきました。そんな中で、子供たちにとって一番大切なものは、まっすぐな心だと思っています。人への優しさや思いやりは勉強したからといってできるものではなく、作ろうと思ってできるものではないように思います。音哉君は、人一倍思いやりがあり、優しい心が備わっています。これは、ご家庭で育まれたものではないでしょうか」

母親の目がうるんできた。

「音哉君は、どんなに疲れて来ても塾で勉強が始まると、熱心に黒板に向かいます。決して居眠りをしていることはありません。目をキラキラ輝かせて、本当に頑張ります」

母親の目には、溢れそうなものがたたえられている。

「今は、学校のテストの点や部活の成績のことなどが親御さんの耳には届くでしょうし、来年は高校受験が控えています。嫌でも気になることでしょう」

母親は唇の両端をきつく締めている。

「こう申し上げたからと言って、塾でのんびり授業をしているわけではありません。バシバシ授業を展開しますし、ぼんやりしているスキを生徒に与えません。学習したことをしっかり獲得してほしいと思っています。結構、厳しい授業です。音哉君、厳しいって言っていませんでした？」

「いいえ、そんなあ……一度も」

それだけを言うのがやっとの、この母親の、たった一人の息子を思う熱い思いを、胸が痛くなるほど受け止めた。できるだけ丁寧に指導をしようと改めて思うのであった。

「剣道をやめても、高校受験に不利になるということはないでしょう。逆に、剣道を続けて、今のように県大会や関東大会に出られる成績を持っていると、調査書に書けてポイントになるでしょう」

彼らがやがて社会人になる時のことを考えて、アドバイスすることにしている。選択をするのは、子供たちであり、家族だ。その選択がどうであれ、尊重して応援していくのが、塾の仕事でもある。

母親は、話をするだけすると、穏やかな表情で帰っていった。不安だったのだろう。

鎌倉孝太郎が、珍しいことに十分以上遅刻して入ってきた。軽く会釈して席に着いた。

私は彼を横目に見て、話の区切りのいいところまで続けた。

「鎌倉君」

立つように、手で合図した。

「あ、すみません。床屋で時間くっちゃって」

「そういうことは、授業のない日に行くとか、時間に遅れないようにしてください」

孝太郎は、貫禄十分で圧倒的な存在感がある。その存在が同級生を威圧していると感じられる時すらある。そんな鎌倉孝太郎が、みんなの前で注意を受ける。平等なのだ。

その時、見つけた。

「あ〜っ！　鎌倉君！　どうしたのこれ、青くなっていますよ」

孝太郎の眉毛の下がかなり剃り上げられていて、青白い。よからぬ人のようなスゴミのある風貌になってしまっている。みんなは、凍り付きそうだ。

孝太郎の返事を待たずに続けた。

「だって、かなりだよ、鎌倉君」

あ～あ、そこまで言う？　誰かがつぶやいた。

孝太郎は、返答に困ったような顔をした。私が一言いうたびに、みんなビリビリしている。孝太郎は中学校ではよく先生たちにキレているらしいからだ。

「どうしたの、これ」

「え～と、僕が居眠りしているすきに、床屋さんが勝手に……」

「ひどいね～。中学生にこんなことするなんて、文句言ったの？」

「いいえ、……床屋さん、笑っていました」

「帰ったら、家の人に電話してもらいなさいね」

後ろから声をかけてきたのは、山ちゃんだ。

「センセ、孝太郎の友達のうちが床屋なんだよ。そこのおじさんは元ヤンだよ」

みんなが笑った。

「どちらにしても、感心しませんね。鎌倉君、おうちの人に言って、学校の担任の先生に事情を話しておいた方がいいかもしれませんよ」

「はい」

鎌倉孝太郎は、戸惑いながらも素直に返事をした。

それからも孝太郎は、すごみのある風貌で塾に通ってきていた。


数日後のことだ。孝太郎の宿題が半分ほど終わっていない。

「こっちの方の宿題あるの、わからなかった」

「ま、ありえないですね」

「え〜、ほんとですってば」

「そうね、今日授業が終わってから、残ってやりましょう。十一時までお付き合いいたしますよ」

笑いながら言うと、黙って下を向いた。みんなが面白そうに見ている。授業が終わって、しょぼくれていた孝太郎にやさしく言った。

「明日までにやって、持っていらっしゃい」

「ホントに明日、明日持って来るんですか」

声変わりの最中の、中途半端に低い男子の特有の声である。

「そうです。あ、それとも今日、これから残りますか？」

「いえいえ、明日の方がいいです。明日は何時ですか」

「塾の授業が終わるのが九時半ですから、四十分までに来てください」

孝太郎のその表情には、明らかに甘えともとれる笑みがある。この年齢特有のカラミである。孝太郎は、体で大きくため息をついた。

「は〜い」

ややうれしそうな返事を残して、帰っていった。みんながこのやり取りを見ている。特別な存在の孝太郎に対して、特別扱いをしないことの大切さである。

孝太郎の姿が見えなくなるのを確認してから、奈々美が近寄ってきた。

「センセ、鎌倉君ね、学校だとぜ〜んぜん違うんだよ」

「ぜ〜んぜん違うって？」

「学校の先生にだと、いっつもケンカしてんだよ」

以前もそんな話は聞いたような気がする。

「ここにいる時、ネコかぶってるよね〜」

奈々美にそう言われたが、まりはただほほ笑んでいる。

「ネコかぶっているのじゃなくて、あれも鎌倉君の本当の姿ってことじゃない？」

「そっかなあ、学校だとチョー怖い感じ。眼がさ、塾と違うし、ね」

そう言うと、二人は楽しそうに笑った。

翌日、授業が終わるとひびきがモソモソしている。それとなく見ていると、スーパーのビニール袋からティッシュボックスを取り出した。

「センセ、また持ってきた」

「あ、マイティッシュね。あれはもう空っぽですか？」

ニタリと笑う。

「じゃあ、また名前を書きましょうか。ひびき君のマイティッシュだもんね」

太めのフェルトペンセットを見せた。ひびきは六色のペンを眺めてから、私を見る。どうぞ、と差し出すとオレンジ色を選び出し、大きく名前を書きながら言った。

「センセ、姉ちゃんにぶん殴られた」

「姉ちゃんが？　なんでぶん殴ったの？」

「姉ちゃんの靴に、ゴン、僕の犬の名前だけど、『ゴンのよだれがついている』って。僕のせいじゃないのにさ、怒ってさ」

「へえ〜、犬飼ってるんだ。犬の種類は何？」

「ゴールデン」

「ゴールデンか。何歳？」

「まだ、三歳くらい」

「かわいいでしょう」

コクリとうなずいた。そして、ゴンのことをいろいろ話しだした。ゴンは自分になついているとか、走ると力が強いから困る、散歩に出るとゴンはデカいウンチをする、よだれがいっぱい出るが、自分は気にならないとか。

「そうなの、かわいがっているんだね〜」

ひびきは話し終えると、ひどく満足げな表情をして帰っていった。彼には姉がいて、かなり優秀だと聞いている。このような場合、たいてい下の弟や妹がまったくやる気がなかったり、自立できていなかったり、ということは珍しくない。


九時四十五分になって、ようやく鎌倉孝太郎が現れた。前日のことを知らない糸田先生が、オヤッというような顔をしたが、すぐにいつもの優しい笑顔を彼に向けた。塾には、もう他に生徒はいない。

「鎌倉君」

私は、時計を指さした。

「はい、すみません」

孝太郎は、チラッと時計に目をやってから答えた。

「まずは、約束の時間は守りなさい」

「はい」

「じゃあ、宿題を出してください」

出された宿題に目を通しながら聞いた。

「昨日は、どうして宿題終わっていなかったのですか？」

「え？……どうしてって……」

「時間が足りなかったのじゃないですか？　ねっ？」

「あ、はい」

孝太郎は、ニヤリとした。スゴミのある眉毛も少しずつ元に戻りつつある。

「宿題は、いつするように言われていましたか」

「その日か、次の日でしたっけ」

「わかっているんでしたら、鎌倉君、次回からそのようにお願いいたしますね」

孝太郎は笑顔になった。

「はい、じゃあ帰ってよろしいですよ」

孝太郎は、少し驚きを見せてから何か言いよどんでいる。

「どうしました?」

そのとき糸田先生が、失礼します。じゃあな、鎌倉君と言って帰っていった。

「どうぞ、おかけなさい」

孝太郎に椅子をすすめた。

「……センセ、あのさ、僕には二歳年上の兄がいるんだけど」

「そうなの。小学生の妹さんがいることは知っていましたが、お兄さんもいらしたのね」

「兄貴、中学校に入ってからず〜っと学校に行かないようになって、……家にいるんです」

「家にいるって、普通なら高校生ですよね」

「学校がつまんねえとかって、中学一年の二学期からね。ヒキコモリってやつかな」

「学校がつまんねえって、そう言って、家にいるってこと?」

「兄貴はさ、小学三年生くらいの時から中学受験の勉強やらされてさ、ず〜っと塾に通ってたんです。で、なんか〝御三家〟とかいう中学校に行けって親に言われてたみたいで。だけど、結局、御三家受けて落っこっちゃってさ。それで、僕の今の中学校に入学したんです。なんか、すぐにあんまり学校に行かなくなって、二学期からはもうほとんど行ってない。だから中学の一年の最初の勉強しかやってない。今も学校行ってないんです」

「そうなの。それで、お兄さんは普段何しているの?」

「……う〜ん、よく本を読んでいるかな。そんくらい」

「それで？」

「ただ話しただけ」

「そうですか。お兄さんにもいろいろ考えるところがあったのでしょうね。私の勝手な予測で言えば、本だけは読んでいるようなので知識もあるでしょうし、しっかりとした考え力もできるのだと思います」

孝太郎はこれまでにない真剣な顔で、神妙に聞いていた。

「それだけの決心があってのことかもしれません。お兄さんから何か聞いていませんか」

「何かって、僕ら、キャッチボールしたりサッカーしたりは一緒にするけれど。そんな話、あんまりしないなあ」

「そう、一緒にサッカーしたりはいいですね。学校に行かなくなった理由はともかく、中学校の学習内容くらいは勉強しておく方が、今後お兄さんが大人になって、社会で生きていくには身につけた方がいいわね」

「……親が、おやじがK大出で、おやじは、兄貴をT大に行かせたかったみたい。今は、おやじと兄貴、すっごく仲悪いんです。おやじが家にいる時、兄貴、絶対自分の部屋から出てこないしさ。ご飯の時も別々だよ」

孝太郎の顔は、兄思いの弟の顔になっていた。

「オレみたいに最初から親の言うこと聞かなきゃ、親はあきらめるのに。兄貴は親の言うことばっかり聞いて小学校の時、全然遊ばないで勉強ばかりしていたんです」

「親の言うこと聞かないのも、どうかな」

孝太郎はちらっとこちらを見て、やりきれなさそうに口をゆがめた。

「……なのに落ちたんで、親ががっかりしてさ」

「……でも、もう、何年になる？　そろそろ切り替えを考えていく時かもね」

「切り替えって？」

「今の状態を継続して、ずう〜っと？　人生もったいないって、思うのです。しばらくは仕方がないでしょうけれど、そろそろ切り替えかな」

「……もったいないか」

「思い切って、外で自分を試していかなきゃ。君のお兄ちゃんなら、きっと何をするかを自分で見つけて、切り替えられるよ」

「うん」

「ねえ、ちょっと話は別だけど、あなたは孝太郎ですよね。普通、タロウっていうのは長男につけることが多い名前よね」

中途半端に変声した声で、孝太郎は笑った。すると、中途半端に再生してきている眉毛も躍っている。

「あのね、兄貴は一と書いて、ハジメって言うんです。で、これが笑えるんですけど、一、これね」

空に一を書いた。

「初めての子供でうれしくて一でハジメにしたけど、何も考えてなかったらしくって、次は目上を大切にして、思いやりのある子にって、孝太郎ってしたらしい。でもね、そのコウタロウがこうでしょう」

「親のそのような気持ちを、笑ってはいけないよ」

そう言いながら、この子も抱えているんだなあと、しみじみ孝太郎の顔を見た。

「何よりも兄弟、仲がいいのはいいですね」

「兄貴、学校に行っていないのに、今でも僕に勉強を教えてくれるんだ」

その話し方に、兄への愛情と敬意が感じられた。親に見放されてもそれがあるのはいい。いや、両親もきっと、愛情と困惑をもって兄貴を見守って、きっと待っているのではないか。そう思えた。

「お兄さんに伝えて。もし塾に来るのでしたら、日中、勉強を見てあげますよ。中学の内容の学習くらいはキッチリ積んでおく方が、生きていきやすいですよ」
孝太郎を通して、兄貴にも愛おしさを感じた。

（十九）

数日後、糸田先生と瀬乃川先生に、鎌倉孝太郎にはヒキコモリの兄がいることを話した。

「う〜ん、やっぱりさ、孝太郎はどこか暗いですよね。成績は優秀だけどな〜んか暗い。学校では友達に一目置かれていて、そのうえ聞くところによると、中学校の先生に目をつけられているっていうか、一目置かれているっていうか。何も言われないって言うし」

糸田先生の言葉に、瀬乃川先生が深くうなずいてから言った。

「あいつ、なんか貫禄すごくない？　なんかもってんだよね〜。そうそう、この前さ、彼、遅刻したんだけど、なんか堂々としていてさ、貫禄あるんだよね」

「その時、セノ、どうしたの？」

瀬乃川先生は言い淀んで、ちょっと困り顔になった。

「なんかさ、そのまんまになっちゃった」

「俺もあるんだ。宿題やって来てなかった時、なんも言えなかったんだ。学校の先生の気持ち、わかるよな」

そう言ってから、糸田先生が私に言った。

「塾長、塾長はこの前、孝太郎が宿題終わってないって言ったら、宿題やって持ってきなさいって、届けさせていましたよね。塾長には、何か言いづらいとかはないですか」

私は、そうかと思った。

「貫禄とか風格が、彼をダメにしているのかもしれませんね。彼の貫禄や風格と比例して人格も育っているかというと、そうでもない。そこはやっぱり、中学二年生なんだと思います。だからといって、頭ごなしに彼のメンツをつぶすすか。それは簡単ですが、メンツをつぶす必要もないと思います。誰でも自尊心があります。彼のメンツを大切にしながら、変えて育てていく方がいいと私は思っています」

面白そうに瀬乃川先生が言った。

「そういえば、塾長。あの時、鎌倉君が龍介の席に座った時、たしか龍介が後ろの席に行って我慢した。そんなことありましたよね」

「そうでしたね。先生方は、あの時のことをどう感じていたのですか」

二人は、顔を見合わせた。

「なるほど。私のやり方に納得はしていなかったということですね。二人とも不審だったですか」

「もちろんです。不審です」

二人は本当におかしそうに声を立てて笑った。

「塾長は時々、不審ですからね〜」

瀬之川先生の軽いノリに、ひとしきり三人で笑った。

「そっか〜。私はやっぱり不審者か〜」

みんなでコーヒーを入れ直して飲んだ。この香りになごまされる。

「じゃあ、あの時のこと、思い出してください。結局、鎌倉君が恥をかいたと思います。みんなの前で、わがままを言って、駄々っ子みたいなことをして、何がなんでも龍介の机にしがみついて。我慢したのは龍介君でしたね。みんながその様子を見ていたのです」

「ま、確かにあれは駄々っ子ですもんね」

瀬乃川先生は、自分もわかっているゾ的な言い方をした。

「では、龍介君はどうだったかというと、小柄な龍介君が、貫禄十分な鎌倉君に目いっぱい抗議する、そこですね。彼が自分で解決しようと体を張っている、みんな見ています」

ついつい笑みがこぼれてしまうほど、子供の豊かな静かな戦いだった。私には、そう回想できた。

「その貫禄十分の鎌倉君は、自分の権力を誇示するかのような振る舞いをする。しかし、みんなが龍介君の方が正しいと思っていたにもかかわらず、その時、私は龍介君に我慢してもらいました。塾長、おかしいんじゃない？　とみんな不審に思ったでしょう」

不審、という言葉にもう一度二人は、相好を崩した。

「龍介が、我慢を強いられた、龍介が格を上げたってことですか」

糸田先生は頬を紅潮させて、驚きのまなざしで言った。

「それだけではありません。龍介君はあの時点で、確かに、少なくとも鎌倉君よりも寛容さを携えていたでしょう。もう、結果は出ていたのです」

若い先生たちに微笑みかけた。

「みんなが、友達の目が審判していたと思います。強制執行は権力ですからね」

「そうか、友達の目だ」

糸田先生のつぶやきに、瀬乃川先生もうなずいた。

「鎌倉君は、自分の行為にじくじたる思いをかみしめたでしょう。この鎌倉君のじくじたる思いが、彼を大きく変えるのだと思います」

「塾長の鎌倉君への信頼って、大きいんですね」

糸田先生が言った。

「私は思うのですが、一応、鎌倉君のメンツを立てた。頭ごなしにつぶさないことも必要だと思います。私は権力の執行は苦手なんです。私のやり方、マズイですかね」

「絶対的な、生徒への、なんていうんでしょうか、心のバランスとでもいうか、信じているって感じに聞こえます。塾長だからかもなあ」

瀬乃川先生が言った。

「そういえば、あの後の彼らの席は元通りだし、この前、英語の宿題わかんねえって龍介がわめいていたら、孝太郎が立って行って教えていたなあ。そうだ、仲良くなっているなあ。あの二人」

糸田先生が続けた。

「それをみんながまた見ている。みんなが見ていることが肝心なんですね」

「そうか、みんなが鎌倉君の心の反省を感じ取った。みんなも、鎌倉君も共に成長することになる」

言ってから、瀬乃川先生が時計を見た。十時をとうに回っていた。

「みんなそれぞれが悩むこと、疑問に思うことを抱え込んで成長していくことが大切ではないかしら。誰かが善だ悪だと決めつけることは簡単です。が、相当危険だと思いませんか。大概、私たちだって、大した人間じゃありませんからね。聖職者ぶるなってところでしょうか」

私がカラカラ笑うと、若い先生たちは得心のいった、輝く表情で応えた。

「それで、孝太郎はこの塾に信頼と居場所を感じたんだ。なんていうか、龍介やみんなと一緒、そう、平等感覚の幸せっていう感じかな。それと、聖職者ぶるな、ですね」

糸田先生が言い終わると、瀬乃川先生が合図した。

「ありがとうございました。失礼しま〜す」

二人は、少し興奮気味に弾んだような声を残して帰っていった。

もう一つの正義を自ら導き出した彼らに、私は今日一日の終わりを、幸せな気持ちで締めくくることができた。感謝、感謝。

（二十）

年が明けると、カーンと空が晴れわたり、キーンと空気が乾き凍っている。関東の真冬の空には何もない。カーンと音だけが響き渡っている。

短い冬休みの間中、学習塾では午前も午後も生徒でにぎわっている。小学生も中学生もよく笑う。子供たちは会話するたびに笑う。笑いながら会話する。その健全さに心が癒されることが多い。

私立高校の入試が近いせいもあり、さすがに中学三年生には緊迫感がある。午前に来て講習を受け、午後からは自習に来る生徒もいる。塾の方が集中できると言って、塾に来るなり自習を始める。あまり勉強が得意でない生徒も、平気で一日六、七時間は学習するようになる。自宅学習を含めると、塾で掲げている一日十時間勉強ができていることになる。実は、六、七時間でも立派だ。

冬休みが終わって明日から学校が始まる。この日は寒さの厳しい日だった。キーンと空気が冷え切っている夕方、一本の電話が入った。

「……あの~前にお世話になった、あの~、敬二、阿部敬二です。……阿部敬二の……」

「まあ、敬二君のお母さま？」

敬二の母親は、怒っているような口調で言い放った。

「……先生、今日……、ウチに来てもらえませんか」

「えっ、今日ですか？　伺うのは構いませんが、授業がありますので、少し遅くなりますが、それでもよろしいのでしょうか」

「……はい」

重たい返事だ。

「もしもし、九時半を回ってしまいますが……」

「……はい」

訝しく思って聞き返した。

「いかがされましたか、お母さま」

「……はい。先生……敬二が死にました」

「えっ？」

途端に、悲鳴のような、張り裂けるような声が受話器に飛び込んできた。

「あ、すみません。敬二の父です。先生、……敬二が、敬二がですね、……夕べなんですがね、どうもね、酒を飲んで、……その〜、たらふく飲んで帰ってきたようで。で、……その後、トイレに行ったようで、で、……今朝方、ウチのがトイレに行ったら、そしたら、もう、……ダメでした」

父親も言葉につまっている。

「……敬二君が？」

後が続かない。

「……先生、……来てください」

再び母親は、来てくださいと哀願するかのように悲鳴のように叫んだ。

「わかりました。……そうでしたか、……わかりました。少し遅い時間になりますが、必ず伺います。伺わせていただきます」

先生、敬二が死にましたと、そう言った母親の声が、ただただ悲鳴となって胸に突き刺さってきた。

受話器を置くとすぐに、敬二の学年の名簿を広げた。懐かしい名前と顔が次々と浮かんでくる。みんな仲良しだった。そのうちの二人に電話して、手分けして同級生への連絡を頼んだ。

「私は九時半に授業が終わります。それから敬二君の家に行きますので、一緒に行ける人はそれまでに塾に来てください。一緒に行きましょう」

身体が震え、心臓が脈打っていた。


授業をしていると、あのドライブをした時の敬二の顔が浮かんできた。高校二年の時、高校を辞めると言って、敬二は周囲の人々を困らせた。姉の明恵と母親が訪ねてきた時は、あとは退学届を出すだけという状態だった。あの時、敬二の退学するという意志は固く、周囲はもうあきらめきっていた。敬二をドライブに誘って、ただたわいのない雑談をしながら、二時間余り走った。車のライトに照らされた彼の目は、時折、涙を湛えているように見えた。素直なまっすぐな表情をしていた。

ドライブをしただけなのに、次の日、高校を続けることにした敬二。その時から二年間会っていなかった。有名私立大学に入ったと、姉の明恵からメールを受けていた。

九時を回ったころから、見違えるほど成長した卒業生たちがぞろぞろ集まってきた。

「お、この匂い」

「あ、これこれ、この匂い、なっつかしいなあ」

一様に、塾の匂いに鼻を動かす。

授業が終わる頃には、訃報を聞いた近隣の同級生も交じって集まっていた。冬休みとあって、割と連絡がつきやすかったようだ。集まってきた子供たちはもう子供ではなかった。彼らの青春の香りが、教室を充満させていた。

その香りが切なかった。

この様子に、ガイチャたちは異常を感じたようだった。

「ありがとうございました」

「さようなら」

いつもより、ずっと抑えた声で、みんな静かに帰っていった。


外に出ると、大学生になり、大人になりつつある子供たちは、一様に冷たい空気を腹の中に吸い込んだ。そして、大きく息を吐き、夜空を見上げた。冬の星座シリウスやオリオンが、くっきりと目にとびこんでくる。ボソボソと小声で何かを話していたが、やがてそれも止んだ。無言で足音は、出発した。

敬二の家は、塾から歩いて五分ほどの距離にある。

「ここです」

敬二と仲が良かった前畑が、かすれた声で言った。大きな家だった。

「前畑君……」

彼の背中を押すと、彼はぎゅっと呼び鈴を押した。

「あ、先生。……ありがとうございます」

すぐに父親らしき人が出てきた。

「ご連絡をいただき、ありがとうございます。すみません、こんなに遅くなりまして。あのう、多人数になってしまいましたが、よろしいでしょうか」

「どうぞ、どうぞ。さっ、どうぞ」

目を真っ赤にした敬二のお母さんは玄関の上がり框《かまち》に、へたり込んでいた。何か言ったようだったが、その声は聞き取れない。足元には二、三歳くらいの女の子がまとわりついていた。たくさんの人を見てうれしいのか、女の子は何か幼児語で言って、少しはしゃいでいた。そういえば敬二が中学三年の時、母さんが再婚したんだと、不機嫌な言い方をしたことがあった。

招かれた広い部屋には、早くも祭壇が作られていて、生花の菊のきついにおいが鼻を突いた。そして、その前に白い着物を着せられ白い上掛けがかけられたノッポの敬二が寝ていて、顔は白い布で覆われていた。

「ケイタン、おネンネね」

女の子はおしゃまな仕草で肩をすくめた。涙が止まらないお母さんが、彼女を抱きすくめた。廊下の端の方で、姉の明恵はずっと体育座りしたまま両膝に顔をうずめていた。

お母さんは明恵に女の子を渡してから、静かにゆっくりと敬二の顔の白い布を外した。

敬二はみずみずしいほどの透き通った、いい青年の表情をしていた。この青年の明日がないなんてことが、どうして許されるのだろうか。これからの青春と人生をすべてまとめて眠ってしまったというのだろうか。

敬二君、ウソでしょ？　敬二君、ウソだよね。

敬二の白い顔の左側が、赤くうっ血していた。お母さんの涙はタオルで押さえていても拭いても、ただただ止めどなく流れていた。うめくような、とぎれとぎれの震える声だった。

「お医者さんが、ね、左を、この左の方を、……下にして倒れていたので、ね、血が下がって、溜まって……ね。こうなったってね、赤くなってしまったって言うんです。……

かわいそうで」

まだ若い、動かない息子の顔を優しく優しくさすった。愛おしそうに悔しそうにさすった。お母さんの涙は止むことはない。

一緒に来た同級生たちの間からすすり泣きが起こり、次第にすすり泣きは広がっていった。


焼香を終えて外へ出た時、凍っている夜の冷気が頬を突き刺した。腹の底まで突き刺した。まだ洟をすすっている子がいる。静かに動き出し、角を曲がろうとした時、走って追いかけてくる靴音がした。一斉に立ち止まって振り返った。

「先生」

明恵だった。凍てつく空気を吸い込み、白い息に変えて勢いよく吐き出しながら言った。

「センセ、明日、明日も来てください」

「明日は、お通夜でしたね。伺わせていただきますよ」

「……」

途端に、明恵はセーターの両袖で顔を押さえてむせび泣いた。

「必ずね。必ずみんなで伺わせていただきますね」

「……はい」

ただそれだけ言うと、もう何も言葉にならない。

「では、みなさん、今日はありがとう。明日は夕方の六時からお通夜です。できるだけ参列しましょう。今日はもう遅いので、ここで解散します」

みんなは静かに一礼をすると、帰っていった。

明恵の肩を抱きながら送っていった。冷え切った彼女の体は震えていた。

「先生、親戚の人、……誰も来ないんです」

「そうなの？」

冬の星座が空高く瞬いている。こんな夜は、明恵についていてあげたい。

「……親戚の人たちはみんな、みんなお母さんの再婚に反対だったんです。だから……今、絶交しているから、誰も来ないんです」

「ああ、そうだったのね」

「お父さん、今のお父さんの方もね、誰とも付き合いがないから。……だから、親戚が誰も来ないんです。誰も、誰もだよ」

明恵は嗚咽を漏らした。

「……敬二が死んだっていうのに」

また、泣いた。

「そうだったのね」

「明日……」

「大丈夫よ。明日も伺いますから」

明恵は再び声を殺して泣いた。

「明日も、必ずみんなで伺わせていただきますね」

しばらく明恵の両肩を優しく強くさすっていた。それから、そっと彼女の背中を押して、彼女の体を家の中に押し込んだ。


翌日、夕方六時からの通夜の会場には、十五分前に着いた。会場の外では、学生たちが立ち話をしていた。私を見つけると数人が頭を下げた。その卒業生たちにはホッとしたような、照れているような表情が交錯していた。

受付を済ませて会場に入った。正面に飾られた敬二の遺影が明るく笑っている。笑い声が聞こえてきそうだった。遺族席にはご両親と明恵が着いている。私は深く一礼してから、自分の座る一般弔問客席の位置を探して会場内を見渡した。

右の親族席には、わずかに四、五人が着席しているだけであった。左の一般弔問客席にも数人だけで、ガランとしていた。悲痛な気持ちに襲われて、思わず〝敬二君〟と心の中で叫んでいた。

まもなく通夜が始まる時刻だったが、相変わらず親族席には数人きりしかいなくて、一般席には私と数人だけが座っていた。香り高い花々に囲まれて笑っている敬二の遺影の周りを、まもなく彼を包み込んで連れていく線香の青白い煙幕が充満してきていた。だが、会場内はガランとしていて、重苦しいほどの静寂と冷気が漂っていた。

明恵がおもむろに立ち上がり、スタスタと私のところにやって来た。

「先生、明日……敬二の告別式なんです。先生、明日も、明日の敬二のお葬式にも来てくれませんか」

明恵の手をそっと握った。

「もちろんよ。来させていただきます」

ふと頬を赤らめて、明恵は自分の席に戻った。小さな妹が明恵に両手で抱っこを求めた。明恵は大きなお姉ちゃんらしく、彼女を膝に乗せた。そして、幼い妹の頭に自分の顔をうずめた。明恵は恐らく、明日の告別式に出席者が少ないことを懸念したのだろう。ほどなく、ガランとした会場に、敬二の通夜が始まるとアナウンスが響いた。

僧侶が音もなくやって来て、厳かに読経が始まった。

やり切れない、そんなふうにすべてが切なく感じられ、両手を合わせて目を閉じた。僧侶の読経は凛として会場内に響き渡り、敬二を確かに力強く向こうの世界へといざなっているようだった。

しばらくすると、ヒタヒタと静かな足音がした。外にいた学生たちが会場に入って来た。瞑想していると、昨日の透き通ったような白い敬二の顔がよみがえってくる。動かない敬二を見つめるには苦しすぎた。そして、あのドライブの車の中で見た敬二の表情が強烈に交錯する。

〝敬二君、やっぱり生きていなくちゃダメだよ〟

繰り返し、繰り返し、敬二に語りかけていた。

しばらくして、進行係に促され焼香に立つと、親族席は先ほどと変わらずガランとしていた。だが、一般席にはいつの間にか、喪服や背広姿の若者で埋め尽くされていた。私に続いて焼香に立った彼らは、言葉を失い黙然としていた。地元の小・中学校の同級生、高校の同級生、現在の大学の友人、地元だから幼稚園からの友達も来てくれているに違いない。男子も女子もいる。その大学生になった友人たちの焼香の列はいつまでも続いた。いつしか会場は敬二の友人であふれかえっていた。彼ら若者が放つ特有のエネルギーは、会場を圧倒した。若さの素晴らしさ、輝き、生への謳歌がムンムンと充満しているようだった。

〝敬二君、やっぱり生きていなくちゃダメだよ〟

会場を後にし、徒歩で帰途に就いた。

一人きりになると、敬二がもう戻ってこないことへの無念さと切なさが、一層湧き上がってきた。敬二にもあの焼香に立った若者たちと同じように、明日があったはずだ。人を愛し、子供を慈しみ、ある時は怒り、泣いて、ゆったりとした幸せな時をかみしめる、そんな日常が。そう、なんでもないことに幸せを感じる、そんな日常が。

〝敬二君、やっぱり生きていなくちゃダメだよ。敬二君、明日で本当に、本当にいなくなっちゃうなんて、やっぱりダメだよ！〟

どうしたことか胸にこみ上げるものが悲しみを伴って私を支配した。

（二十一）

時は、止まることはない。

一月の私立高校入試が終わると、すぐに三月上旬の公立高校入試に向けて、最後の追い込みに入った。授業時間は膨れ上がり、教室は熱気に包まれるようになった。

私立高校を単願希望で受験し、すでに合格している生徒たちも、公立高校第一志望の生徒と同様に、二月の終わりまで共に五教科の追い込みに付き合う。もちろん強制はしていないが、例年、私立高校が決まったからと言って、途中で退塾する生徒はいない。必然的に、彼らも国語・数学・英語の他に、公立高校入試対策の理科・社会も受講し続け、宿題もしなければならない。どの子も遅刻したり休んだりせず、宿題もしてくる。みんな平等に、猛烈に勉強をする時期なのである。その生徒たちの強い意気込みが、講師の先生の士気を上げる。先生も生徒も幸せな時期でもある。

そして、公立高校入試が終わると、みんなでお別れ会をする。講師の先生方も参加して、にぎやかに何時間も楽しむ。

〝お別れ会〟でちょっとだけ塾長挨拶をする。

一つは、とにかく高校を卒業しよう。高校を卒業することは、自分の大きな財産になるし、また、親孝行にもなる。そしてもう一つは、できれば高校生のうちは、子供を作らないこと。

例年このようなことを、一分くらいで贈る言葉とする。みんなギョッとしてから、それぞれニヤける。塾内でお菓子やジュースを用意して、トランプやゲームを楽しむ年もある。また、ボウリング大会を行う年もある。今年の卒塾生は、ボウリングに行きたいと言う。ボウリングの経験がない生徒でも、五ゲームくらいするうちにどんどん上達していく。受験勉強ばかりしていた彼らは、勉強から解放され、体を思いっきり躍動させることで喜びを発散させ、十ゲームもいとわない。最近のお別れ会は、ボウリング大会を選ぶ学年が多い。

中学時代の最後の締めくくりに、塾で共に机を並べて勉学に励んできたお互いの勇姿を讃え合うかのように、どの顔も、男子も女子も笑いこけながら締めくくるボウリング大会だ。ガーターを連発して笑い笑われ、ストライクを出してみんなにハイタッチで迎えられ、一瞬のヒーローになり、なんでも笑う。

笑い終えると、もうそこには高校生活という新しい環境が、大口を広げて彼らを待ち構えている。その新しい生活への戸惑いや不安が、ひんやりとぴったりと彼らの背中に張り付いている。


塾では、三月からすでに新学期が始まっている。新三年生の授業が終わると、ガイチャたちが勢いよく「さようなら」「ありがとうございました」と、いつものように弾むようにして帰っていく。やはり、最後は奈々美とまりだ。

「さようなら」

二人して頭をぺこりと下げてから出ていく。中学三年生ともなると、奈々美からも少しずつ天真爛漫さが消えていく。


みんなが出ていくと、ほっと、一日の終わりを感じる。

ドアがノックされた。

「はい、どうぞ」

返事と同時に、明恵がやってきた。どうも青白い、苦しげな表情をしている。

「さあ、コーヒーをどうぞ。大変でしたね。もう、お仕事に行っているんでしょ」

明恵をねぎらった。

「はい……」

「どうしました？　何かありましたか？」

しばらく明恵は、うつむいたままでいた。

「先生、弟は、敬二はお墓に入りました」

「そう、四十九日、過ぎましたものね。早いわね」

「なんか、すんごくさびしいな」

「ホントね。なんかもったいないね、敬二君」

「先生、あの～、保証人になってくれませんか」

「え、保証人？　なんの？」

「ええと、私、家を出たいんです。アパート借りようと思ってるんです。だから、保証人になってくれませんか」

「職場、遠いの？」

ややあって、明恵は顔をゆがめながら吐き出すように言って、両手で自分の肩を強く握りしめた。

「アイツ、……アイツと家にいるの、イヤなんです」

「アイツって?」

「アイツの目が嫌だ! キモいんです!」

「家にいるって、じゃあ……お父さんのこと?」

「やだ! やだっ! お父さんじゃない。アイツはお父さんじゃない! キモい!」

「何かあったの?」

「……別に。なんにも、なんにもない。でもヤーなんです」

明恵のゆがめた顔を見つめながら、この年代が敏感に感じる何かを、共有した。

「お母さんに話した?」

明恵は激しく首を横に振った。

「話せない、悪くて」

もう成人しているとはいえ、家族に無断では何事も進めることはできない。

「いつ頃からそんなふうに感じていたの?」

「前から少しずつ、でもこの頃、特にイヤなんです」

「そうですか……」

こんな時間に訪ねてくる明恵は、思い詰めてのことと思えた。

「明恵さん、じゃあ、あなたの本当のお父さんとはお話しできないの？」

明恵は、顔を上げた。

「そうだ、父さんに……」

「お父さんと、連絡取れるの？」

「はい。父とは」

「お父さんに、敬二君のことは連絡したのよね」

「はい。場所も時間も……でも、父は来てくれませんでした」

「お父さんは、きっとおつらかったんでしょうね」

「そうなのかなあ。……なんか、無視されたかと思っていた」

「そんな親はいないですよ。きっと、来ていたのよ。どこかから見ていたのよ」

「……そうか、父さん」

明恵は、保証人の件はお父さんに協力してもらうことで納得した。歯科衛生士として働いている明恵は、給料は安く、一人暮らしをするには生活はギリギリなようだった。それでも、帰っていく明恵の足音は力強く、地面をたたきつけるかのように遠くまで響かせていた。

風薫る頃には、ガイチャたちも立派な中学三年生になっていた。毎月の偏差値を出す業者テストを受けるようになり、受験への関心も高くなってきていた。同時に最後の部活の諸大会では、意気込みも高く、汗のにおいをまとわせて奮闘していた。それぞれが、学業と部活の両立に苦しまなければならない時期に突入していた。

この場所に塾を移してから、塾生募集の〝ビラまき〟はしていない。生徒数五十人前後の小さな個人塾にとっては、もともと〝ビラまき〟は、当塾が健在であることの告知以上の効果は期待できないし、必要もなかった。

学習塾はやはり口コミで広がるようだ。生徒たちはよく集まってくれていた。多い時では八十人以上の生徒が、ひとりでに集まってきた。

業者テストの結果が出るたびに、各自が自分の偏差値を受け取っている。この偏差値の意味や入試との関わり方、内申との関わり方を保護者に説明しなければ、うわさに惑わされる。正確な情報提供も、学習塾の役割である。

「へえ〜、誰が来てもいいんだ」

ガイチャが言うと、龍介がガイチャの肘を突っついて、ニッと笑った。

「高校入試の説明会には、みなさんのご両親ばかりでなくお友達のご両親の参加もできます。ただし、資料を準備しなければなりませんので、できれば来てくださる方の人数を、記入して申し込んでくださいね～」

後日、ガイチャの持ってきた申込者にはガイチャのお母さんの名前と、他一名とあった。中学三年生の保護者向けの「高校入試説明会」だがら、ほとんどの保護者が参加する。近年では両親での参加も珍しくない。

説明会では、まず生徒の塾での現況を報告する。そして、高校入試のシステムを一通り説明してから、入試最前線の情報を提供する。

最後に、中学三年生が学習へ向かうようになるには、塾がどのように指導していくかを説明する。生徒が学習へ向かい、本当の受験生になるための指導の仕方だから、各家庭に求めるものではない。

「宿題をしなさい、勉強をしなさいと、今まで通り言わなくてもいいと思います」

「先生、高校受験なのにですか？」

これまで通り各家庭には、学習の環境作りをお願いする。

「黙っていても受験勉強をするようになります」

保護者は、不安と期待でいっぱいだ。学習塾は、その保護者の気持ちを真摯に受け止めて、生徒の人生と心中するようなものだ。

「塾では、来月六月下旬から生徒に〝十時間勉強〟を目標にしていただきます」

ため息とも興奮ともつかない表情が交錯する。

「ご承知のように、塾では十時間勉強のためだからと長時間にわたって生徒を塾に拘束する、そのようなことは致しません。一学期の授業形態は今まで通りで変わりませんが、二学期からは、少し授業時間が長くなる程度です。生徒は、黙っていても塾ではもちろんのこと、ご自宅でも勉強し始めます」

半信半疑である。その半信半疑を現実のものと確信できるように、塾では指導していかなければならない責任がある。

「やっぱり、センセ、うちのは無理です」

山ちゃんのお母さんが笑いながら言うと、そうだよね、とばかりに隣同士のお母さんが顔を見合わせて笑う。

「うちのなんて、やっとこさ、宿題やってるみたいですから」

「宿題をしなさいって、言われます?」

「いえいえ、それは言いません、センセ、言わなくっていいって。ただ、ヤベエとかって本人あせってやっているようだけど、ちゃんとしてるものやら」

隣同士で、うちのもとか言いながら笑い合う。

「十時間勉強とは言いましても、皆さんがなさるわけではありません、生徒がするのですから、ご安心なさってください」

アハハハと笑い声が上がった。

「実は、おっしゃる通り、みんながすぐに十時間勉強をはじめられるわけではありません」

軽い笑いが残る中、顔色変えず、じっとこちらを見据えている保護者もいる。

「学校のない日や、部活のない日はどの子にも十時間勉強をしていただきます。きっかりと気持ちの入れ替えをしていただこうと思います」

しっかり言った。保護者に緊張が走ったのが伝わってくる。

「一日は二十四時間あります。十時間勉強しても十四時間残ります。八時間たっぷり寝ても六時間残ります。入試までどんどん時間がなくなっていきます」

厳しく追い込むのも塾の仕事である。

「十時間勉強と言っておりますが、勉強の苦手な子たちが五時間・七時間と勉強をし始めたら、どうでしょうか、私は、それはそれでとても立派なことだと思っています」

数人のお母さんは、まだまだ自分のことのように、戸惑いの表情を浮かべている。

「実はですね、十時間勉強については、昨年の暮れに、もう生徒たちにはお話ししてあります。年が明けたら、すぐに中三です。学校の部活のある日は三時間、ない日は五時間勉強を目指そう。部活も学校もない日は十時間。十時間勉強になります。そう言いました」

参加者が、熱気を帯びてくる。

「学校の部活を終えてからの三時間は、結構キツイと思います。ですが、もうすでに暮れから十時間勉強を目指して学習を始めている生徒もいます」

もう誰も隣を見ない。

「十時間勉強に向かうためには、ご家庭で勉強環境だけは作ってあげていただきたいと思います。あとはこちらでやります」

しっかりと保護者全体を見まわした。

「先生、どういうのがその勉強環境にいいんでしょうか」

今度は、龍介の母親が聞いてきた。

「それは、……」

少し説明の仕方を考えた。

「基本的にはご飯とお風呂でしょうか。さらに勉強環境として、うちの子にはこれがいいなあと思うものでいいと思います。それぞれのご家庭の状況があると思いますので、自由ご構わないと思います。ひと通りの決まったやり方ではありません。ただ、どういうのが自分の子供に合って勉強のしやすい環境か、それを工夫されてはいかがでしょうか」

これから個別面談を行い、丁寧に個々の学習環境を整えるお話を伺う。こうして受験は受験生だけのものではなくなり、勉強を含めて家族のものともなっていく。

「勉強に向かうように、塾では子供たちの心を育てていきます」

生徒が勉強を積み上げていくための、塾の責任が肩に大きな重みとなってのしかかってくる。

当日、ガイチャのお母さんと一緒に来たのは、あの雄太のお母さんだった。あの三角のかわいらしい顔のままだった。

「まあ、雄太君はお元気ですか？」

お母さんは、ガイチャのお母さんと顔を見合わせた。それから、ゆっくりと近寄ってきて、三角の目を泳がせながら言った。

「センセ、雄太はこっちの塾に戻って来てもいいでしょうか」

（二十二）

雄太のお母さんとは、あらためて面談を行うことになり、翌日早速やってきた。

「あれから、向こうの塾に移って、中学一年生になって、またすぐに勉強が全然わからなくなって、塾に行っていても何しているかわからないって言うんです」

中学一年に入学する時、雄太はディズニーランドの一日券をくれるという中学校の近くに新しくできた塾に、友達と行くと言って移っていった。

「雄太がわからなくても宿題をやっていかなくても、なんにも言われなかったようで、ただ、じっと塾の時間の間、座っていたようなんです」

「ただ、ずっと？」

「時間が終わると、帰っていいよって言うらしいんです」

「じゃあ、わからないところを、教えていただかないのですか？」

「どうなんだか、雄太は、先生の言っていることがよくわかんないって言うんです」

雄太は間違いなく、〝お客さん〟だったのだろう。そんな雄太の心がつらかった。雄太の場合は、丁寧に丁寧に工夫して教えなければ、理解するのは難しいだろうことも想像がつく。また、新米の講師が教えるのは難しいかもしれない。

「それを、二年間ずっと今まで……じっと座っていただけで？」

「いいえ……」

深いため息をつくと、雄太のお母さんの可愛い顔が苦渋の表情に変わった。

「一年の終わりに、個別の塾で一対一で雄太を見てくれるという塾に移しました」

「そうですか。それは、良かったですね」

「センセ、ちっとも良くないんです。生徒もほとんどいないというので、じっくり見てもらえると思ったし、一対一だからいいと思って行かせたのですが、それが……とにかく、怒るらしいんです」

母親は思い出すのも嫌だというふうに、頭を横に振った。

「宿題や勉強がわからないと怒る。考えろォと大声で怒鳴る。何も教えてもらえないままで、一時間半、ずっと座っている時もあるって。夏休み、冬休みだとそれが二時間、ずっと怒っている時もあるらしいです。雄太、怖がってしまって」

「ご主人に、話されましたか？」

「主人は、指導者にはいろいろな方がおられ、いろいろなやり方がある、我慢させろと言います」

「こんなことをお聞きしていいのかわかりませんが、塾の費用は、どうでしょう、お高いのでしょうか、お安いのでしょうか」

「個別指導なので、結構、高いんですよ」

なるほどと思った。実際の様子が見えないだけに安易なことは言えない。だが、このような子に丁寧に指導するのが塾の先生の仕事のはずだ。

母親は続けた。

「雄太が、こちらにガイチャもいるし、戻りたいって。ここをやめてからすぐに、ずっと、ずっと前から言っていました。ずっとです」

母親はまっすぐな顔でこちらを見つめる。こちらは困り切って、黙って母親の顔を見つめ返した。困ったのは、学業がかなり厳しい状況にあるという雄太に、中学三年の今の時期から、こちらで責任をもってどこまで成績を挽回させてあげられるか、ということだった。

他塾の営業方法を非難したくはない。

「あのう……」

母親はもじもじしながら、つぶやくように言った。

「あのう、先生、通わせていただくだけでいいのです」

「えっ？」

「こんなことをお願いするのは変ですけど、雄太を先生の塾に通わせてくれませんか？通わせてくれるだけでいいのです」

「通わせるだけって」

「通わせるだけでいいのです」

私は、遮った。

「ご承知でしょうけれども、私の塾では、通ってくるだけとか、置いておくだけというような、なんというべきか、そのような塾ではないのです。塾に通ってくる生徒みなさんには、しっかりと勉強していただいているのですよ。勉強ができるできないではないのです」

母親は笑った。かわいらしさが戻った。

「センセ、わかっています。あの時、五年生の時、雄太とガイチャがいろんな塾をズルして休んだり、宿題なんかまるっきりしていなかったのに、ここに来てから、いつの間にか二人ともまじめに通って、まじめに勉強するようになっていったんだもの」

「懐かしいですね」

二人で、笑った。

「センセのおかげです」

「でもあれは、させたのではなく、彼らがやりだしたのですよ」

また、二人で笑った。

「センセ、ですから、教室の片隅にでも置いていただけませんか？」

母親の目に、かすかなやわらかいうるおいを見た。

「どうか、お願いします」

声がかすれていた。


雄太は、通ってみることになった。肩を丸めて様子をうかがう目つきで入ってきた。ところが、みんながウエルカムなのだ。

「おう、雄太！」

「やったね、雄太！」

「雄太、席、こっち来いよ！」

彼はちょっとおしゃれな少年に成長していた。

「こんにちは」

私のそばに来てきちんと頭を下げた。相変わらずのハスキーボイスだ。

「そうそう、はい、いいですよ〜」

そう言うと、こちらの方をじっと見てから書く。

「はい、そうですね。そこは、こうですよ。そう、良くなりましたよ」

また、こちらをじっと見てから書く。無言で書く。

「では、ここも、今やったのと同じやり方ですよ」

三週間後に、中間テストが迫っている。最低点でもいい、少し点を取らせてあげたい。

以前のように、ガイチャが時々雄太の様子を眺めて、穏やかな笑みをかみしめている。

見ていると雄太はおとなしめだが、以前と変わらず明るい。成長しかけのよりハスキーな声で話したり、笑い声も立てたりする。雄太は、二年のブランクをものともせず、すっかりみんなの仲間だ。

それがいい。雄太の天性だ。良かった、本当に良かった。

お母さんの話を聞いて、雄太の心が折れて、しぼんでいるかもしれないと危惧していたのだ。なんと、いきなり全開かと思えるほど楽しそうだ。

雄太が中学生になってからというもの、数学のテストは、やはり一ケタしか点は取れていないという。一ケタしか点が取れていないとは、一体雄太はどうなってしまっているのか。

幸いに一学期の数学のテストは、点数を取りやすい範囲である。

「雄太君、中間テストまであと三週間しかありません。どうでしょうか、少し多く頑張ってみませんか」

そう言うと、コクンと小学生のようにうなずいた。中三なのになあ、と吹き出しそうになってしまう。

「部活はどこに入っているの？」

「テニス……」

「え〜っ！」

そばで聞いていた龍介が、声を上げた。

「K中との対抗試合に、来てた〜？　オレらもテニス部だよ」

「……ボク、あんまり部活、行ってない」

か細く雄太が言う。なあんだ、とばかりに山ちゃんも加わって笑う。雄太も明るく笑う。それがおかしいと、みんなで笑う。

「じゃあ、少しだけ多く塾に通いますか。ちょっと多く勉強をして、ちょっと頑張ってみますか」

「いつですか」

表情が曇った。

「いつって、時間のある時、時々」

龍介が心配そうな顔で、雄太を覗き込んで言った。

「いつでもさ、オレらもさ、時間のある時、特にテスト前は塾に来て勉強する時あるんだよ。そのほうが集中できるんだ」


授業では、雄太は黒板に書かれたことは丁寧にノートをとる。悪くない。説明を聞いている時は、しっかり目を向けている。しかし、みんなが問題をやり始めると、じっとノートを見つめている。

「今やったようにこの問題をやってみてください」

「はい」

小さなハスキーボイスだ。しばらくして回っていくと、一文字も進んでいない。

「どうしました？」

涼しい笑顔だけが返ってきた。態度はいいが理解はしていないようだ。

「では、いいですか？」

その涼しい笑顔がおかしいのか、ガイチャが明るく笑う。なんとなくみんなも笑う。なんだか、小学生の頃と同じ風景だ。みんながほほ笑んでいる。

わからない生徒に、特に丁寧に説明をしていると、他の生徒もそれを聞いていて、問題を解決できることもある。わからない生徒に親切に説明するか、ぞんざいに扱うかを生徒たちは、公平な目線で見ている。

子供の目は不公平を許さない。

雄太の学習方法は、数学の計算のルールを語りながら、呪文のように問題の解決の道すじを一緒に唱える。やっぱり雄太には、呪文が必殺技である。

中学生になって雄太は、数学のテストの点は一ケタしか取れていないという。色白の華奢な、ちょっとオシャレな雄太は、明るい表情で塾へ来ることになったが、決められた日以外に塾へは来なかった。雄太には、丁寧すぎるくらいの指導方法が必要だったので、時間と回数が必要だった。

授業が終わっても、英語の糸田先生は柳ひびきと奈々美に加えて、雄太を残して教えていた。

「はい、じゃあ、今日はここまでにしよう。だけどね、家で提出物はやってきちんと出すんだよ」

「は～い！」

三人は明るく帰っていった。

「彼ら、わかってるのかな～。提出物、出さないと通知表、相当悪くなるってのに」

糸田先生は、頭を抱える。

「中三になって、ｂｅ動詞と一般動詞の区別がどうも曖昧なんです。ここで引っかかるのって、英語はつらいな～」

「ひびき君ですか」

「雄太君です」

「雄太君ですか。英語もですか」

「英語もです」

「ということは、他の教科もなんでしょうね」

「でしょうね」

う～ん、と本当に二人してうなってしまった。

「性格はいいんですけどね」

糸田先生の言葉に笑ってしまった。

「だけど、性格がいいのが一番ですからね。それに……」

「？」

「勉強に向かう姿勢がいいのです」

「姿勢って？」

「嫌がっているふうには見えないのです。それに、あの、ほら、じ〜っと見つめるの。なんだか妙に思えるのよね」

「前の塾で、間違えると怒られるって言ってませんでした？」

「たしかに」

「だから、自分で向かって書くことへの躊躇があるのかな」

「そうかもしれませんね。でも、時間がないのよね〜」

「そういえば、その見つめる目の様子っていうか色っていうか、変わってきているように感じます」

「少し、塾に慣れてきたのかしらね。そうあってほしいところですね」

「塾長、それは、雄太の前進ですね」

糸田先生は、楽しげに笑った。

定期テストが迫ると塾では土日も授業があり、苦手なところを補習していく。

雄太には、二次式を分配法則だけを使って展開する。それを、まず一緒に呪文を唱えるようにして覚えてもらうことにした。同時に、同類項の整理もまずは呪文を唱えることにした。公式は覚えなくともいいし、使えなくともいい。答えは導き出せる。そのうちに公式1だけをできるようになっていけば、公式1で他もカバーできる。やがて、複雑な二次式の展開と簡単な因数分解はできるようになっていくと思っていた。

雄太は、一緒に呪文を唱えないと、一問たりとも進めないのか進まないのか、自分一人では解こうとしない。彼の表情には優しいポーカーフェイスがあるのみだ。

一緒に呪文を唱えてから、

「次は、ここをしてみましょう」

そう言うと雄太は、ノートをじっと見つめたままで、自らは進めない。

その時、シャープペンシルを握る彼の手には、しっかりと力が入っているのを見た。その手は小刻みに震え、汗ばんでいるようだ。他の生徒もいるので、雄太だけに付きっ切りというわけにはいかない。他を回りながら、雄太をそれとなく観察すると、さっきと同じ姿勢のまま彼の手はシャープペンシルをしっかり握りしめている。しかし、少しも進めていないようだった。

「あとで、少し一緒にしようか」

そっと声をかけてから、次へと授業を進めていった。


授業が終わり、雄太とガイチャだけが残った。

「雄太、オレ、宿題やってるからいいよ」

と言って、ガイチャは少し離れて席をとった。

「じゃあ、さっきやったのと同じところ、そう、この問題をやってみてください」

じっと私の顔を見てから、おもむろに同じことを書き出した。ノートの二、三行上には、さっき一緒にやったままの式も答えもある。雄太は呪文を唱えなくても、一人で丁寧に書き始めた。たったこれだけでも、なんだか大きく前進したかのような安堵感が広がった。

「お、いいですね」

そう言って赤丸をつけた。雄太はじっと赤丸をにらんでいたが、やがて口元がゆるんだ。

「次はこれをしましょう」

「はい」

時々、呪文をはさみながら進めた。すぐに途中で止まった。

「どうしました？　まだ終わりじゃありませんね。最後はどうしますか？」

じっと、不安な目で固まっている。シャープペンシルの異常な握り方から、もう一度握りなおして固まった。

「ゆっくりでいいんですよ」

呪文を出さずに少し見守った。雄太の手は汗ばんできている。表情のない目は動かない。癇癪《かんしゃく》を起こすか、わめくか泣くか、それとも……。

雄太は、力を込めてしっかりと字を書きだした。自ら計算を進められたのだ。途中で止まったりしながらも、丁寧に小さな数字を並べた。雄太は意を決したように顔を上げた。

「うん、合っていますよ。すごいよ、いいですね」

すぐに赤丸を付けた。雄太はうれしいのか、かすかにハスキーな笑い声を上げた。

「もう一つだけしましょう」

指し示すと、やはりしばし固まっていたが、少したつと書き始めた。シャープペンシルへの力の込め方は、尋常ではない。だが、書き始めた。じっくりじっくり進む。待ってあげればいいのだ。やがて、手が止まり、静かに顔を上げた。

「オーケーで～す！」

そういって赤丸を付けた。今度は、顔いっぱいでうれしさを表した。

この時から雄太は、少しずつ自ら問題と向き合うようになっていった。それは、他の教科にも表れ始め、大いに英語の糸田先生の、歓喜の声につながった。

雄太とガイチャが帰るのと同時に、雄太の母親から電話が入った。

「雄太、帰りましたか。一人でですか？」

「たった今外山君と二人で塾を出ました」

「そうですか。ありがとうございました。あの〜、センセ〜、雄太はちゃんと勉強していますか？」

「はい。ちゃんとというか、まじめに勉強していますよ。何かございますか」

「前の塾では、なんか言われたことしか書かないって、いっつも前の先生には、私まで叱られていたもんで。今度どうしてるか心配していたんです」

私は、笑った。

「そうでしたか、そうだったのですね」

雄太のあの、じっとしている姿は尋常ではないとは感じていた。

「まあ、そういうことで叱るとかは、もちろんありませんが、字を書きだすのがとっても遅いですね。書き出すには何か相当決心がいるようで、そこのところが不思議な気がしていたのです。了解しました」

「あ、センセ、すみません。雄太が帰って来たみたいなんで。今度また電話します」

母親は元気に電話を切った。

大声で怒鳴られて勉強していた後遺症を、緩やかに解放してあげることからスタートしたのだった。

次から、少しレベルアップをしてみると、雄太はそれまで引っかかっていた苦手な問題も少しずつ解けるようになっている。人間の脳の応用力のすごさだ。


あと一週間でテストだというのに、雄太は特に熱心に塾に通ってくるということはなかった。土曜日、雄太はガイチャとテスト勉強に来た。テスト前だというのに、二人はなんだか楽しげだ。

「え〜っ、大会に出ないの？　なんで、だってさ、ガイチャ、強いんじゃん」

「もう、部活行きたくないんだ。やっぱさ、顧問がね〜、クソでさ〜」

「クソって？　剣道の顧問って誰だっけ？」

二人して笑う。こそこそと話して笑っていたが、やがて各自が自分の勉強に入る。

中間テスト目前の土日通してのテスト対策では、理解できていないところの確認や、難問の解説を通して理解力を高める。生徒の不安を共有し、意識の向上を図る。確実に九〇点越えが期待できる生徒には、自宅学習を勧める。強制ではないのにみんな塾に集まる。実際は、いつもより和やかで楽しげだ。

国語の漢字練習や英語の単語練習は、自宅でするように促す。国語は内容のとらえ方、解決の仕方を重点的に解説する。国語文法は最も簡単にできるようになるので、みんな文法が得意だ。

テストが終わると点が良くても悪くても、生徒たちはテストの解答用紙を持ってくる。ホッとするのか、塾内は一層にぎわう。だが、テストが終わった日から雄太は一週間ずっと塾に来なかった。電話しても出ないのだ。

再びかけてみると、母親が出た。

「あ、センセ、すみません。センセに話したいことあるんですけど、明日、午前中行ってもいいですか」

とにかく雄太には塾を休まないように、と伝えたが、とうとうこの日も来なかった。

翌日、雄太の母親は落ち着きのない様子で席に着くとすぐに、話しだした。

「センセ、テストの次の日なんですが、その……ですね、雄太のこれまで通っていた塾の塾長が、塾に来いって迎えに来たんですよ」

「塾の先生がですか、家にですか」

「そうなんです。家に。で、雄太なんか、怖がっちゃって、仕方がないから先生の後についていったんです」

「それで、こちらに来なかったのですね」

「そしたら、帰りに、今度から必ず来るんだぞって、怒られたようです」

「雄太君は納得しているのですね」

「だって……」

そこまで言うと母親は、困り顔になった。

「そんなに、怖いのですか？」

はっきりとうなずいた。

「お母さんが怖がっているのでは、雄太君、もっとつらい目にあっているのじゃありませんか？」

「雄太は、わかったからって、また前の塾に黙って行きはじめました」

「雄太君が良くて、雄太君にとってそれがいいのでしたら、こちらは構わないのですよ」

優しくなだめるように言った。

「センセ、雄太はですね、前に中学校に上がる時、こちらの塾をやめてからというもの、いつもいつも暗い顔をして塾に通っていたのです。塾に行くのを嫌だとか、つらいとか何も言わないのですが、とにかく黙って通って行って、黙って帰ってきていました。ずっと、暗〜い顔をしていたんです」

「時間もきちんと守ってですか？」

「そうなんです。時間になると何も言わなくても出て行って、時間になると帰ってきました。ずっといつも暗〜い顔をしていました。雄太はそういう子なんです」

なんだかあの雄太君からは想像もつかない話だった。

「それが、私が外山君のお母さんに誘われてこちらの塾の進学説明会に行くと言ったら、ガイチャと一緒に通ってもいいか聞いてきてって、珍しくハッキリ言うんですよ」

「それが、あの時ですね」

「はい。そして、通ってもいいって言うと、途端にうれしそうに、はじけるほどの笑顔を見せたんです。こちらが驚いたくらいです。その日から笑顔いっぱいで」

母親の三角の顔が笑顔になった。

「ええ、笑顔いっぱいで、楽しそうに塾に出かけて行ったのです。雄太のそんな笑顔、本当に久しぶりでした」

　母親は柔らかい涙を流した。

「ずぅ〜っと、暗い顔っていうか、無表情っていうか、そんなんだったのに、あんなに、雄太があんなに楽しそうに明るく塾に行く姿を見たこともなかったので、親として本当に良かったと思いました。私も自分のことのようにうれしくって」

「まあ、そんなに喜んで来てくださっていたのですか。驚きです。ありがとうございます」

「そんなあ、先生」

　母親は言葉を切って、ひっきりなしに両手を横に振った。

「でもね、センセ、あの塾長に塾に来なかったらまた家に行くぞって、雄太は言われたらしいんです」

　そんなことまでする塾長がいるなんて、憤りがわいてきた。

「その塾長先生って、おいくつくらいの方ですか」

「え〜っと、六十くらいの男の先生です。『来なかったら、高校に行けなくしてやるぞ』って言われたって、雄太がすんごく怖がってしまいました」

　あきれてしまった。

「高校入試は、その先生とはまったく関係ありませんので、それは心配いりません。大丈夫です。行けますよ。高校進学については、安心していてください」

「本当ですか」

「本当ですよ。大丈夫です」

「よかった、心配しちゃった」

「大切なのは、雄太君が納得してそちらの塾に通っているか、です」

母親は三角の目が飛び出るほど、頭を強く横に振った。

「実は、下の子も、あの時初めてセンセの塾に行った時、一緒に連れて行った子、あの子四年生になったんですが、あの子も今年からあそこでお世話になっているものですから。雄太はそれもあるのでしょうか、黙って、また暗〜い顔をして、下を向いたまま行くようになったのです」

母親はうなだれた。

「お母さん、しっかりしましょう。雄太君が私の塾に来るかどうかではなく、そのような、半ば脅されたような状態で塾に通うのは、問題があります」

私は、雄太君が脅しにあっていると感じていた。

「その塾には、生徒がどのくらいいるのでしょうか」

「ええと、うちの子供たちと、もう少しいるらしいです」

「そうですか。雄太君たちがいなくなると、経営が厳しいのかもしれませんね。それで、ご両親はどうされたいのでしょうか」

「センセ、そりゃあ、もちろん、こちらの塾に戻してやりたいです。でも、四年生はダメですよね」

当塾は、五年生からしか預かっていない。

「それでは、雄太君は気にせず、しばらくの間はガイチャと一緒に通ってきてください」

「でも、下の四年生の子がいるんです。それに明日も、二人分の来月分の月謝を早く持ってくるようにって、言われた、って」

「それはもう、あとはお父さんに電話していただくのがいいと思います」

「主人に？」

「ご主人にお話ししていただくのが、一番いいと思いますよ」

母親は落ち着いたようだった。下の子には、この近くで小学生を専門に教えている塾を紹介した。

翌日から、雄太はガイチャと一緒に通ってきた。

「こんにちは」

明るいハスキーボイスで、満面の笑みだ。

「お、大丈夫だった？」

「はい。お父さんが電話してくれた」

「そうですか、良かったですね」


厳しい暑さに見舞われた日の夕方、再び雄太の母親から電話が入った。不安な声だ。

「あ、センセ、度々すみません。明日午前中空いていますか。センセに話したいことがあるんですけど」

前と同じ言い方だった。


「昨日、三者面談でした」

「中学校のですね」

テスト用紙を広げながら、母親は続けた。

「なんか、担任の先生が言うことが変なんです。中三の先生たちで、雄太、どうしたんだろうって、話しているというんです」

「どういう意味ですか？」

渡された数学のテストを開いてみると、三十八点と赤で書かれていた。赤丸の部分、それ以外は大きな×で処理されていた。そうか、これまで一ケタしか取れていない雄太が、三十八点取ったことが変なのか。数学は途中計算も書き込みなので、検証できる。雄太の小さな数字が一つ一つたどたどしく書かれていた。テスト前にやった分配や公式を、しっかり計算していた。

「これまでの雄太君の点数とずいぶん違うからでしょうね。今回は、しっかり点数になっていますね」

私は、うれしくなった。

二年ぶりにこの塾に戻ってきた雄太は、母親が言うには、中学生になってから数学は一ケタしか点が取れていなかったという。その雄太がうちの塾に戻ってきて、頑張ったのだ。だから三十八点取れた。小学五年生の時とほぼ同じ状況だった。なんだか、やっぱりうれしい。だが、お母さんの表情はさえない。

「そうですか〜」

「この辺りは、○《マル》ばかりですよ」

「でも、なんだか担任の先生、変な言い方で、やっぱり、ほめてはいなかったような……」

「どういうことでしょうか」

「どうしても私には、雄太が何かズルをしたような、変な言い方に聞こえました」

「まあ、なんてことを。そうではないのです。雄太君はできていたのです。頑張って計算したのです。ごらんください」

そう言いながら解答を丁寧に見ていくと、エッ？　と声を上げてしまった。もう一度テスト用紙の解答を確認した。

「これって……。エエッ～！」

「センセ、何か」

雄太の小さな数字が並んでいる。私はドキドキしてきた。三十八点分赤丸は付けられている。他は、大きな×で一括処理されていた。テストの間違い直しの部分は解答の下に赤ボールペンで丁寧に解答が写されていた。テスト中に書かれた解答は鉛筆で書かれていて、まったく同じ解答が赤で書かれているのだ。どういうことだ。

「お母さん、これをご覧ください。雄太君がテスト中に書いた解答と同じことが、テスト直しの赤で書かれていますね」

「はい」

「ですから、ここの三問は、正解だったのではないかと思われます。四問目は惜しいですね、マイナスがついていません」

思わずため息が出た。不審そうにしている母親に説明をした。

「この三問が正解で、四問目だけが間違いです。この三問は合っているのに×が付いている、つまり、本当は正解、〇《マル》だったということです」

「そんなこと、そんなことあるのでしょうか。学校の先生が。……だから、ええと、先生は変なことを言ったのでしょうか」

「一つ一つについて×とかではなく、もうここのあとはまとめて大きな×、ほら、ご覧ください。きちんと見てもらっていません」

「ホントですね」

「お母さん、雄太君は、本当に自分で計算したことは間違いないと思われます。実際テスト前もこのくらいの問題でしたら解いていましたよ。中学校の先生には信じてもらえなかったのでしょうね」

「じゃあ、雄太の答えが当たっているというのに、×ということですか」

「ええ、たぶん。雄太君がテストの時に書いた鉛筆のと、直しで書いた赤の答えは同じですからね。でも一応、雄太君に確かめてみましょう」

母親は怪訝な表情を浮かべている。

「学校の先生は、なんで、なんでそんなことをしたり、言ったりしたのでしょうね」

「憶測ですが、まず、中学校の先生としては、失礼かもしれませんが、雄太君が三十八点も取るのが信じられなかったのでしょうね。実際、ここからは少し問題が少し難しくなっているのです。これ以上は無理、取れるはずがないと。それも中三の今になってですから、できるはずがないと……×を。でも、いけませんね」

私は、怒りよりも雄太に対する憐憫の気持ちの方が強くなった。だというのに、母親は幸せそうな顔をして言った。

「私は、ただただ……」

一度唇をかんだ。

「センセ、私、うれしいです」

「……？」

「センセ、だって雄太が、じゃあ、もしかしたら四十点以上取れてたかもしれないんですよね」

「ええ、たぶん取れていると思います」

「私、それがうれしいです。雄太が、点が取れてたというのが、ああ、本当にうれしいです」

「……」

「それに、雄太の一つ一つを丁寧に見てくれて、雄太が間違っていないって信じてくれる先生がいるなんて、ああ、やっぱりうれしいです」

バッグからハンカチを取り出した。

「もういいんです。センセの言葉を聞いただけで、なんていうか、うれしくって」

晴れやかな笑顔を残して、母親は帰っていった。


ガイチャと雄太がやってきた。

「こんにちは〜」

こちらも晴れやかだ。思わずこちらもハハハッと声を出して笑ってしまった。

「雄太君、お話ししたいことがあるので授業が終わってからちょっと残っていてください」

「は〜い」

明るい返事が返ってきた。


みんな、さようならとかありがとうございましたとかを言って、一日の終わりをほっとした表情で帰っていく。雄太がガイチャに声をかけた。

「ガイチャ、帰っててもいいよ」

「オレ、こっちで宿題やってるよ」

そこに、鎌倉孝太郎が数学を持ってガイチャの前に座った。

「あのさ、ここの問題だけど」

「あれ、それって、学校の？」

二人は難問を解き始めた。

「雄太君、こっちです。はいどうぞ」

椅子をすすめた。

「まず、このテストのことを教えてください」

きょとんとしている。

「ここの三問ですけど、ここに鉛筆の字と赤ボールペンの字がありますね。これは、どういうの？」

「え、これね、鉛筆のはテスト中に書いて、赤いのはテスト直しで、先生の黒板の解答を写しました」

涼しい顔で言う。

「雄太君、よく見てね、ここですよ」

「そうです。僕が写しました」

一層涼しい顔で言う。

「それは、そうでしょう。字が雄太君の字だから。ここの鉛筆の答えと赤ペンのと同じことが書いてありますが、どうだったか覚えていますか？」

「×のところ、先生が直して書きなさいって、先生が黒板に書いてくれたんで、写しました」

「じゃあ、雄太君は赤ボールペンで書いただけで、鉛筆の部分は直していないということですね」

「鉛筆では直していません」

「じゃあ、ちょっと見てね。鉛筆と赤ボールペンの式も答えも、まったく同じですよ」

「……？」

「よ〜く見てね。どういうことかしら？」

「……？」

「正しい答えを書いたのに、×になっていたということはありませんか」

雄太は、驚いて答案用紙を覗き込んだ。

「あ」

ようやく意味がわかったようだった。

「ああ、ほんとだ！　合ってる。よ〜かった！」

母親と同じリアクションだった。雄太の顔を見て、あきれてしまった。なんと満足そうな笑顔なのか。

「それさあ、センセに言った方がいいんじゃない。雄太の数学って何センセ？」

ガイチャがそう言いながら、席を立ってきた。

「オレ、そういうのアッタマに来るんだよね」

頭をゴシゴシ掻いている。

「僕の数学は、金魚だよ」

「え～！　金魚か。じゃあ言っても平気かもな」

「金魚って先生いるの？」

孝太郎が割り込んで聞いた。

「男でね、赤い丸眼鏡して顔も丸いから、みんな〝キンギョ〟って呼ぶんだ」

ガイチャが頬を膨らませ、両手で眼鏡を作ったのがおかしいのか、孝太郎は愉快そうに、ハハハハッと笑った。それから、孝太郎は、雄太とガイチャをガッツリ見比べながら睨んで、低い強い口調で言った。

「そんなの許しちゃダメだよ」

ハッとしたように、ガイチャがうなずいた。

「だよな。雄太、言いなよ」

ガイチャの言葉に、雄太はどうしよう、というような揺れる眼差しをした。

結局、雄太は数学のテストの採点ミスについて、中学校の先生に何も言わなかったようだった。正しいことは言ってもいいはずだが、言ってみることさえしない。雄太はこのようにして、いつでもなんでも小さな胸の中に我慢という形でしまい込んで、生きていくのだろうか。

「そんなの許しちゃダメだよ」

そう孝太郎とガイチャに言われたが、明らかに生き方の違いが出ていた。

塾としては、当然だが雄太の決断を尊重した。もし学校に言うとしても、親が言うべきである。

（二十三）

六月に入ると気温が徐々に高くなり、それに伴って湿度も上がる。五月下旬に中間テストが終わったばかりなのに、一カ月後に期末テストがある。

「ねえねえ、そっちの学校さ、修学旅行いつ？」

龍介がガイチャの肩に手をまわし、聞いてきた。

「オレたち、七月一日からだよ。期末テストが終わった次の日。次の日から修学旅行だよ、めちゃキツイッしょ。で、そっちは？」

「六月二十五日からだったと思うよ。そうだよね、山ちゃん」

「そ、最悪！」

「なんで？　何が最悪なんだよ」

ガイチャが笑いながら聞き返す。ガイチャはいつでも笑いながら話す。

「だってよ、修学旅行が六月二十五日から二十七日。そんでさ、期末テストが二十九日からだってさ」

山ちゃんは不満タラタラだ。

「それ、超キツイね」

ガイチャが同情する。山ちゃんは、だろ〜って顔で、続けた。

「オレの担任ったらさ、勉強道具を修学旅行に持って行けって言ってんだよ」

「ホント〜？　じゃあ、持っていくの？」

「ガイチャ、勘弁してよ」

山ちゃんが両手を上げて、お手上げの仕草を見せた。すると龍介は万歳をして、ふざけついでに上げた手をクルクル踊るように回しながら同調した。

「先生がさ、夜見回りに行くからさ、ちゃんと勉強してろだって」

「うっへ〜い！　そのセンセ、正気か？」

「ねっ、オレらのセンセ、おかしいだろ？」


三年生は、例年修学旅行に行くとみんなでお金を出し合って、八つ橋を土産に買ってきてくれる。つい二日前、ガイチャたちのお土産をいただいたばかりだった。

「センセ〜、生八つ橋〜！」

笑顔のガイチャが代表だ。

「まあ、みなさん、ありがとう」

みんな、頬が紅潮していい顔をしている。楽しかったようだ。

「お、抹茶味、ありがとうね〜」

英語の糸田先生も目を細めている。

授業が終わって帰り際に、雄太一人がノロノロして残っている。教室にもう誰もいない。雄太が、つと立ち上がり、机のわきを通った時、ふと机の上に置いた。

「センセ、おみやげ」

小さなハスキーで言うと、すっと出ていった。

「え、まあ、ありがとう」

玄関まで追いかけていくと、もう雄太の後ろ姿はガイチャたちと交じっていた。

私の机の上には、小さな五センチほどのクリスタルの置物がある。金閣寺がクリスタルの中に鎮座していて〝京都〟の文字もある。

このことを、母親に面談の時に話した。

「ああ、そうだったんですか」

「本当にありがとうございました」

母親は一瞬驚いたような顔をしたが、ふふふっと楽しそうに笑いながら言った。

「雄太は、センセ、雄太は家にも私にもお土産なんて、な〜んにも買ってこなかったんですよ〜」

「え、そうだったんですか。すみません」

「センセ、謝らないでください。雄太は何事も一つしか見えない子なんですよ」

なんだか気恥ずかしい気分になった。

「センセ、雄太にとっては、今が中学生になって一番幸せな気分でいる時のような気がします」

「……」

「私が悪いんです。自分が頭が悪いんで、子供には勉強ができる子になってほしいって思っちゃって、無理強いしたんです」

「そのことは、悪いこととは違うように思います」

「今思えば、毎日毎日暗〜い顔して塾に通って、つらかったろうに」

「いやだとか、つらいだとかは言わなかったのでしたね」

「言いませんでしたが、気が付かなかったって言えばウソになります。なんたって、うちの主人は『やり始めたことは最後まで頑張れ』、というタイプの人なんで。それに長男ですから、『ぐちゃぐちゃ言わせるな』、って感じです。でも、今はうちの中でも明るく笑う雄太を見て、『良かったなあ』って言ってます」

進路のことは話さず、様子を見ようということになった。

学習塾の先生たちは、春から秋にかけて、各私立高校が行う塾対象説明会に参加して、各私立高校の特徴や大学受験実績など、レベルを把握する。それを塾生の保護者に情報提供をし、私立高校が開催する中学生・保護者対象の説明会に、親子で参加してもらう。公立・私立どちらを第一志望校にするのか、第二志望校はどこにするのかなど相談には乗るが、基本的には親子がすべて決める。

「私立高校選択については、親子が高校に足を運び受験校を決める」、これが、埼玉県独自の方式である。自分の進路は自分で選択する、が基本である。大変だとか、どうしたらいいのかと悩む家族もいる。それに対し、アドバイスするのが学校や塾などである。

中学校も熱心に進路指導をする。学習塾も進路指導をする。私立高校に対しての情報は、ややもすると塾のほうが中学校よりも多く、正確なデータを持ってしまう。しかし私は、生徒が日々通う中学校を軽んずることは避けたいと思っている。

期末テストでも雄太は、数学は三十二点取れた。通知表には「数学に対する意欲があり、関心もあり態度は良好だ」というようなことで、評価が1からなんと3に上がった。中学校の三者面談では担任の先生から、「どの教科も意欲的になり、特に数学をよく努力するようになった」とほめられたという。雄太の数学力は、実際はかなり低く、機械的に点数を取らせているだけであった。

この雄太に、高校入試に向けての作戦を組まなければならない。

糸田先生、瀬之川先生、そして、夏期講習からは理科専門の先生と社会科専門の先生も加わり、今年度の三年生の全体の状態を確認して、底上げ作戦を図る。

「どこの高校でも、入れれば公立でも私立でもいいって主人が言ってます」

涼しい顔をして、雄太の母親は言う。

「そうおっしゃられても……雄太君に高校三年間をできるだけ有意義に過ごしていただきたいですから、じっくり探しましょう」

「いいんですよ。あの子の成績を見ればわかります。仕方がないんです」

だからこそ、雄太の将来を慎重に考えるべきだ。どこの高校でもいいわけがない。

塾では毎年、数学が飛び抜けてできるようになる生徒は出る。どういうわけかガイチャと孝太郎が、数学を競うように勉強し始めた。二人とも、飛躍的に数学が伸びてきている。

私立高校の学習塾対象説明会は午前中に行われ、弁当など昼食を用意されていることが多い。知り合いの塾の先生方と食事をして帰ると、生徒が来るほんの少し前に塾に戻ることができる。暑いせいか、軽い疲れが残った。

女性の塾の先生たちはみな、溌溂《ハツラツ》としている。彼女たちは、小さな個人塾の経営者でもありながら講師でもあり、雑用全般をこなす。今日のメインの話題は「小学生の英語教育」の指導方法から、「小学校の英語教育の現状」についても話が及んだ。英語が得意な先生は、そこに生徒がいるかのように声を張り上げ、熱弁をふるう。とりわけ、学校の英語教育批判をしがちだ。しかし、現在の小学校教員たちにしてみれば、小学校で英語を教えるなんて、思いもよらないことだったろう。外国人講師に日本人の補助ＡＬＴの先生が付くとはいっても、現場は大変なはずだ。塾の女性の先生たちは、それぞれが日々たまっている鬱憤《うっぷん》を晴らすかのように、元気に話し、笑い、食べる。

小休止をして、塾に戻った。塾がいささかにぎやかであることに気づく。なんとなくワサワサが残っている。真ん中に事務室があり、両サイドに教室がある。教室のドアは開け放しておくようにしているので、教室の状態が手に取るようにわかる。私が自分の机に着くと、両方の教室から生徒たちの視線を感じる。

振り向いて、三年英語Bの方を見ると、壊れそうなほど笑いをこらえているガイチャと目が合う。

どうした？　とアイコンタクトすると、泣きそうな顔をして下を向く。その横の孝太郎を見ると、我慢のポーカーフェイスだ。頬がピクピクひきつっている。私と目が合いそうになると、井上まりは真っ赤な顔をして下を向く。よく見るとガイチャは顔を隠しているが、大笑い状態だ。そして、机の下で前を指さして私に見るようにジェスチャーをしている。

立ち上がってそっと教室の中をのぞくと、糸田先生が真っ赤な顔をしてうずくまっている。そして、ヒィーヒィー笑いながら涙を拭いている。

「すみません、すみません」

「どうしたのですか、一体」

「い、一度笑ったら止まらなくなって。すみません。本当にすみません」

すると、みんなが弾けるように声を出して笑った。反対側の三年英語Aの教室では瀬之川先生が、これも顔を真っ赤にして笑いをこらえている。両方の生徒たちもほとんどの生徒が笑っていた。

時計を見ると、始業時間から六分経過している。

「糸田先生、外の空気を吸ってきて」

「ええっ、だ、大丈夫です」

まだ笑っている。ツボにはまってしまっている。

「ま、落ち着いたら戻ってきてください」

背をたたいた。真っ赤な顔をして笑いのツボから逃れられないでいる。ホイッと背中を押した。

「あ、ここからですね。始めますよ」

少し笑っている生徒もいたが、無視して糸田先生の代わりに授業を開始した。慌てたように、隣の教室でも授業が開始された。五分もすると糸田先生が息を切らして入って来た。

「一周してきました。すみませんでした」

アハハハッと、今一度健康的な声を出して笑った。生徒たちはにこやかに彼を迎えた。

「塾長、ありがとうございました。じゃあ、僕がやります。すみませんでした」

「はい、ではここからお願いします。次は戸野川君からです」

両方の教室とも静かに授業が始まった。授業を五分延長した。

「宿題は黒板に書いてあります。では、終わります」

糸田先生のその言葉を、待っていましたとばかりに、にぎやかな会話が飛び交った。

「塾長、すみませんでした」

糸田先生の言葉が終わらないうちに、Aの教室からにぎやかな笑いが起きた。

「やだよ、やだってば。じゃあ、な」

柳ひびきが出てきた。ワァワァ言いながらひびきの後について、みんなも玄関に向かった。「さようなら」「ありがとうございました」と出ていく。普段みんなとあまり交わらないひびきが、珍しくみんなに囲まれている。

手を洗って戻ってきた糸田先生と、ガイチャたちが盛り上がっている。

「でもさ、あれはないよな」

笑うガイチャに、糸田先生もウンウンうなずいて面白がっている。

「僕はアリだと思うな」

孝太郎が意見を挟んだ。聞いているとどうも、今日は塾でマイケル・ジャクソンをかけていたようだ。そこにやって来た柳ひびきが、スイッと立ってムーンウォークを踊り始めた。他の何人かも踊り始めたという。

「で、なんで笑ったの？」

そう聞いただけで、みんながまた腹を抱えた。

「いや、塾長、あのですね、なんというか、ひびきのムーンウォークは奇妙な動きなんですよ。こうだっけ」

瀬之川先生が振り付きで説明した。

「いやいや、こうでしょ」

ガイチャが奇妙な動きをする。それを見て残っていた数人が、ああだこうだ身振り手振りで踊る。どうも、見たこともないようなムーンウォークになっている。

「ムーンウォークって、そうだっけ」

素朴に聞いた私に、再びみんなが笑う。

「だから、笑っているんです」

糸田先生の笑いのツボは消えていなかった。

「でもさ、ダンスなんか、音楽聴いて自分の好きなように踊るんでいいんじゃないかな。むしろその方が自然だよ」

孝太郎の言葉にガイチャは言う。

「でもさ、あれはどうも奇妙な動きだよね。タコっぽくない？」

「ひびきは、あれでいいんじゃない？」

孝太郎の言葉にガイチャは納得顔だ。

「そうか、ひびきだもんな」

「孝太郎君の音楽を聴いて自分のダンスをするって、いい考えですね。まあね、マイケルのムーンウォークというと、少々語弊はあるかもしれなくてもね。あ、私も見たかったなあ」

そう言うと、またみんな笑った。

「さて、終わりにしましょう。お帰りください。遅くなりますよ」

玄関を出ていく時、孝太郎が振り返って言った。

「塾長先生、だけども僕が面白いと思ったのはまだあります」

「まだあるのですか」

「糸田先生や瀬之川先生の踊りがね、結構イケててさ、チョ～面白かったよ」

「孝太郎、早く帰りな、さっさと帰りな。なっ」

糸田先生が真っ赤になり、帰りを促した。

「あ〜、そっちもウケてたよね〜」

「こら、ガイチャも余計なこと言わずに帰りな」

瀬之川先生も冷や汗をかく。

「そうなんですね。やっぱり私も見たかったな。ちょっと、やって見せてくれません？」

「いえいえ、大丈夫です。はい」

ごちゃごちゃと照れたり笑ったりした。


翌日、孝太郎が早めにやってきた。

「こんにちは〜」

ボソッと言うと、宙を見ながら耳をそばだてて、何やらうなずいて席に着く。腕を組んだまま身動きしない。音楽を聴いているのだ。塾ではよくジャンルを問わず音楽を流している。今日はバロックをかけている。孝太郎は、時々こうして古い安っぽいラジカセで流す音楽を聴いてくれる。こういう時の彼の姿を見ると、誰も声をかけない。

もともと数学も英語もよくでき、他の教科も通知表では4か5を取っているが、音楽だけが3だ。そんな知的な思慮深い目の孝太郎は、圧倒的な存在感を示している。

曲に魂を奪われたかのような恍惚とした表情をする時、孝太郎はしばらく身動きしなくなる。今日も腕を組んで、かすかに指と足でリズムをとりながら音楽に心酔している。目は開いているのか閉じているのか。

「鎌倉君は、音楽、好きですね」

曲の合間に声をかけた。

「え〜っ、はい、好きです」

ちょっと驚いたように目を見張った。孝太郎は大人びた表情で少し天井を見上げてから、クックッと笑った。

「センセ、ボクが音楽の成績、悪いからですよね」

私はアタリ、というふうに、あえて声を立てて笑った。

「センセ、どうして音楽まで通信簿に付けるのかなあ。ボクは音楽なんて評価しなくていいんじゃないかと思います。音楽の基礎知識は習ってもいいよ。でもね、この前なんか、ベートーヴェンの曲を聴いて、『この曲はこういう曲でここはこうです、この辺はこういう情景です』なんて、音楽の先生が説明するんです。ナンセンスですよ。だめですよね」

「鎌倉君！　なるほど、いいね」

それから二人で、ですよねと笑った。実際、誰かが付けたり訳したりしたガイドに沿って曲の鑑賞することって、どうなのだろうかと考えてしまう。海外の音楽を聴いて言葉がわからなくとも感動は生まれる。また、和太鼓は音だけで、人々を魅了するではないか。

そこに、何か必死の目のガイチャがやってきて、ドカンと席に着き、数学をやり始めた。近頃は数学に取り組んでいる姿を目にすることが多い。今日はいささかとんがっている。孝太郎は声をかけない。

「そうは言っても鎌倉君は音楽の時間、まじめにやっているんでしょう」

「音楽の先生が、曲を聴いているのにうるさいんですよ」

「うるさいんですよって、授業ですもん、何か説明されていたのではないのですか」

「そう、その説明ってのがうるさい。しかも長い。ホント長いんです。静かに聴かせてほしいんですよ」

「ん、そうか……で？」

「……でっ、て？」

「静かにその音楽の先生の授業を受けてた？」

孝太郎は、参ったなあというふうに長めの髪をかき上げた。髪をかき上げながら笑った。その仕草に、おっ、青年への階段を上っていると、刺激的に感じられた。

「その笑いは、なんか言いましたね」

「はい、言いました。……静かに聴かせてくれって」

「本当？　それだけですか」

「本当ですよ。あ、うるせえな〜って、つぶやいたかもしれない。音楽の先生、耳がよくって聞こえちゃったらしい。すみません」

「ま、私に謝られてもね。音楽の先生だけに、耳がいいのは良いことじゃないかしらね」

二人して笑ってしまった。しっかりと自分の立ち位置を主張する力を持っていることに、鎌倉孝太郎の未来と生き方を見せられたような気がした。さらに、こんな中学生がいるということに、頼もしさと愉快さも感じた。学校の音楽鑑賞では、どのような情景を作曲した曲かという説明を受けてから曲を聞いて育った私としては、孝太郎の意見は新鮮だった。恐らく、ほとんどの生徒は今聞こえている音楽と説明された内容を、どのようにして結び付けるというのだろうかと考えさせられ、孝太郎の言い分に感心した。


国語の授業が終わっても、ガイチャの表情は硬かった。

「先、帰ってて。ちょっとセンセに話」

雄太にそう言うと、ゆっくりと片付け始めた。

「うん、じゃあ、先、帰るよ」

雄太が帰っていった。が、ガイチャは迷っていた。迷いながらもおもむろに立ち上がるとやってきた。

「はい、どうぞお座りください」

椅子をすすめた。今日は中三の国語が最後の授業で、他には先生も生徒も残っていない。

国語だけは一クラスしかないので、満席の状態で授業をする。数学や英語が苦手な生徒にも、積極的に自分の考えを発表してもらう。だから国語は面白い。文法を説明した後に、短文作成をしてもらう。例えば連体詞の〃あの・とんだ・わが・あらゆる〃などを使って、短文を作ってもらい、体言に接続しているかを確認しながら進める。生徒には順番に当てて発表してもらう。ここでは空想も幻想も思い込みも、文法的に正しければＯＫである。例えば「私は、あらゆる動物と話ができる」「火星旅行はわが家の夢だ」など、みんな楽しんで作文する。練習問題は、最後に取り組むことにしている。

ガイチャは話しにくそうだった。どう話そうかと考えあぐねている様子だった。一口お茶を飲んでニッと笑いかけると、さらに困惑した暗い目が揺れた。

「あの……センセ、僕の母さんが入院した」

ボソッと言った。

「お母さんが、そうだったの。いつですか？」

「昨日の夜、なんか心臓が苦しいとか具合悪いとか言って、救急車で運ばれて……入院してます」

「救急車でですか。で、具合はどうなの？」

「今は、落ち着いているみたい。だけど、検査とかあるから少し入院するんだって」

「そうなの、それは心配だわね。具体的にわかったらまた教えてね」

「医者は、過労じゃないかとか言ってます」

「過労ですか」

途方に暮れているガイチャを前に、気の利いた言葉が出てこない。気持ちのやり場がないガイチャに寄り添うだけでいいのかもしれない。

「じゃあ、ガイチャ、晩ご飯まででしょ。一緒に食べようか」

「……うん」

ほんの少し頬を緩ませた。幼い時から剣道をしているガイチャは、ガッチリしているはずなのに、彼の体が心なしか小さく感じる。中学生ってやっぱりまだまだ小さいなあ、と感じる。

二階の自宅に生徒を入れることはめったにない。

「うちにあるものでスパゲティ作るから、がっかりしないでね」

ガイチャは、白い歯を見せた。

ウインナーソーセージとセロリ、マッシュルームなどで、スパゲティをかなり多めに作った。いろどりに、ピーマンを添えた。さすが中学三年生、ぺろりと平らげてくれた。

「お腹空いてた？」

と聞くと、にんまりして、はいと答えた。

「よ～かった。では食後のスペシャル・ティーを入れますね～」

カモミールティーを入れた。ほのかな柔らかい香りが室内を漂う。

「あ、うまいっす」

カモミールの香りをかいだりカップの中をのぞき込んだりしながら、徐々にいつものガイチャに戻りつつあった。

台風が近づいていることをテレビのニュースが伝えている。

「母さん、疲れてるのかな。毎日忙しそうだったし」

ぽつりと言った。

「休みはないの？」

「日曜は休みだけど、休みは家のことで忙しいし」

お茶を飲み干した。また、暗い重い表情のままだ。

「オレの、……オレのね」

「ん」

オレの、とは、ガイチャが小学生だった頃の友達とよく会話している時の言い方だった。

「オレの……」

言葉がとぎれた。もうあの頃の小学五年のガイチャではない。カモミールティーを口に運んだガイチャの目は、壁にかけてある絵を注視している。しかし、何も見ていない。

「母さんね、オレのね、剣道の大会がある時なんかは必ず来てくれるんだ。忙しくても、疲れている時でも」

「ガイチャの剣道している姿、お母さん、きっと好きなんだろうね」

「ちっちゃい時から、母さん、いっつも来てくれるんだ。遠いところでやっている大会でも、いっつも来てくれるんだ」

母子の強いつながりを、尊く感じた。

「お母さん、すごいね。じゃあさ、お母さんが退院したら少し手伝ってあげるといいよ。

食器洗うくらいはできるでしょ」

「うん、そうする」

ガイチャはちょっと湿った目でうつむいた。歯をかみしめている。

「あ、そうだ、そうすると今日は、お父さんと二人だね。ご飯食べちゃって良かったのかな」

ガイチャは一人っ子だ。ガイチャはふと目を上げた。

「うん……。父さんに、ちょっと出かけるから適当になんか食っとけって言われた」

「そうなんだ。じゃあ、ちょうど良かった。一緒に食べられて私も楽しかったよ」

「センセ、ごちそうさま」

ガイチャがゆっくり立ち上がった。

「いつでもお腹が空いている時は、来てくれて構わないのよ。いつでもおいでね」

ガイチャは一瞬、動きを止めた。うめくように深く低く、そして腹の底から言葉を吐いた。

「父さんさ、出かけるのをさ、母さんに言うなよって言うんだ。……でもさ、オレさ、オレ、母さんに内緒なんてできない」

これが、ガイチャを憂鬱にしている原因であることを感じた。困った、実に困った。

「お父さん、仕事?」

「今日、泊まってくるって。絶対、絶対母さんに言うなって、出かける時にまた言うし」

「そうだったの」

テレビは、交通事故のニュースを報じていた。ガイチャはテレビを見るともなく握りこぶしに力を込めた。

「父さんなんか、事故に遭っちゃえばいいいんだ」

吐き捨てるように言った。

「ガイチャ、そんなこと言っちゃあだめだよ。言ってはいけないことってあるんだよ」

「……」

冷蔵庫からアイスクリームを取り出した。

「お、冷たくておいしそう」

男っぽく言う私に、ガイチャはニッと口元をかすかにゆがめた。

いつからガイチャは口元に表情を持つようになったのだろう。急に青年を感じた。こうしてこの少年もさまざまな困難と共に成長していくことを、その表情に感じた。みんなこうして成長していくのだ。

重い空気はアイスクリームの甘さに溶かされていった。

どう言おうか、迷いながら言った。

「ガイチャ、あのね、お母さんはガイチャがどうしたら一番喜ぶと思う？」

「ええとぉ〜、やっぱ、元気になってもらうことだから、だから、うんとぉ〜、母さんの手伝いかな」

「そうね、それはいいね。それは大事なことね。もちろんそうだけど。一番喜ぶのはなんだろうね。お母さんの頑張りは、どこから来ているのだろうね」

宙を見ている彼は、考えを巡らせている。

「もし、もしもよ、私がガイチャのお母さんだったらね、お母さんが入院している間もね、ガイチャが元気で学校へ行っているかなとか、ご飯はどうしているかなとか、お母さんはガイチャのことが心配で心配でたまんなくて、今にでも家に帰りたいと思っているわよ」

ガイチャは、ハッとしたように顔を上げた。

「ん、ちゃんとやる」

「もう中三のガイチャなのに、お母さんの中ではまだまだ小さい頃のガイチャなんだね。ガイチャがまじめに学校に行って、しっかり勉強することが、お母さんの支えになると思うな。お母さんはそれだけで、いくらでも頑張れると思う」

ガイチャは目を見開いた。

「ウン」

ンに力を込めた。

「遅くなっちゃったけれど、ガイチャ、大丈夫？」

「はい、平気です」

外へ出ると、二人してなんとなく夜空を見上げた。ニュースの通り、台風が来ているのだ。暗い重たい雲は奇妙な動きをしていた。風も出てきていた。ガイチャは何度も何度も夜空を見上げながら、自転車をこいで帰っていった。

「センセ、母さん、帰ってきた」

数日後、幼子のような明るさを見せたガイチャは、お父さんのことを、どうケリをつけたのか。その後は授業が終わると、ガイチャはいつも通り友達とにぎやかに帰っていった。時々ニッと笑顔を送ってくれる。

（二十四）

「センセ、覚えていった漢字、できたよ」

「オレもさ、社会も覚えるとこ、ちゃんとやっていったら書けた」

「ああ、あれね、できたできた」

　夏休みが終わり、中学校では復習テストが行われた。たいていは、二学期が始まった日の次の日が復習テストだ。みんなご機嫌だ。

　この復習テストは、軽く復習するだけで結構いい点が取れる。すなわち生徒に夏期休暇中に少しでも勉強してほしいという、教員の温かい願い的なもののように感じられた。みんなが普通に復習していれば、結構いい点が取れる。みんながいい気分になって、気持ちの良い二学期のスタートを切れる、そんなテストだ。

　しかし、そんなテストなどがなかった私の中学生の頃は、純粋に、学期の初めに友達に久しぶりに会うことの喜びが大きかったように思う。

九月の第一日曜日は、全県の三年生ほぼ全員が業者テストを受ける。実質、入試に突入しているといっても過言ではない。

そして、業者テストが終わったその日の夕方、塾では三年生の第一回目のボウリング大会を開く。夏休みの間、頑張ってきたご褒美である。実際、彼らはよく頑張ってきた。その三年生の学習への向かい方を、下級生が見ている。

ボウリング大会の次の授業では、三年生に対して厳しい話が待っている。受験生みんなに、一層学習に向かうように環境作りをしていかなければならない塾の使命がある。そして、今後の各教科の学習の仕方について、かなりしっかり伝える。

「これからは、毎月業者テストを受けていきます。ところで……みなさんには夏休み前にもお話ししたと思いますが、学校のある日は五時間、学校のない日は十時間学習、家で勉強していますか」

目が泳ぐ者、そらす者、きっかりまっすぐ目を刺す者、それぞれだ。

しかし、彼らの体から発せられるエネルギーから、彼らの心構えが伝わってくる。

「センセ、それって調べるんですか」

山ちゃんが不安げな声を出す。

「調べることはしませんよ。今まで通りです」

「じゃあ、いいよ」

「山根君、テレビを見てもいい。ゲームをしてもいい。勉強してもいい。一日の時間は何時間あるのですか」

「はい。二十四時間です」

山ちゃんはニンマリだ。

「ですね。では、大好きなゲームをして、テレビも見よう、ね。時間はたっぷりある。部活はない」

みんな、ムムムッと、変な顔をする。

「では、ゲームをするとかテレビを見るとか、勉強するとかを決めるのは誰ですか。どうですか、井上さん」

井上まりは、困った顔をした。

「誰か、どうですか」

「決めるのは自分」

山ちゃんが答えた。

「だね」

ガイチャが賛同した。

「そうですね、その自分が、今勉強するのか、ゲームするのかを決めますね。自分の胸の中の自分としっかり向き合って、闘ってください。立派な自分を自分で作っていってください。決めるのは自分です」

中学三年生の二学期ともなると、部活動は一学期で終わっているし、しなければならないことは高校受験勉強だけだ。実際はみんなわかっていることだが、わかっていることと実行できることは、一致しない。それでも、〝決めるのは自分〟という言葉が生徒から出たことに、少しほっとした。

「時間の管理は自分ですること。おうちの人に言われてするなんて、中学三年生としては寂しいよ。ま、私が一日中見張るわけにはいかないし、ですか」

「先生がみんなを一日中見張ってたらって、うちに来て見張るって、ありえないなあ、へへへっ」

山ちゃんの妙ににんまりした顔に、みんな笑った。

「今回の九月のテスト結果が出たら、お父さんやお母さんと進路について面談します。そこで、最近のみなさんの家での学習状況を伺ったり、進路について伺ったりします。塾での様子も、ありのままお伝えします」

「ありのままですか?」

また、山ちゃんだ。ちょっとクスッと笑いも起こり、楽しげなモードに変わる。

「そうです。みんなが塾ではどれほどまじめに頑張っているかをお話ししますよ」

山ちゃんは、ウンウンとおどけた。少しみんなはうれしそうだ。ほっとしたような、和んだ空気になる。

見ると、ガイチャはノートとみんなを交互に見ながら、口をきつく結んでいる。手は休んでいない。どうも英語のスペル練習をし続けているようだ。

「あ、私はイヤだな」

不意に、小川昭子が不満げに言った。みんな、昭子を見た。

「何がイヤなんだよォ?」

龍介が問う。みんなが〝そうだよ〟という雰囲気で、昭子を見つめる。

「だってさ、ここの塾の人たちったらみんな、私以外みんな宿題ちゃんとやってくるし、それに……」

みんな、昭子の次の言葉を待った。

「で、それに……何」

きつい調子で龍介が促す。昭子は指をいじりながら続けた。ちょっと口がとんがっている。

「それにさ、みんな授業中、絶対しゃべんないじゃん。ず〜っとしゃべんないんだよ。誰もしゃべんないじゃん。ありえない」

声にならない驚きの声が広がり、あちこちで視線が交錯した。昭子が続けた。

「それにさ、帰りはみんなすぐに帰るしさ」

さらにみんな、驚きだ。ガイチャの目が動いた。昭子をとらえた。ガイチャが口を開こうとした。その前に、私が昭子に問いただした。

「授業中にみんなで楽しくおしゃべりしたり、宿題は適当にしたり、スマホいじったりの方が、昭子さんはいいですか」

「そうじゃないけどさ、ここの人たち変」

「みんなが変なのですか」

笑う者もいる。

「何、なんで笑うのォ？」

昭子はちょっとふてくされた。その時、孝太郎がなだめるような、大人びた言い方をした。

「小川さん、塾に来ているんだよ。みんなは授業を受けに来ているんだ。みんな勉強しに来てるんだよ。小川さんが宿題してくるとかしてこないかなんて、僕たちには関係ないんだよ」

孝太郎は腕を組んだまま下を向いて、不快そうに続けた。孝太郎の気分はすでに、授業態勢に入っている。

「だからさ、授業時間中は静かにしていてくれればいいいんだよ。邪魔しないでくれればそれでいいいんだよ」

「私、邪魔なんかしてないもん」

「そうですね。邪魔はしていませんね。そういうことでいいですね。さあ、授業開始、開始です」

言いながら、みんなを見渡した。すでにガイチャはきっかりと授業モードの眼差しで、単語を書き続けていた。本気モードだ。

私は聖職者ぶって話すのが苦手だ。みんなが問題を抱えたまま、みんながじっくり決断していく方がいいと考えている。

昭子は中三の夏休み前に入塾してきた。通常は中三のその時期の入塾はないが、中学校の制服を着て、困り果てた様子で、たった一人で訪ねて来たのだった。

「今の塾の帰りが十一時過ぎで遅いんで、で、私が親に怒られるから。で、親が塾、変われって怒って。で、母がこの塾に行ってみなって」

「どうしてそんなに遅いのですか？　塾の終わる時間は何時ですか」

「塾はね、九時半とかに終わるんだけどもね。なんかさ、みんなね、塾終わってから先生と話したりしてるんだ」

「塾の先生とですか？　じゃあ、何か質問とかしてるの？」

「違うよ、みんなおしゃべりして遊んでるの」

「でも、帰りなさいって言われるでしょう」

「言われないよ。だってさ、先生っていってもさ、大学生の男の先生で、で、ずぅ〜っとふざけてて、みんなで話してるんだ。センセたちも楽しそうだよ」

「誰も帰らないの？」

「だいたいの男子は帰るよ。だけど女子はだいたい残っている。でね、けっこう楽しいんだよ」

「それは、おうちの人が怒るわよ、真夜中でしょう。一体何時頃までおしゃべりしているの？」

ケケケとだるそうに笑った。

「十一時近くかな。で、ねえセンセ、この前にね、十一時過ぎてしゃべっていたらさ、パトカーで警官が来たんだよ。パトカーだよ」

「あら、大変」

「でね、警察の人がさ、みんなの親に電話してさ、大変だったんだから」

昭子はあれこれとその時のことを詳しく話した。当の昭子はとても楽しそうに話すのだ。

「今は、どうなの？」

「他の人は知らないけど、私はさ、十一時ちょっと前には塾出ないと、うちに十一時までに着かない。怒られるからさ、でね、十一時ちょっと前にダッシュで自転車とばす」

「誰に怒られるの」

「父です。父は厳しいんです」

急にまともな言い方をした。パトカーが来てからは、その塾でも遅くまでおしゃべりをしていると、帰りなさいと促すという。

「でもさ、結局はさ、十一時近くまでしゃべっててさ、私は、ダッシュで帰る」

ケケケと笑う。それは夜に遊ぶことに慣れ始めている、危険な笑いでもあった。

昭子が来た次の日、母親が面接に来た。小川昭子の母親はとても小柄だった。

「なんだか昭子はこの頃口汚くって、私の言うことなんかは、もう全然聞きません。主人は主人でそんなに帰りが遅い塾なんか、もう行かせるな。もうお金払うなって怒りましてね、昭子は私の言うことなんて聞きませんので、主人に直接昭子に言ってもらったのですよ」

母親は両肩を落として、静かに息を吐いた。そして話を続けた。

「主人と昭子、それはもう大げんかですよ」

聞くと、父親は私立高校の教師だという。母親は、ずけずけとした物言いの昭子とはまったく違って、少しおどおどしたような話し方だったので、意外な気がした。

「私なんか、蹴っ飛ばされそうで、恐ろしいんですよ」

「え……」

「昭子ですよ。怒ると床をドンドン音を立てて、なんか男の人みたいに歩くんです」

なぜか、なんだかクスッと笑ってしまいそうなものを感じた。ほとんどの家庭で抱える、この時期の家庭内紛争だ。こちらは慣れているけれど、母親ともなるとそうはいかないだろう。

「でもね、同居しているおばあちゃんが、私の代わりに逆に怒ってくれます。主人の方の母なんですが」

「それで昭子さんは、おばあちゃんにはどうですか」

「ええ、それがおばあちゃんには口答えしないんです。陰で、小さい声でモウッとかクソッとか言うことはありますが、どこかおばあちゃんには言ってはいけないという、なんていうか、そういうのがあるのでしょうかね」

「お母様が、おばあちゃんを大切になさっていらっしゃるからではないでしょうかね」

「どうでしょうか。おばあちゃんも、中学三年だというのに、こんなんじゃあ昭子が不良になっちゃわないかね、と心配しています」

広げられた昭子の通知表の評価は中くらいだが、七月の業者テストの偏差値は、それよりかなり厳しい。

「この時期からですから、他の塾も回って見学をしたり、体験をなさってみてはいかがでしょうか。中学三年生ですから受験もあります。どこの塾に入られても、もう最後までやっていけそうなところを選んだ方がよろしいと思います」

「あの、先生、ここの、先生のところに入れてもらえないのでしょうか」

「それはもちろん、構わないのですよ。でも、他の塾も見学なさってはいかがでしょうか」

私は、他塾も体験してのうえで、当塾への入塾を希望される方がいいと思う。

「いえね、ここの塾に昭子を入れてほしいのです」

「ここの塾は、どこかでお聞きになられましたか」

「実は、私のパート先にここの塾にお子さんが来ていたというお母さんがいるんです。落ち着いてしっかり勉強していけて良かったと、言っていました」

次回、昭子が来た時に、宿題をすること、休まないことを約束させた。


ガイチャと孝太郎は競い合うように、受験勉強に向かい始めた。龍介も井上まりもそれに加わり、やがてみんなの目の色が変わってきた。


井上まりは、いつも早めに来て本を読んでいる。髪の毛が細いのか少ないのか、まりのおさげは頼りないほど細くて長い。まりは、来たばかりのガイチャを振り返って話しかけた。おさげが躍る。

「ガイチャはさ、このテスト受けるのイヤじゃない？　これから毎月でしょ」

「べ～つに～」

ガイチャは驚いたような、優しい笑みを浮かべた。

「私ね、あまり好きじゃない」

「え～っ、なんで？　好きとか嫌いとかって考えたことないな。そんなこと言ってられないんじゃないの。なんでイヤなの」

ガイチャは、次回のテストの申込用紙と受験料を手に持ったまま、井上まりの浮かない顔を見つめた。

「なんでって……」

「井上さんは、受ける高校ってもう決まってるの？　オレは、まだ全然決まってないから、だからさ、自分が受ける高校のレベルとか知らなきゃ困るし。高校を絞っていかなきゃならないんだ。それに頑張れば結果が上がってくるから、楽しくない？　オレ、第一志望校、そろそろ決めなくちゃゃならないんだ」

「ガイチャは、ポジティブだね。おうちの人に何か言われないの？」

「べ～つに～、うちの親は井上さんとこと違って、高いとこ求めてないし、ま、期待されてないってことかな」

「あ～あ、もうすぐこの前の結果、来るよね」

まりは、左手でおさげの先をクルクルまわしていた。

「親の言うことでそんなに落ち込むんだ。オレなんかさ、今時、この時期にだよ部活の顧問に後輩の指導に週一か二は部活に顔を出せって言われててさ、すんごく迷惑してるんだけどさ」

「ガイチャ、まだ行ってるの、部活」

来たばかりの雄太が口を挟んだ。

「たまにはね。すんごく迷惑だけど、逆らうのも面倒くさいしさ。雄太は、もともと何も言われなくていいよな」

雄太は、乾いたハスキーボイスで笑った。

やがてみんな揃って、授業が始まった。毎月、ただ業者テストを受けるだけで、中学三年生は少しずつ緊張の渦にのみこまれていく。

（二十五）

埼玉県の中学三年生は、高校選択の指針を得るために、九月から十二月、一月まで毎月こぞって業者テストを受ける。業者は長い年月のデータの蓄積があるので、私立高校・公立高校の進学実績等、多くの情報を持っている。その信頼度も高く、八割以上の県内中学三年生が受験する。

この業者テストは、過去には中学校内で行われていた。中学校の教員が生徒の進路指導にこの資料を使い、中学教員による、公立高校・私立高校への生徒の割り振りのようなことが行われた。

業者テストが中学校の授業時間内に行われたことや、その他の問題も発覚した。これに対して、旧文部省は全国の中学校に対して、学校内における業者テストを禁止した。いわゆる業者テスト追放問題である。マスコミ等でも連日取り上げられた。

全て、業者テストが悪であるかのような袋叩きに遭いながらも、埼玉県最大の業者テストは、無言のまま改革に取り組んだ。これまでの中学校や私立高校との特別な関係をいっさい取りやめ、中学三年生個人が任意でテストを受け、その結果も個人のものとなることに徹底した。業者テスト創業者は、創業時の標準テストの初心貫徹に挑んだのだった。そして、このテストが公正公平な標準テストとして、受験生に役立つように徹底したのだった。それはすぐに信頼を回復し、支持されていき、今日に至る。

昨日、柳ひびきが公立高校一校しか受験しないと言ってきた。すべり止め校を受験しないと言う。ひびきの中学校の評価はかなり低いが、業者テストではそれほど低くはない。公立一校受験となると、かなりランクを下げて受験することになるだろう。ひびきは人とのコミュニケーションがうまくない。ややもすると、相手に不快感を与えかねない話し方をする。ご両親のお話を伺ってみなければならない。親子喧嘩をして、受験校を公立高校一校にしてしまう生徒もいるからだ。

九月のテストが終わると、中学三年生は次々と十月のテストの申し込み用紙と代金を持ってくる。それを塾がまとめて代行で銀行に振り込む。振り込みを終えて外へ出た。雲一つない秋晴れの空は快適な青だ。どこまでも青だ。

銀行の裏手の駐車場へ行こうとした時だった。

ふと、か細い声がした。

「先生……」

振り向くと懐かしい顔があった。

「鮎子ちゃん……」

鮎子ちゃんは小学校一年生の時から誰とも話をしなくなった子で、五年の時から中学一年の途中まで塾に来ていた。鮎子ちゃんのその後については、ガイチャから「鮎子ちゃんは中学校に来ていないみたいだよ」と聞いていた。

「先生……」

初めて聴く鮎子ちゃんの声だった。

「まあ、鮎子ちゃん。元気してた？」

「……」

ゆっくり頭をこくりとした。戸惑いの目が浮遊していた。次の言葉を待ったが、鮎子は以前と同じように、口元をもぞもぞしている。

その時、黒いワンボックスカーからお母さんが笑いながら降りてきた。

「先生、ご無沙汰しています」

鮎子と私を見比べて、にこやかに頭を下げた。鮎子はお母さんから目をそらし、そのまま車の後部に乗り込むと、ドアを閉めてしまった。成長したその後ろ姿は、女性らしい丸みを帯びていた。

「鮎子ったら」

お母さんは、苦笑いをした。

「あの子ったら先生を見つけたら、一人で飛び降りていったんですよ。よっぽど声をかけたかったのだろうけどね」

「あ、声をかけてくださったのですよ。鮎子ちゃん、センセイって呼んでくださったのです」

「えっ、そうですか。鮎子が……」

「鮎子ちゃん、お元気そうで、何よりです。よかったわ」

鮎子は、ガイチャたちと同じ学年だから、中学三年生だ。

「センセ、アユコは今ではずーっとほとんど学校に行けてなくって、ウチにいるんです。それに今でも家族以外とはしゃべっていないんです。だから、先生に声をかけたって、なんだか信じられません」

「まあ、そうなんですか、うれしいわ。鮎子ちゃんは、おうちではどんな様子ですか」

「うちでは前みたいに暴れたりはないんですよ。ご飯を作るのをよく手伝ってくれます。

後片付けなんかもよくします」

「そうですか、えらいですね」

「でも、私は、学校に行ってほしいんですよ。半ばあきらめていますけど。学校の話をすると、あれでとても悲しそうな顔をするんですよ。たまには暴れたりもするんです」

お母さんは笑った。

「では、あのまま中学一年から……」

「そうなんですよ。今では、中学校の方も一週間に一度来て、少し話をして帰るだけです。なんだか学校の先生に申し訳ない気がしています」

「じゃあ、お勉強の方もあのままですか、少しはなさっていらっしゃいますか」

お母さんは恥ずかしそうに、頭を横に振った。

「私も教えられませんしね。……あ、先生、ありがとうございました。じゃあ、これで」

「鮎子ちゃんにまたお手紙、書かせていただきます」

「鮎子、喜びます。じゃあ、失礼いたします」

スモークのかかった車のガラスの中は、こちらから何も見えない。見えるのは窓ガラスに映った、スッキリした青空ばかりだった。

虚しいほど透いた青空を見ながら、どうにか時間を作って鮎子ちゃんの学習指導をしてあげたいと、心底思った。

授業が終わってからガイチャを手招きした。ハイハイとばかりに片付けもそこそこに、ニコニコやってきた。この子のこの白い歯を見せて健康的に笑う顔は、ステキだ。

「ガイチャ、今日ね、鮎子ちゃんに会ったわよ」

「え〜っ、鮎子ちゃんって、あの鮎子ちゃん？」

「そう、あの鮎子ちゃんに会ったの」

「うへ〜っ、鮎子ちゃんか、懐かしいなあ」

ガイチャは本当に懐かしそうに言う。

「お元気でしたよ。偶然、銀行出たところでバッタリ、というか鮎子ちゃんが声をかけてくれたのよ」

「鮎子ちゃんが！　へえ、じゃあ、しゃべってたの？」

「そうなの、鮎子ちゃんが声をかけてくれたのよ」

「そうなんだ。ひぇ〜、すっげえな。で、鮎子ちゃん、変わってた？」

「そうね、かなり身長が伸びていたわね。私よりも背は高いかもね」

ガイチャは再びひぇ〜、とばかりに笑った。

「それがね、お母さんが言うには、お話はね、今でも家族以外の人とは話さないらしいのよ」

鮎子ちゃんの体つきが丸みを帯びてきていたことについては、言わなかった。

「そうなんだ。なっつかしいなあ」

うれしそうな顔が、急にまじめになった。

「でもさ、鮎子ちゃん、勉強どうしてるのかなあ。今も学校に来てないみたいだよ。鮎子ちゃんは一年の後半から、ずっと来てないみたいだからね」

「そうらしいわね。塾にでも来てくれるといいんだけれどもね」

時々、ハガキを出すと、忘れた頃に鮎子ちゃんからもハガキが届く。字体はあの頃のまで、普段字を書いてないことがすぐわかるほど心もとない。それでもまっすぐな気持ちが伝わってくる。

学習塾という立場で、どこまで個人の領域に立ち入るべきなのか、悩ましいところである。

〝う〜ん、こんな日は旅行にでも行きたいなあ〟

ついついそんな浮わついた気持ちになってしまうほど、空高く、どこまでも空高く、秋である。

十一月も間近になり、具体的な高校名を挙げての進路相談が始まった。まず、保護者の考えを時間をかけてじっくり伺う。保護者と生徒の受験に対する考え方や、家庭内の様子もうかがえる。

この面談では、直近二回の業者テストの結果と、中学校三年生の一学期の学習の評価の結果を基に、受験校ゾーンから受験校候補を絞っていく。生徒・保護者はどんどん私立高校の説明会に行くようになる。

面談をしていると保護者から、〇〇高校に偏差値票を持って行くと、確約がもらえるとか、四月からの偏差値でいいんですってなどと、周りのお母さんたちが情報をもらってきていて、話されることがある。

「慌てずじっくり高校選びをしましょう」

と、なだめる。だいたい、早くても遅くても基準が変わるわけではないので、急ぐ必要はないことを伝える。生徒より、親たちの方が確約を得て、心に少しでもゆとりがほしいのかもしれない。

心地よい風が教室内を通り抜けていく。

保護者との面談を終えて、一休みのコーヒーの香りはことさら癒しとなる。五分間でも目を閉じると、リフレッシュできる。

五年生の算数の授業が始まった。コトリ、と音がする。ん？　と思ったが、あとは音がしない。生徒のノートを見て回っていると、またコトリ、と音がする。

「何か、音、するわね」

そう言いながら、生徒用玄関に向かった。みんながうれしそうに入り口の方を見る。この年齢の子たちは、なんでもうれしいし、興味津々なのだ。

出ていくと、お隣の星太郎《ほしたろう》君がランドセルを背負ったままで立っている。

「ママが帰ってきてない。……おうちに入れない」

「まあ、いいわよ、お入んなさい、さあ、中に入って。中で待っていようね」

私は、その可愛さに笑ってしまった。兄の灰島月太郎《つきたろう》君が、驚いて席を立ってきた。

「え、ホシタロウ、どうしたの」

兄をチラッと見て、弟は涙目になったがうれしそうだ。

「じゃあ、星太郎君はここに座って」

空いている席をすすめた。小学五年生は四人しかいないので、席には十分に余裕がある。

「星太郎君、今日、学校の宿題はありますか」

なぜかうれしそうに、しっかり「はい」と言って、ランドセルから国語の教科書とノートを取り出した。イキイキとした目は、満足そうな表情だ。

「漢字、書くの。これをね、五回ずつ書くのが宿題」

「お、小学校二年生なの、すごいね〜。じゃあ、ここで宿題をしていてくださいね」

星太郎君は、下から覗くように私の方を見て、急に可愛くほほ笑んだ。私もほほ笑み返して、肩をポンポンとたたいた。小さな肩だった。

「それでは、皆さんはさっきの続きをしましょうね」

星太郎君に気を取られていた五年生は、それぞれが自分の勉強に戻っていった。月太郎だけは、弟の方を時々見る。兄弟して、半ばテレ笑いのようなものを交わす。

授業が終わると兄弟で帰って行った。

すぐに、玄関ドアにノックがした。

「すみません、隣の灰島です。星太郎がすみませんでした。パートから少し遅れて帰ったら」

星太郎君のお母さんは、お礼を言うとすぐに帰って行った。

数日後、授業時間の始まる少し前に、ピンポーンと来宅チャイムが鳴る。モニターには子供の姿がある。見ると、星太郎君だ。

「ママがいなくて、おうちに入れない」

目がウルウルしている。

「まあ、じゃあ、中に入って待っていましょうか」

二階のリビングに招き入れた。星太郎君はソファに腰かけて、テレビを直視する。精悍な顔立ちながら、不安そうでもある。

「今日は、何時間授業だったの」

「ウントね、五時間」

「そう」

チョコレートがあるのを思い出して、お菓子の缶を持ってきた。

「もしよかったら、はい、どうぞ」

「ありがとう」

なんともかわいらしい顔が、ニコッと笑顔に変わる。チョコレートを手渡す。星太郎君はすぐに包んである紙から取り出して、男の子っぽくガブリとかじった。

「ん……」

顔がゆがんだ。

「オレ、この味、好きでない」

男の子らしくキッパリと言った。その声が意外にもかなりの低音だったのに驚かされた。

「チョコレートは食べないの？」

「ん、オレ、チョコは食べられない」

「あら、じゃあ、ここに出しましょう」

ティッシュペーパーに口の中のチョコレートを出させた。チョコレートを食べない子供がいることに驚いた。

「こういう方がいいの？」

塩味のおせんべいの小袋を渡した。じっと見ていてニッと笑ってから、袋から出して食べ始めた。

「おいしい」

かなり低い声でつぶやいた。小学二年生にして、ステキな低音だ。小学二年生にして、自分のことを〝オレ〟と言うのも、面白い発見でもあった。

まもなくお母さんが迎えに来て、うれしそうに帰って行った。

数日後のことだ。三時過ぎた頃に、チャイムが鳴った。窓からのぞくと、今日は月太郎君だ。ええっ？　と思いながら出て行ってドアを開けた。

「ママがまだ帰ってなくて、カギ、忘れてて、おうちに入れない」

月太郎兄ちゃんは、涙を浮かべている。以前、母親から、お兄ちゃんの方が弱虫のところがあって、弟の方が我慢ができると聞いたことがあった。近所の子供が、困った時に来てくれることはうれしいことだ。なんだか愉快になった。


ガイチャこと外山音哉と鎌倉孝太郎は、ゆっくりとしっかりと成績を伸ばしてきた。みんなそれぞれだが、力をつけてきているのがわかる。

雄太はわずかながら偏差値が伸びてきた。数学では、どのくらいどこを教えれば偏差値が四〇になるかがわかっているので、少しずつ引きずり上げている。面白いことに、雄太の英語はリスニングで得点していた。

だが、井上まりのテスト結果が伸びてこない。それどころか、下がってきている。

国語の授業の始まる前に、みんなにＹＥＳ、ＮＯで答えてもらった。友達の前で、自分は通常の日は五時間、休みの日には十時間勉強しているかを答えるだけだ。

「理由は聞きませんからね」

笑いながら言った。一番前の雄太のＮＯから始まり、みんなが順に笑いながら答えていった。ＹＥＳ、ＮＯ。ただ聞くだけだ。時々、笑いが起きる。笑いながら、互いが互いを高め合う。

「井上まりさん、ちょっと来てください」

授業の合間に声をかけた。

「井上さんは、ＹＥＳ・ＮＯどちらでしたか」

「だいたいは、五時間以上はしているけど、十時間はいっていないと思う」

「五時間と言っても、さっき言ったように、鉛筆を出したりノートを出したりするのは勉強時間じゃありませんよ。来週、もう一度聞きますね。じゃあ、席に戻っていいですよ」

うろこ雲が流れ、とどまることなく時が流れる。

芭蕉は〝月日は百代の過客にして行きかふ年もまた旅人なり〟とも詠んだ。

生徒の目に生徒の心が流れる。芭蕉もおそらく自然の情景を見て深く心を動かしたのであろう。秋になり生徒の心も揺れ動いているにちがいない。

井上まりには、声をかけておくだけで十分だと思っていた。だが、まりの目つきが変わってこない。どこかフワッと彷徨《さまよ》う。目つきだけではなく、心も彷徨う。この時期は彷徨ってもらっては困る。

再びまりを呼んだ。

「五時間くらい頑張るようにしています」

おさげの先を指でクルクルしながら、か細い声で言う。

「そうですか。どの教科を主にしていますか」

「えぇと、数学とか英語です。苦手だから」

ジッとまりの顔を見つめてから、にっこりした。

「あと少しですね」

机の横に貼ってある業者テストの日程を指さした。まりは、サッと頬を赤らめた。

「では、お戻りください。頑張るのよ」

「はい」

声にならない声で答えて頭を下げると、まりは戻っていった。その後ろ姿に不安が残った。ガイチャと孝太郎が、顔を見合わせた。まりは、そっと塾のドアを閉めて帰っていった。

「センセ、井上さんさ……」

奈々美が声をひそめて話しかけてきた。そこに山ちゃんが、シィーッ、シィーッと、指を立てながら割って入った。

「あ〜あ、言うか〜、なあ、言うなよ、オマエ」

「何かありましたか」

奈々美は、山ちゃんと目でバトルをしている。

「オマエってさ、ホント、バッカだよね」

「……いいじゃん」

「そういうのって、バカっていうんだよ」

山ちゃんの剣幕に、奈々美は毅然と立ち向かった。

「でもさ、こういうのって、センセに言った方がいいんじゃない」

山ちゃんがたじろいだ。それを見て、奈々美は確かめるように、ねっと小声で言った。

「でもさ、オレはさ〜、なんかやだな」

二人のやり取りを、黒板消しクリーナーのウンウン鳴る音がかき消した。

「やっぱ、言おうよ」

奈々美は、もう一度山ちゃんの目を見た。

「う……ん、そっかなあ」

二人は並んで私の前に立った。

「センセ、井上さんさ、なんか男子と付き合っているみたい」

「付き合ってるって？」

「この前、私、学校帰りに井上さんがね、男子と手をつないで歩いているの、見ちゃったんだ」

「学校帰りに……手をつないで、ですか」

「うん。学校で結構ウワサになっているよ」

奈々美の言葉に山ちゃんは複雑な顔をした。

「そうですか……」

この二人のことではないので、彼らになんら言うべき言葉はない。

「あなたたちは、それをどう思うの？」

オッ、とばかりに二人は顔を見合わせた。

「私はさ、なんとなくだけどイヤだなあって感じ」

「オレは、半分やめとけ、で、半分はいいなあって」

「ええっ、山ちゃんさ、そうなの」

二人はアハハ、と笑った。いつもの二人に戻っていった。

「なんかね、三年でそういう人、結構いるよね」

「オレのクラスにもいるよ」

「そうですか。わかりました。ありがとう」

二人は誰と誰がどうだこうだと言い合いながら、帰って行った。

「孝太郎、知ってた？」

ガイチャが小声でささやいた。

「まあね、おんなじ学校だし、そういうのって、すぐにウワサになっちゃうしね」

「ま、いいや。この問題解いたら帰ろうか」

「ガイチャ、井上のこと、ショック？」

「まあ、いいってことよ」

ガイチャはガハハハッ、と笑った。

「学校じゃあ、〝まりロス〟っつうのかな、男子がマドンナを横取りされた〜って、結構なウワサだよ」

ガイチャは数学のノートを閉じた。

「オレはさ、今、高校を決めなきゃいけないんだ。なかなか偏差値が思うように上がんなくてさ〜。行きたい学校があるんだけどね」

二人はさよならを言うと、進路の話をしながら帰って行った。

井上まりが、そんなに人気があるとは考えも及ばなかった。生徒が誰かを好きになったり、誰と付き合おうが、本来は介入しない。しかし、今は、この時期はまずい。問題は進路を決める時に起こる。親の反対を押し切って、どちらか成績の低い方に合わせて、進学先を決める。その結果、高校に入学してまもなく、付き合いをやめている。幼い恋なのだ。二人には周りも将来も、何も見えなくなってしまうのだ。このようなケースは珍しくはない。

（二十六）

　このところ、季節外れの照り付けがきつく、気温も高い。

　疲れを覚えながら玄関を掃除していると、何かが腐っている臭いがする。生ものの腐敗臭だ。あちこち掃除しながら探しても、腐敗臭の根源がつかめないまま、照り付ける西日を見上げた。明日も暑さが残りそうだ。

　ふと、生徒玄関のたたきと塀の細い隙間に、何かがある。吸い寄せられていくと、猛烈な腐敗臭だ。

　ギョッとして、身の毛がよだった。白黒の猫だった。大きな猫の屍《しかばね》から、猛烈な腐敗臭が立ち昇って漂っていた。鳥肌に襲われながら、頭をよぎったのは、あと一時間もすれば生徒が来るということだった。

　急いで区役所に電話をすると、市と提携している動物の死骸などを処理してくれる業者の電話番号を教えてくれた。

「いいですよ。夕方行きます」

「申し訳ないのですが……」

学習塾であること、あと一時間ほどで生徒が来ることなどを説明して、早急に処分していただけないか、とお願いした。快く了解してくれて、十五分くらいで来てくれた。

「どこ?」

ボックス形の軽自動車から、地味な灰色の作業着姿で、四十代くらいの体格のいい男の作業員が降りてきた。

「すみません。あそこです」

「え、どこ?」

「はい、すみません、あそこです」

指さしながら、今度は、少し根源ににじり寄った。意気地がなくなって、根源の場所まで近づいて行けない。それを見て作業員はフッと笑った。

「あの、そこの間です」

怖がっている私にかまわず、無表情で腐敗臭の根源のある方に歩いていった。彼はすぐに戻ってきて、車の後部から軍手と何やらを取り出して、再び根源の方へ戻って行った。

そして根源の猫を手にして戻ってきた。白黒の猫は大猫で死後硬直していて、作業員が一本の後ろ足をつかんでいるのに、形は動かない。彼は、それを透明なビニール袋に入れると車の後部を開け、乱暴にドカンと音を立てて放り込んだ。

作業員は軽く頭を下げて、去って行った。私はただただ頭を深く下げた。このような仕事、人々が嫌がる仕事を淡々とこなしていることに感謝した。

もう臭いの根源はなかった。だが、その辺りにこびりついている根源の記憶は、その忌まわしい気配を残して、まとわりついてきた。殺虫剤やら漂白剤やらをまいても、二、三日はその辺りを通る時、なんとなく根源の記憶が、足元をおぼつかなくさせた。

猫は死ぬ時、人目につかないところを選ぶと聞いたことがあった。都会の猫はあんな玄関の狭い隙間を選んで、死んでいった。確かに人目につきにくい場所かもしれないが、可哀想な気もした。


業者テストの結果が出ると、さっそく電話が来て、ガイチャのお母さんがやって来た。ガイチャの成績は、わずかながら上がっていた。

「外山君、頑張っていますね」

そう言うと、お母さんはちょっとうれしそうに笑った。その笑い方が、ガイチャがはにかんだ時とよく似ていた。

「でもね、センセ、実は、中学校の三者面談で、今の第一志望校は無理だと言われました」

資料を出して、内申と偏差値や昨年のデータ、高校が示す基準値等の資料を示して、十分可能性の高い高校であることを示した。

「本人も手ごたえを感じているようで、このところいい感じでガツガツ勉強し始めていますね」

ガイチャの目が、きっかりと遠くを見ているのを思い出しながら言った。

「あの……学校の先生の言うことを聞かなくても大丈夫なものでしょうか」

「学校の先生の言うことを聞くとか聞かないとか、あまり気にならなくてもいいと思います。外山君の人生ですから、どうするのが彼の人生に一番いいか、ということを考えてはいかがでしょうか」

担任の先生から「無理だ」と言われて、お母さんは動揺している。中学校も、東京の高校の資料が薄いと思えた。

お母さんの手は、あかぎれで真っ赤だ。

ガイチャは、理系の大学付属の高校を目指している。担任の先生は、「その高校は無理だ」と言ったという。困り顔のお母さんに、もう一度ゆっくり資料を示しながら、第一志望校には十分可能性があることを説明した。心配ないとも言った。

「担任の先生は、剣道の顧問の先生だから、今も週一、二回は後輩の面倒を見に来いって言われて、それでなんか、行ってるみたいなんです」

「今も……十一月になってもですか？」

「そうなんですよ。それで……担任の先生が、剣道の強い公立高校に推薦してやるって言ってて」

「外山君はなんと言っているのでしょう」

「やっぱり、第一志望校に行きたいみたいです。私の兄が出た大学の付属校なんです。音哉も伯父さんの出た理系の大学に行きたいって言ってるんです」

「だから頑張っているのですね。そうだったのですね。じゃあ、あと少し、外山君を見守ってみるというのはいかがでしょうか」

お母さんがひどいあかぎれの両手をすり合わせると、カサカサと乾いた音がした。

「そうします。音哉と相談してみます」

深く頭を下げると、愛情のこもった言葉を残した。

「センセ、音哉はオレは頭が悪いからって、小さい時から言ってたのに、この頃は人が変わったみたいに勉強していて、本当に一生懸命で、やっぱり応援したくなりますよね」

ガイチャのお母さんを見送るとき、大切な子供をお預かりしていることをひしと感じた。

この頃になると中学三年生は始業時間より早めに来るようになっていた。

「奈々美、オマエどこ受けるの？」

「私は、昆虫とかが好きだから、生物科のあるとこだよ。山ちゃんは？」

「オレさ、どこでもいいから公立に行けって親に言われているんだ。オレの親ってクソだろう」

「でもさ、うちもお金かかるから、絶対、絶対に公立に行きなって、言ってるよ」

「オレんちも」

ひびきがボソッと口を挟んだ。二人は話をやめて、席に着いた。山ちゃんは、クックッと静かに笑って、ひびきに向かって親指を立てた。

授業が終わる頃、雄太のお母さんから電話があって、夜も十時近くにやって来た。

「急にすみません。明日、学校の面談があるので、やっぱり、先に先生の話を聞きたいと思って」

「かまいませんよ。さあ、こちらへどうぞ」

「実は、主人が雄太の入れるような私立を聞いてこいって言ってまして、そんなねえ、雄太の成績で入れるような私立高校って、あるんでしょうか」

「私立がよろしいのですか」

急にお母さんは恥じらいの表情を浮かべた。

「雄太の成績があんなにひどいのに、主人ったら、雄太を大学に行かせるって。だから、絶対私立高校の方がいいって」

雄太の成績で入れそうな私立高校は、限られてくる。かなり厳しいとわかってはいるが、二、三の高校の説明会に参加して、個別相談を受けてくることを勧めた。

公立高校ならば入れる高校がたくさんあるのだが、言わなかった。

片付けをしながら、数年前のことを思い出した。「校長推薦をする」と、担任の先生から言われ、断り切れずにその県立高校に行った生徒がいた。三年たって、卒業式が終わってから彼は塾に来た。

「先生、僕は高校三年間、地獄でした。高校に行ってから、毎日毎日、死にたい、死にたいと思っていました。三年間ずっと、ホントにね、死にたい、死にたいと思っていました」

暗い表情で、かみしめるように死にたい、死にたいと繰り返しながら、記憶を振り払うかのように頭《かぶり》を振った。

「毎日、授業は先生の机の前の何人かしか聞いていない。あとの人は、寝たりしゃべったり、スマホいじったり、勝手していたよ。それに、いつも十人くらいは学校を休むんだ」

彼の高校の卒業率は50％ほどだった。

「それでも毎日高校に行ってたのね」

「……うん、まあね。死にたいと思ったけどさ、親が悲しむと思ってね、死ねなかった。母さんを悲しませたくなかったんだ。親のことを思うと死ねなかった。毎日、高校も行ったし」

「そうだったの。すごいわね。よく頑張って卒業したじゃない」

彼は、ニッと笑った。

「電気科の先生がね、ここにいるうちに資格を取りなさいって勧めてくれて、それにもう一人、一緒に頑張った友達がいたから助かったんだ」

少し明るい表情になって続けた。

「先生、僕さ、ボイラー技士と電気工事士の資格、取ったんです」

「ホントに。すごいじゃない」

私が笑うと、彼も笑った。

「立派、立派。ホントに立派よ。じゃあ、それを生かして就職できますね」

彼は、また笑った。彼が笑ってくれて良かった。

「だけど、今はね、高校の三年間頑張った分、声優の専門学校に二年間行くことになりました。オヤジが二年間は好きなことやってもいいって」

ステキなお父さんだと思った。

しばらくして、彼は専門学校の発表会のチケットを持ってやってきた。

さらに、その後、約束通りというか、ボイラー技士と電気工事士の資格を生かして、大きな企業に就職したと報告に来た。

何が功を奏するかわからない。

それにしても、死にたいと思うほどの高校生活は、いかほどのものだったのだろうか。


「わあ、真っ暗だ！」

小学生が元気いっぱいに塾を飛び出していく。

「ほら、あそこ、見てごらん。あそこに見えるのがオリオン座っていうんだよ」

ふと、ガイチャの声がする。ガイチャの周りに小学生が集まって、冬の星座を見ながらワイワイやっている。

「今度は、あっちの方向を見てごらん。ほら、あれがカシオペア座って言うんだよ」

「あ〜、学校でやったやつだ！」


一足早く、雄太が中に入って来た。

机のそばに立って、にっこりした。

「センセ、僕ね、高校見学に行って来ました。なんかね、コンマ3、足りないって、だからまた来なさいって、言われました」

コンマ3足りないことは、計算済みだ。

雄太は、はいと言って、募集部長先生の名刺を私の机の上に丁寧に置いた。

「雄太君、K高校はどうでした？」

「どう、って？」

「行きたいなあとか、やめとこうとか」

「ふつう」

笑ってしまった。そこへ入って来たガイチャも聞こえていたのか、笑った。子供たちはよく「ふつう」という言葉を使う。

「でも、お父さんは、ここに入れたらいいねって言ってたよ」

「あら、お父さんと行ったのね」

「もっと頑張れ、って、頭、ゴッチィ〜ンって」

また、ガイチャが笑う。

「励ましてくれたのね」

「そっかなあ」

ますますガイチャが笑う。良かった。

電話が鳴った。

「はい、私が……です。わかりました。はい、伝えます。よろしくお願いいたします」

ガイチャと雄太は、私の電話を注視していた。

「雄太君、K高校の教頭先生からですよ」

「え……」

「教頭先生が、今週の土曜日、二時に特別面接したいから、来てくださいですって。ただし、一人で来てください、とおっしゃっています」

「はい。一人で行きます」

雄太の声に張りが出ていた。K高校へ行くには電車の乗り換えがあり、駅からはスクールバスで行かなければならない。雄太は、単純にうれしそうだった。彼なりに自分の将来を見つめ、まっすぐ向かっていく、純粋な力強さをみなぎらせていた。

自分の人生は自分で開いてつかみ取ってこい、と応援したかった。彼の人生の過渡期だった。


この頃のガイチャは、よく塾の入れ替え時、小学生と星や月の話をしていた。小学生が楽しんでガイチャの話を聞いている。「そうなんだ」とか「スゲェエ」と歓声を上げている。ガイチャも楽しそうだ。

ガイチャはこの大きな宇宙空間の話をしながら、自らも宇宙へ思いを馳せている。

「僕はね、五年生の時からこの塾に来てるんだよ」

「あ〜、僕らとおんなじだね」

「ま、頑張れよ」

「は〜い」

子供たちは、元気に帰って行く。

教室に入ってくるとすぐに勉強を始める。ガイチャの闘いが見て取れた。中学三年生の目の色が変わってきていた。

理科と社会は偏差値が伸びやすいと話すと、数人が思いっきり取り組んでいた。ガイチャと孝太郎の社会の偏差値は、七〇に到達してきた。それに伴って、他の教科でいい伸びを見せていた。

「センセ、はじめはさ、十時間勉強って聞いた時、無理〜って思ってね、よくわかんなかったけれど、全然できちゃうね」

そう言って、ガイチャが満足そうに笑うと、周りの子たちがウンウンとうなずく。

〝全然できちゃう〟か、と国語辞書を開く。全然いい、は、肯定でありなのだ。

翌週、授業が終わって、帰りがけの雄太を呼び止めた。

「報告はありませんか」

「あ、はい、そうだ。あります。K高校に一人で行ってきました」

雄太は、少しもぞもぞしている。

「でも、なんか、あの先生、少し怒っているような感じだった」

「怒って、って、……あの教頭先生ですか」

「うん……」

「何かあったのですか」

「ん〜とォ、あの〜、高校に着いたら二時過ぎちゃっていて、十分くらい遅刻してしまいました。僕、走って行ったんだけど」

「走って行ったって、どうしたの？」

「スクールバス乗り場で待っていたんだけど、時間になってもバスが来ないから、高校に電話したんです。そしたら、今日、スクールバスはありませんよって、言われた。だから、スクールバス乗り場で待っていた人たちに教えてあげました」

「じゃあ、雄太君以外の人も来て待っていたのね」

「みんな親と来ていて、タクシーで行っちゃった。だから僕、間に合わないかもしれないと思って、走って行ったんだ」

「雄太君だけが、一人で行ったの？」

「そうみたい」

「そうみたいって、雄太君が、みんなに教えてあげたのよね」

「はい」

「三キロ近くもありますよ、それ、走っていったの？」

「うん、でも、間に合わなかった」

「そうなの、でもよく道がわかったわね。よく、あそこまで走ったわね」

「ちょっと汗かいちゃった」

「エライなあ、立派です。それで、そのことを教頭先生にお話ししましたか」

「話してない。だって先生、なんにも聞かなかったし、少し怒っているような感じだったし」

「了解です」

私は、このことの顚末を手紙にしたためた。万年筆で実情だけをしたためて、教頭先生宛に送った。

（二十七）

十二月も半ばになり、いよいよ受験校を最終決定する時期に入った。

ガイチャの目には、ひたすら努力する力強い〝生〟が宿っていた。口数が減り、自分と時間との闘いに邁進している。以前のような底抜けに明るい笑いも聞こえない。時折、雄太たちと軽く話すくらいだ。この調子ならば、第一希望の高校に十分余裕をもって入れる。みんなも同様に、勉強に熱が入っていた。

しかし、この肝心な時期に、孝太郎は担任とケンカをしてきた。龍介がちょうどそれを見ていて、孝太郎が振り上げた拳に飛びかかって止めたという。塾に来た孝太郎と龍介、そして山ちゃんは、しばらく黙り込んでいた。やがて、ぼそぼそと声をひそめて話しはじめた。

「だからさ、さっきから聞いてるんだよ。龍介はさ、なんでオレのこと、止めたんだよ」

孝太郎は龍介にケンカ腰だ。その怒りの口調に山ちゃんが答えた。

「そりゃあそうだろう。殴ってたらマジやばいからね。高校行けなくなっちゃうよ。龍介に感謝しな」

「アイツをさ、ホント、殴りたかった。……殴りたかったんだ」

アイツとは、孝太郎の担任のようだ。

「で、なんで殴りたかったの」

「山ちゃんさ、やっぱし龍介がいなかったら、オレさ、マジ、ヤバかったかもな。キレてたからな〜」

そこに来たガイチャは、ヨウとばかりに軽く手を挙げて、さっさといつものように勉強を始めた。

「で、何なの」

理由を聞いた龍介の肩を抱くようにして、孝太郎は、ナア、とうめくように深く一息ついた。

「オレ、マジ、やっぱしマジ許せねえ、アイツ〜」

それからグッと声のトーンを落とした。

「オレんちに、っていうかうちの兄貴さ、ま、兄貴のことをさ、アイツさ、なんかニヤついて、オォ、そういえばオマエの兄さん、学校行ってないんだっけって、ニヤついて言ったんだよ。ニヤついてだぜ、アイツ〜」

二人は驚いて、顔を見合わせた。孝太郎の憤りが乗り移っていった。ガイチャもチラッと視線を送った。

始業時間が来た。

孝太郎のそばへ行き、私は、「孝太郎君、わかったよ」と肩をポンポンとたたいた。勉強が始まって、孝太郎の怒りの目が徐々にその炎を落とした目に変わっていった。

授業が終わってから、孝太郎に言った。

「高校入試の合格は、高校が決めるのですよ。中学校の先生ではありませんよ。今のまま、とにかくしっかりと勉強だけは続けようね」

「センセ、オレ、やっぱし内申、やばくなりますか。高校、大丈夫かな」

「良くはなりませんが、悪くもならないと思います。もう、内申は決まっていますし、たった一人の先生が内申を全部変えるなんてこともできないはずですよ。だから、君は勉強するしかないのです」

孝太郎は素直に「はい」と答えた。

塾に入ってきた頃の孝太郎は、学校で問題児とされていた。あの孝太郎が、今ではまじめに学習に取り組んでいる。彼の取り組む姿に、周囲の者たちも圧倒されていった。ガッツリ取り組むのだ。〝ガッツリ〟の音がする、においがする、息遣いが聞こえるようなのだ。

それだけに、大切な兄のことを揶揄《やゆ》されることは、我慢ならないのだ。孝太郎はこらえて、勉強に励んでいった。業者テストでは公立トップ高校の合格ゾーンに、優に達していた。

みんなが落ち着いて勉強に熱中してくると、誰もあまり周囲を気にしなくなった。ガイチャはさらに勉強に没頭して、無口になっていった。重たいものすら感じた。そんな日が続いていた。

「ガイチャ、ボク、先帰るね」

雄太が小声で言うと、ガイチャはウンと目で応えた。いつもと違う。大きくため息をついて、ガイチャが机のそばに立った。

「……先生、オレ、……」

ガイチャの次の言葉を待った。目を見た。いっぱいいっぱいで感情を止めている。

隣の教室の片付けが終わった糸田先生が、音もなく席に着いた。耳はこちらに傾いている。みんなが帰ってしまって、音がない。

「先生、オレ……、オレ、高校……行けない」

「えっ、ガイチャ、高校行けないって、何、何、どうしたの？」

「……オレさ、働こうかなって」

「えっ、働くって、何？　何？　一体何があったの、ガイチャ。この前、お母さんが見えた時、何も言ってなかったですよ」

「……父さんが、倒れたんだ」

ガイチャの目から涙があふれ出た。次から次へとあふれ出た。糸田先生が、椅子を持ってきて、ガイチャの両肩をそっと押さえ、座らせた。


「お父さんが倒れたって、いつのこと？」

「一週間前くらい」

「そうだったの……」

「なんかさ、ごはん食べてて、……父さんさ、酒飲んでいたんだけど、なんか様子がおかしくなって、スーッと倒れてさ。すぐ、救急車呼んで、でっ、運ばれたんだ」

ガイチャは小学生のように、たどたどしく話した。

「……けど、今は意識は戻ってるけど、そん時は、意識もなくって、けど、そん時から、父さん、もう話もできなくなってて。お医者さんがもう働けないかもしれないって。……だから、だから、働いて、母さんを助けなきゃ……」

ガイチャの声は、変声期独特の、微妙に上下して定まらない、下手なチェロのように揺れている。途絶えたり、声がひっくり返ったり。それが十五歳のガイチャの抱えきれない苦悩でもあることが、痛いほど伝わった。

「母さんはさ、伯父さんのように僕を理科系の大学に行かせたいって。理科系の大学はお金が高いって、で、……なんか、一生懸命に働いているんだ。仕事終わってから、もう一つ仕事をしに行ってるんだ」

面談の時、ガイチャのお母さんの手はひどいあかぎれで、カサカサと音がするほどだった。

「……なのにさ、父さんったらさ、いっつも、仕事から帰ると、酒飲んだり遊びに行ったりばっかし。だいたい、いっつも飲みすぎなんだ。だから、だからさ、こんなことになるんだ」

ガイチャは吐き出すように言った。

「母さんがいくら注意してもやめないし。『うるせえな』とかって、時々怒鳴るしさ……」

ガイチャの頬が紅潮してきた。

「この前サ、父さんが倒れるちょっと前なんだけど、父さんサ、なんか文句言って、母さんのこと怒鳴ったんだ。なんか、オレ、我慢できなくなって、頭にきて、いっつもいっつもうるせえな！って父さんに怒鳴り返したんだ。そしたら、そしたらサ、父さん、立ってきて、オレをぶん殴ろうとしたんだ」

「……お父さんが」

「そしたら、母さんが間に入って、母さんが蹴っ飛ばされたんだ」

剣道で鍛えられた腕は、筋肉が盛り上がっている。右手の拳は、己を押さえ込むかのように左手で握りしめられている。

「そんで、オレさ、キレちゃったんだ。オヤジに飛びかかっていったんだ。そしたら、オレの両足に母さんがしがみついてきてサ、やめなさいって、父さんに謝りなさい！って、オレに泣いて言うんだ」

これまでこらえていたものがあふれ出す。

「母さんが、どうしても、ボクに謝れって言うんだ。オヤジに謝れって。何度もね……。泣きながら……サ」

ガイチャは、やりきれないと頭を振った。

「そしたらさ、オヤジがオレに近づいてきて、オレの両腕をガッツリつかんだんだ。……で、わかった、なっ、やめようって」

そこまで言うと、嗚咽を漏らした。そっとタオルを渡して、糸田先生が肩に手を置いた。

「いい父さんじゃないか」

「母さんは僕に何も気にしないで勉強しなさいって言うから、ボクは、勉強ガンバってきたんだ」

「そうね。よく頑張っていますね、本当によく頑張っていると思っていますよ。で、今のお父さんの容態はどうなの、お話はできるの？　まだ入院しているんですか」

「まだ入院してる。口がなんかちょっと曲がってるみたいでさ、話し方が変」

急にガイチャは、ゆがんだ笑いともつかない、辛そうな声を漏らした。

「で、退院しても働けないかもしれないって、お医者さんが言ってたし。だから、だから僕、働かなきゃなんないんだ。母さんを助けたいんだ。働こうって思うんだ……」

糸田先生がガイチャに近寄った。ヨットをやっている糸田先生の腕もまた、頑丈だ。その腕で、しっかりガイチャの肩をつかんだ。

「わかった、ガイチャ。わかったよ」

ガイチャは、驚いて目を見張った。

「いいか、ガイチャ。話はわかった。よ〜く、わかったよ。だけどな、ガイチャ、いいか。ちょ、ちょっと待って」

　糸田先生の目に涙があふれてきた。セーターで涙をぬぐった。かすかにほほ笑んだ糸田先生の声に力が入っていた。

「ガイチャのその気持ちもわかった。けどな、でもな、高校は、とにかくなんとしても行かなきゃだめだよ。ガイチャのその考えは、お母さんも喜ばないよ。頑張っているお母さんが悲しむだけだよ」

「オレ、……ボクだって、高校行きたいよ。でも、母さん一人じゃ、無理だよ」

　糸田先生はそれを遮った。

「ガイチャは、なんで理系の高校に行きたいと思っていたの」

「ボクは……」

「何にもなりたいものがなかったか、ガイチャ？　それでもいいんだ。ただ高校に行くのだっていい。ただ、理系に進みたい、だっていいんだ」

　糸田先生の畳みかけるような言い方に、ガイチャはタジタジだ。

「ボク、……ボクさ、前から気象予報士になりたいって思っててさ」

　気象予報士、そうなんだ、私は思わず顔を上げた。

「いいじゃないか、気象予報士。こんなんで、気象予報士、あきらめてもいいのか。ガイチャのお母さん喜ぶと思うか」

糸田先生は熱い。

「お母さんは君が頑張っているから、目標を持っているから、だから頑張れるんだ。ここで、ガイチャが働くなんて言ったらお母さん、喜ぶと思うか。お母さん、頑張れるか」

「わからない。でも、父さん働けないし、母さん、一人で……」

「ガイチャは、このこと、働きたいってこと、もうお母さんに言ったの？」

糸田先生は優しい語り口になった。ガイチャは、小さく首を横に振った。

「なんか、言いづらくて……」

「そうか、言ってないか。良かった。俺や塾長も力になるよ。な、まだまだ方法はあるはずだ。いろいろ考えてみようよ、ガイチャ」

「そうね、ガイチャね、勉強していると未来が開けることだってありますよ。勉強しているといいこと、いっぱいありますよ。勉強を続けていて良かったって思える時が、きっと来ると思います。勉強を続けていた方が、お母さんを幸せにしてあげられることが多いと思いますよ」

私も声が震えて、胸がいっぱいになってきていた。ガイチャはタオルに顔を押し当てていた。

「ガイチャ、高校をあきらめるな。なっ！」

もう一度、糸田先生が、しっかりと力を込めて言った。

「とりあえず、また考えてみましょう。ガイチャ、ね。私もいろいろ調べてみますね。高校のことはまだ、結論は急がないことにしませんか。少しだけ時間をください」

十二月の夜はぐっと気温が下がって身を切るような冷たさだ。吸い込んだ冷気は腹の中で、内臓を突き刺す。互いの吐く息が真っ白だ。なんとなく三人とも空を見上げた。凍った月が、満月に近づいていた。まだ糸田先生の目も、ガイチャの目も潤んでいた。

「ガイチャ、また、今度続きを話そうな。気象予報士、あきらめちゃ絶対ダメだぞ。な、ガイチャ、勉強を続けるんだぞ。な、なっ」

「はい。ありがとうございます」

ガイチャからほんのちょっと白い歯がこぼれたようだったが、その目は暗かった。ガイチャは夜空を見上げると、ゆっくりゆっくり自転車をこいで帰って行った。

ガイチャは母の苦労を思い、父の病気を心配して、一人悩んだ末に高校進学をあきらめる方向に傾いていったようだった。しっかりとガイチャの気持ちを受け止めなければならないと思った。塾としては、子供の話だけで一方的に高校進学の話を進めるわけにはいかない。しかし、家庭内のことに介入するのは憚られる。

「気象予報士か……」

糸田先生がつぶやいた。

二人でガイチャを見送ってから、あらためて冬の夜空を見上げ、教室に戻った。中に入ると、急に外の寒さが肌にしみこんだ。糸田先生が潤んでいた。

「なんか、自分ばかり話してすみません」

「そんな、ガイチャもきっとうれしかったですよ」

「先生、覚えていますか。僕の中三の時のこと」

「……いろいろありましたね」

「あの時、中三の高校選びの時、親が離婚して、あの時、僕はくさっていました。塾長にしっかり勉強を続けなさいって言ってもらって。塾長に毎回、毎回言ってもらいました。そして、地元から離れたところの進学校を勧めてもらって、本当に良かった。自分をリセットできたのです」

「そうなのですか」

「あそこには、僕の知っている人が誰もいなくて、本当に自分をリセットできたんです。

頑張れたんです」

「……」

「サッカーにも勉強にも打ち込めたし。それにこうしてここで仕事をして……」

糸田先生は、国立大学に進み、現役の大学院生だ。

立派なのは彼の心なのだ。

（二十八）

糸田先生は、ガイチャが来ると静かに声をかけるようになった。ガイチャの戸惑いが、信頼へと深まっていく。それは、曲がメロディーに乗って徐々に盛り上がりを見せていく、シンフォニーのような心地よさがあった。

ガイチャのお父さんの症状は思いのほか軽くて、年内に退院して、週何回かリハビリに通うことになるという。

学習塾は冬休みに入ると、一月下旬から始まる私立高校入試に向けて、闘いを余儀なくされる。孝太郎の成績は、県内公立トップの中のトップゾーンにのし上がっていた。父親は、日本屈指の高校・大学を卒業しているという。さすがだ。

「入試の日にもこれだけ取れれば、学力は文句なしです。ま、公立は、内申も必要ですからね」

「先生、僕はU高校ではなく、N高校かO高校を受験します。万が一にも落ちるのは困るんで。僕には上も下もいますんで」

「そうですか。了解です。N高校もO高校も、いい高校です」

「クソッ、クソッ」

孝太郎は低い声で繰り返した。それを見て笑いながら、もう一度孝太郎を呼んだ。

「いいねえ、孝太郎君。今の元気」

「エエッ？」

負けず嫌いの男っぽい孝太郎は、ニカニカ笑った。その笑い方に青年があった。

「N高もO校も、入ってからが問題ですよ。その結果は大学入試に表れます。期待してますよ」

「大学か～。オヤジがとりあえずはT大学に行け、って。でもさ、なんたってうちの兄貴は学業放棄ですからね」

思慮深い目が、愉快そうに笑う。

「でもね、センセ、学業放棄といっても兄貴はさ」

クスッと笑ってから続けた。

「この前ね、英検準一級取ったって言ってた。自分一人で」

「それはすごいわね。たった一人でですか。英検準一級は、そう簡単に取れるもんじゃないわよ」

「それにね、兄貴は弁護士になるって勉強もしてるんです。『とりあえず、収入源確保もするんだ』って言っててさ、肉体労働もしています」

「肉体労働って？」

「うん、あのさ、なんか深夜の道路工事とかは時給がメチャいいんだって。それに廃棄物処理の仕事、そういうのも時給がいいからって、探して行ってる」

「そうか、キツイ仕事を頑張っているのですね」

「うん、週三日働いて、四日猛勉強、のサイクルで頑張っている。オレさ、生き方っちゅうか、考え方がすんげえなあって思うんだ」

「本当にすごいですね。生半可な気持ちじゃできませんね」

話を聞いていた戸野川龍介が口をはさんだ。

「あ〜あ、オレんちなんかさ、目的ないんだったら、大学なんか行かなくてもいいって言ってるしさ。だいたいオレだったら、孝太郎の兄貴みたいには頑張れないな」

なぜか、みんなで明るく笑った。

あわただしく入ってきた生徒が、玄関を指さした。そこには井上まりと母親がおどおどして立っていた。まりが泣いている。

「突然、すみません」

母親は深々と頭を下げた。

「実は、主人が塾を辞めろと言いますので」

「まあ、なにか……」

まりにチラッと視線を送ってから言った。

「高校も行かなくてもいいと言います」

「まあ、そんなふうに……。お母様、申し訳ございません。今はご覧のように、授業が始まるところです。また後で詳しく、お話を聞かせていただけませんか。まりさん、とりあえず今日のところ、授業を受けられてはいかがですか、ね」

母親は、ようやく聞き取れるような小声で言った。

「センセ、主人にぶたれたんですよ、この子」

母親は殴られて当然、という目つきでまりをにらんだ。なるほど、と思い当たる節はあったが、口にはしなかった。始業時間に合わせて、さらに生徒が教室へと駆け込む。

「まりさん、帰りますか、授業を受けていきますか」

不意にまりは、教室へ逃げるように駆け込んだ。母親は困惑の表情を浮かべると、曖昧に頭を下げて帰っていった。

授業が始まっても、まりの目の奥は怒りに燃えていた。まりは闘っていた。

こちらも闘いのつもりで、授業を行っている。

一時も甘やかさない。猶予はないのだ。

授業が終わっても、まりは帰る用意をしない。

その時、山ちゃんがポンとまりの頭をたたいた。

「じゃあな」

そして、アハハッと笑った。奈々美もそれに続いて、頭をポンとたたいた。面白がってみんなも、頭やら肩やらをポンポンと続いた。

みんなの、まりへのエールだった。

「お、じゃあ」

ガイチャはいつもの白い歯を見せて、ポンと軽くたたいてから、糸田先生のところに行った。

まりの目の奥から急に怒りの炎が消えて、いつもの可愛らしい笑みに変わった。

誰もいなくなった教室で、私はまりの向かいに座った。

「お父さんに、ぶたれたって？　どこ？」

笑いながら声をかけると、まりは恥ずかしそうに下を向いた。帰ったはずの奈々美が戻ってきた。

「井上さん、K君のこと〜？」

まりはチラッと奈々美を見てうなずくと、また涙目になった。

「パパがK君のうちに行って、文句言ったんです。私が悪いのに」

「悪いって、何か悪いことした？」

「……通知表が下がってしまって。で、高校なんか行かなくてもいいって。パパ、すんごく怒って、……K君ちに。私が悪いのに……」

「まりさん、そうね、悪いのはK君の事ではないかもしれませんね。現在のまりさんの態度かもしれませんよ」

まりと奈々美は、驚いた顔をした。

「今、受験期ですね。だからといってK君のこと、今はダメとかではないと思います」

「エエッ、センセ、いいの？」

奈々美が疑問いっぱいの声で言った。

「だって、今時間あるから好きになってもいいよ、とか今はダメよとかありえる？」

まりはじっと私を見ている。

「それはそうだけど」

奈々美も疑問は解けない。

「つまりね、もし本当に相手のことを考えているのだったら、お互いに頑張り合って、成績上げようとか、○○高校に行けるように頑張ろうって、励まし合っているのだったら、いいんじゃない？　お父さんもK君のおうちの方も何も思わないし、むしろ喜んでくれると思います」

きっかりまっすぐにまりの目を見た。まりも視線をそらさない。

「ところがどうですか、まりさん。お互いに簡単に入れる高校に受験校を下げて、勉強することをすっかりやめてしまっている。それってどうかな。本当にそれでいいのかな」

奈々美はチラッとまりを見た。

「そんな娘の姿を親として見ていられない、放っておけるはずがない。しかも、K君にも迷惑をかけているかもしれないしね」

「迷惑ですか」

「まりさん。よく考えて。今は本来ならば、あなただけではなくK君にとっても受験勉強に励まなければならない大切な時期です」

「……うん」

「K君のおうちでも、K君は大切な大切な子供です」

涙がまりの頬を止めどなく流れた。

「まりさん、あなたのお父さんもお母さんも、あなたのことが大切で大切でしょうがないのよ」

「……うん」

まりと奈々美の二人は深くうなずいた。

「パパがあんなに怒ったのは初めてだった」

まりがポツリ言って、さらに湧き上がる涙をおさえきれない。

「まりさん、どうしますか。塾はやめますか。高校もやめて、勉強やめてしまいますか。K君のこともそれでいいですか、満足ですか。おうちに帰って、よく考えてみてください」

しばらくまりは両手で頬を挟んで下を向いていたが、輝くような表情で顔を上げた。そしてキッパリ、明らかにキッパリと言った。

「先生、私やっぱり、K君に勉強を頑張ってほしいです。だから私も頑張る。高校も最初に目指していた高校を目指します。ちゃんと勉強します。勉強したら、先生、間に合いますか」

「まりさん、頑張れば間に合います。大丈夫です。今からでもしっかり十時間勉強しませんか」

「はい、します」

まりは立ち上がった。

「パパにあやまる」

二人は大急ぎで帰っていった。それと入れ換わりに、隣の教室から糸田先生とガイチャが、笑い声を上げながら現れた。

「塾長、ガイチャは、ほら、自分で言いな」

糸田先生にうながされて、ガイチャは照れ笑いを浮かべた。その照れ方が、昔のまんまでかわいい。

「うん、僕、やっぱり気象予報士を目指したい」

糸田先生はうれしそうに見守っている。あたたかい。

「僕さ、小学生の時のこと、センセ、覚えてるかなあ。学校で授業中に空を見てて、担任の先生に、空がオレンジ色だと言ったら叱られちゃってさ。で、塾に来てそのこと言ったら、先生が、黄砂《こうさ》って言うんだ、って教えてくれてたでしょ。地図帳持って来て、それがタクラマカン砂漠やゴビ砂漠から気流に乗ってやってくるって教えてくれたんだ。それって世界が近い、中国やモンゴルの砂が日本に飛んでくるってことって、なんだかすごいことだなあって感動したんだ。ワクワクして、それって面白いなあって、ずっと関心を持っていてね、近頃、そんなことに関わる仕事したいなあって漠然と思ってたんだ」

「あ〜あ、あの時ね、外で車にたまった黄砂も見たわね」

「そうそ、その後、ボクは南極の氷が解けるとか、国土の大部分が水没する国ツバルとかキリバス共和国なんかのこととかを知って、気象を勉強したい、なんか地球のことをもっと勉強したい、役立つことをしたいと思うようになったんです」

「それって、すんごく大事なことだよね、ガイチャ」

糸田先生が感心したように言った。

「ガイチャが、そんな夢というか、具体的に希望を抱いているというのは、うれしいですね。私も応援したくなりますね」

私もついついうれしくなった。ガイチャは、目を輝かせて明るい表情で、うれしそうに話す。

「実は、僕、その辺のことについて資料を集めて読んでいるんです。気象と地球温暖化について研究している日本人学者がいることもわかった。でも、今の僕の力ではその論文を読めないし、難しすぎます。英語で書いているようだし」

「そうだろうね。まだ、中学生だからね」

糸田先生は、相槌を打った。

「それが悔しいです」

「ガイチャ、この先じっくり勉強していくことね。あの時の黄砂がきっかけとは驚きましたが」

「先生、〝天皇陛下さま！　お願いがございますウ〜〟って、覚えていますか」

「もちろんです」

みんなで笑った。ガイチャは大声で笑った。単純に楽しそうだ。未来を前向きに語るとはこういうことだと、うれしく二人をながめた。

ガイチャはしみじみ言った。

「あの、田中正造にも打たれたなあ」

「まあ、ガイチャこそよく覚えていますね」

ガイチャはにこやかな、少し青年っぽい笑みを浮かべた。こうして多くのことを吸収して大きく成長していくのだと、頼もしさすら感じた。

五年生で雄太と塾に来た時は、オレ、国語いやだなあって言っていたが、国語の教科書の『足尾鉱毒事件』を読んでから、大の本好きに変わっていった。

ガイチャは間をおいて、少し下を向いて口元を引き締めた。

「父さんはもうすぐ退院して、週何回かリハビリに通うんだって。……だけど、父さんはまだ普通に仕事はできないんだ。手も不自由だし」

少しふっ切れたような話し方だ。

「父さんね、父さんの友達に頼んで、市場で手伝いを始めるんだって」

「市場って」

「うん、魚のね。鮮魚市場で仕事の手伝いやらしてもらうって言ってた。雑用係らしい。手がまだおかしいし、顔もちょっとまだ変なんだ」

そう言って、ガイチャは明るく笑った。

「家にいるより、ちょっとでも仕事している方が、父さんはいいんだって。父さんも母さんも、僕に『気象予報士になれるように頑張れ』って言ってくれています」

「それは良かったわね。安心して勉強を続けられそうね。良かったじゃない」

「そしたらね、ばあちゃんも力になるって」

「そうですか。それは心強いですね。これからが入試です。寒くなるから風邪ひかないようにね」

「はい、頑張ります」

「お、じゃあ、そこまで一緒に帰るか」

二人は帰っていった。

空には冴えた星空が広がっていた。

十二月の最後の日、玄関先に発泡スチロールの箱が置いてあった。

箱の中には、生きのいい魚がたくさん入っていた。

了

本書は、埼玉県私塾協同組合の広報誌『SSK Report』にて連載していた、小説『空を見る子供たち』(2010年~2022年)に加筆・修正を加え、再編集したものです。

著者プロフィール

山﨑 しだれ（やまざき しだれ）

北海道生まれ
明治大学文学部卒業

2002年 「高校入試　超基礎がため　国語」旺文社
（解説・問題作成を執筆）
2010年～2022年　小説「空を見る子供たち」を連載
（埼玉県私塾協同組合 広報誌「SSK Report」）
2022年～　小説「春降る雪は音もなく」連載開始（同広報誌）

著書
『仕事の歌』（2023年５月、文芸社）

空を見る子供たち ―小さな学習塾の中で―

2023年11月15日　初版第１刷発行

著　者　山﨑 しだれ
発行者　瓜谷 綱延
発行所　株式会社文芸社
〒160-0022 東京都新宿区新宿1－10－1
電話 03-5369-3060（代表）
03-5369-2299（販売）

印刷所　株式会社フクイン

ISBN978-4-286-24596-6